和漢・新撰朗詠集の素材研究

田中幹子 著

和泉書院

目次

第一章　素材からの考察

一　「霞」について

一

和語「かすみ」と漢語「霞」はそれぞれ異なる意味内容を示すものである。「かすみ」は春に、あたりが白く靄状に見える状態を指す。対して漢語「霞」は、『文選』左思「蜀都賦」に「舒丹気而為霞」、その五臣注に「霞、赤雲也」とあるように、季節にかかわらず朝焼け夕焼けに用いられる鮮やかな色彩を特徴とする、赤気、赤雲を指す。「かすみ」と「霞」が違うものであることは既に小島憲之氏等によって指摘されてきたが[1]、一方、日本漢詩の「霞」を和語「かすみ」のように解釈しているものが見られる。その一例として『和漢朗詠集』「霞」所収の菅原道真の詩句について考察したい。

「霞」

76　鑽沙草只三分許　　沙を鑽《いさごき》る草はただ三分ばかり
　　跨樹霞纔半段余　　樹に跨《また》る霞は纔《わづか》に半段余

この詩句については川口久雄氏が、日本古典文学大系で次のように述べておられる[2]。

ほんの高さ半段あまり、霞が木々の梢にたなびく。ここの霞はわが国でいうかすみに近づいている。

この和語「かすみ」的解釈は、以後日本古典集成にも継承され[3]、最近でも柳沢良一氏が「白詩句でみた朝焼け、夕焼けの雲とは異なり、我が国で言う「かすみ」に近いものである。」と受け継がれ、この詩句を日本漢詩において漢語「霞」と和語「かすみ」とが混用されたもっとも早い例とされている。(4)

しかしながら、この詩句を和語「かすみ」とする川口説自体が以後大きく変化しているのである。後の研究に大きな影響を与えたこの説そのものが大きな揺れをみせる点に注目し、以下川口説の変化に従って論を進めたい。

先に引用した和語「かすみ」と同義という解釈は『和漢朗詠集』の第一刷の注である。(5) その翌年川口氏は『菅家文草』を刊行され、(6) 同詩句について次のように注された。

やっと三間（さんげん六メートル弱）あまりの長さの布を横にたなびかせたほど、木木の梢のあたりにわずかに霞がたなびく。

と、半段を「高さ」とされた説から布の「長さ」とする説に変えられた。確かに「段」は高さを示すのではなく、六地蔵寺本『和漢朗詠集注』(7) に「下句ハ木ノマタナントニマタカル霞ハ布ナトヲ半段余リ許リウチカケタルニ似ト云ヘリ」とあるように、「布」の長さを示すのである。

しかし、ここではまだ問題の「霞」そのものに対しては変らず、

ここの霞はわが国でいうかすみに近づいている

と主張を繰り返されていた。この「わが国でいうかすみ」説が先に引用したとおり、現行においても川口説として知られている。ところが『和漢朗詠集』の第十一刷以降、川口読解の要である「霞」を「かすみ」的に解釈するそれまでの説を覆され、次のように、和語「かすみ」説から漢語「霞」説に改められたのである。(8)

ほんの半段あまりの布を横にたなびかせたほど、彩霞がうっすら木木の間にたなびく。

筆者も川口氏の最終的解釈と思われる漢語「霞」説は概ね首肯したい。が、その上で、あえて述べるならば、この「霞」の解釈では充分とは思われない。というのは、川口氏はこの詩句の霞を「彩霞」ととらえ直されてはおられる

が、霞を布に喩えたことを必然とは思われていないからである。その根拠は「彩霞」に改められた第十一刷においても「半段」に対し、

三間あまり。昔は六間を一段（反）と呼んだ

と注され、第一刷の語釈を変えておられない。この注では「段」は、「分」と同様、日本で使われる距離の単位と判断しておられることになる。ここは「三分」の「分」が、日本の長さの単位でなく、漢詩で一般的に使われる割合を示す語であるのと同様、「段」は日本でも中国でも使われた布の長さの単位である。(9)

漢詩において霞を布に喩えた場合、漢語「霞」の意から、その布は極彩色の錦を意味する。(10)中国漢詩には錦に喩えた「霞」の例が多く見られる。

『白氏文集』「秋日与張賓舒著作同遊龍門。酔中狂歌。凡二百三十八字。」(2968)(11)に名残りの夕焼けを「錦綺」に喩えている「余霞」の例がある。

嵩峯余霞錦綺巻　　嵩峯の余霞錦綺巻く

伊水細涙鱗甲生　　伊水の細涙鱗甲生ず

劉禹錫の「薔薇花聯句」も「似錦如霞色、連春接夏開」と、薔薇の美しさを錦のような霞の色として詠んでいる。前の柳沢論文の中にも初唐の駱賓王（艶情代郭氏贈盧照隣）「蛾眉山の上月は眉の如く、濯錦江の中霞は錦に似たり」等の用例を引用されている。また『白氏六帖』「霞第十四」にも謝玄暉「晩登三山還望京巴」詩の「余霞散成綺」の例がある。『白氏六帖』にはこの他にも沙汭之際海賦の「霞錦散文」などの例があり、また『佩文韻府』にも「錦霞」「綺霞」の項目が見られる。

錦に喩えた「霞」の用例は、中国漢詩のみならず、伝道真撰の『新撰万葉集』の上巻にも、「雲霞片片錦帷成」（新撰万葉集・春・6）「春嶺霞低繡幕張」（同・10）「霞光片片錦千端」（同・26）「霞彩斑斑五色鮮」（同・32）等数多く見ら

れる。

小島憲之氏はこれらの霞の色を全て赤と考えておられるが[12]、「五色鮮」等の語から、霞は赤だけでなく五色の錦と解釈し得る。

このように錦に喩えられた霞を踏まえ、改めて道真の「樹に跨る霞は纔に半段余」の詩句を考えると、「段」を距離の単位ではなく布の単位と解釈して始めて、「霞」は錦に喩えていることになり、それによって「霞」は絢爛たる五色を表現していることになると思われる。錦に喩えているという前提にたってこそ、川口氏が自ら改めた彩霞という解釈が生きるのである。それがこの詩句の眼目であり、「半段余」と表現した意義である。錦に喩えられた中国漢詩の霞を熟知した道真[13]が、織物に喩えることで、錦を暗示させ、漢語「霞」の鮮やかな色彩を表わしたと考えるのが妥当である。

従ってこの詩句は、

木々の梢のあたりに漂っている錦の如き彩雲は、色鮮やかであるが、春早いのでわずかに錦半段あまりであるよと、春浅く、あたり一面がまだ色彩の乏しい時期に、木々の梢に掛かる彩雲にわずかに春を感じたという、本格的な春を待ち望む心境を詠んだ詩句と解釈する。大和絵に描かれた金銀紫の錦の霞を想像させる「霞」である。

二

「霞」が錦に喩えられる点に、日本漢詩における「霞」の詠み方の特徴があるように思われる。

「霞」を錦に喩えた場合、鮮やかな色彩を表現すると同時に、その形態を平面的な布状なものとして想像していることになる。この布状の形態として詠む点に注目したい。

そこで先に挙げた『新撰万葉集』に詠まれた「霞」が、どのような形態として表現されていたかを見ていきたい。対応する和歌と共に引用する。[14]

三番

浅緑野辺の霞はつつめどもこぼれて匂ふ花桜かな

緑色浅深野外盈　雲霞片片錦帷成　（新撰万葉集・春・5・6）

五番

春霞網に張りこめ花散らば移ろひぬべき鶯とめよ

春嶺霞低繡幕張　百花零処似焼香　（同・9・10）

九番

まきもくのひばらの霞たちかへり見れども花に驚かれつつ

倩見天隅千片霞　宛如万朶満園奢　（同・17・18）

十三番

春霞色の千種に見えつるはたなびく山の花のかげかも

霞光片片錦千端　未弁名花五彩斑　（同・25・26）

十六番

霞たつ春の山辺に咲く花を飽かず散るとや鶯の鳴く

霞彩斑斑五色鮮　山桃灼灼自然燃　（同・31・32）

ここに詠まれている「霞」は、「片片錦」（新撰万葉集・春・6／同・26）[15]、「千片霞」（同・18）[16]等というように、薄く平たい一つづきのものを数える語である「片」によって表現されたり、一端の布が数多く広がった「千端」（同・26）

と表現される。それらが集って、「繡幕」(同・10)となり、「帷」と「成」り(同・6)、「低」く垂れ込め、「幕」となって「張」る(同・10)様子を詠んでいるのである。これらの表現は、霞の形態を布として意識していることを示している。

前に挙げた「霞」を錦に喩えた『白氏文集』(2968)の「嵩峯の余霞錦綺巻く」の詩句の「余霞」も、「錦綺」という鮮やかな色彩が、「巻く」という状態に見えると詠み、その形態を布状のものとして表わしていることがわかる。「霞」を「錦」に見立てることで、鮮やかな夕霞が嵩山の峯にあたかも巻きついているかの如き状態を詠んでいるのである。

ところで『新撰万葉集』でも、和歌の「かすみ」は白い靄状、漢詩句の「霞」はこのように錦の布に喩えられ、両者の内容に差異を感じる。その中で、三番と十三番に関しては両者にあまり差異がない印象を受ける。これは和歌の「かすみ」の方が、漢語「霞」の知識を踏まえているためである。漢語「霞」の内容を和歌として詠み、更にそれを漢詩句に翻訳したこれらの二例を見ていくことにより、日本における漢語「霞」の受容のされ方を読み取り、それによって日本漢詩に詠まれる「霞」の特徴を考察したい。

三

まず、明らかに漢語「霞」の内容を和歌として詠んだ十三番から見ていきたい。

春霞色の千種に見えつるはたなびく山の花のかげかも

霞光片片錦千端　未弁名花五彩斑　(新撰万葉集・25・26)

『古今集』春下に採られよく知られたこの和歌の「かすみ」は、「色の千種」に「見えつる」のであるからその色は、日本的な白っぽいものではなく、千種色であり、つまり錦色である。[17]錦色の「かすみ」を詠んだということは和歌において漢語「霞」を詠んでいることになり、それを翻訳した詩句の「錦千端」とよく符合する。この和歌は漢詩的教養に溢れた宇多朝の『寛平御時后宮歌合』を出典とし、ごく自然に詩語を和歌にとり入れる雰囲気の中で、漢語「霞」を和歌として詠んだものであろう。柳沢良一氏も「この詩句の表現から逆に、和歌の「春霞」は確かに漢語「霞」を詠んだ作であることが言えるのである。」とこの和歌の「かすみ」を漢語「霞」ととらえている。[18]

日本において白っぽいものと理解されている「かすみ」を「色の千種に見えつる」と、漢語「霞」として詠む際、その両者の意味内容の差を「花のかげ」、つまり色とりどりに咲く花の色彩が映ったため、「かすみ」が錦として見えると説明することで、「霞」を「かすみ」にすりあわせているのである。「かすみ」が千種色に見える理由を、向こうの景物が「かすみ」を透かして見えるため、「かすみ」にその色彩が映り、錦色であると説明している。そしてこの漢詩的和歌の「霞」的「かすみ」の説明の仕方に、日本漢詩における「霞」の特徴が現われているように思われるのである。そしてこの漢詩的和歌の詠みぶりが、漢語「霞」を日本人がどのように理解していたかを考える手掛かりになる。日本人は漢語「霞」は色鮮やかなものであるという知識を持っていても、いざ漢詩を詠む際になると色鮮やかなものではない和語「かすみ」の影響を受け、錦色「霞」の景を表現しにくい。従って、漢語「霞」が日本人に馴染み難い錦色であることを理解する際、「霞」そのものが鮮やかな色彩であると詠むのではなく、「霞」の向こうの景物の色彩が映って「霞」が色鮮やかに見えると説明的に詠むところに、日本漢詩の「霞」の詠みぶりの特徴があるように思う。向こうが映って極彩色の色となるという説明のために、「霞」が布状の形態であることが前提として必要であり、そこに錦の布に喩えた有効性があるように思う。

この十三番の漢詩的和歌を踏まえて、三番の和歌と漢詩句の関係について考察し、更に向こうが映る「霞」について考察を進めたい。

四

浅緑野辺の霞はつつめどもこぼれて匂ふ花桜かな(19)

緑色浅深野外盈　雲霞片片錦帷成

残嵐軽簸千匂散　自此桜花傷客情

（新撰万葉集・5・6）

この詩歌の問題は和歌の「浅緑」及び漢詩句の「緑色」を「霞」の色と解釈できるかという点にある。半澤幹一・津田潔両氏による『新撰万葉集』注釈稿(20)」において、「薄い緑色の、野辺の霞が」と「浅緑」を霞の色と判断されているが、漢詩句は「野山には草木の緑色が満ちている。すると霞が切れ切れにかかり始めて、やがてそれは美しい錦の垂れ幕のようになった。」と「緑色」と「雲霞」は別々のものを詠んでいるとされ、「緑色浅深」を野辺の形容と考えておられる。この場合は、漢語「霞」は、小島氏同様、一般的な赤を主としたものとなる。(21)『新撰万葉集』の漢詩は和歌を翻訳している関係にある。従って筆者はここでの漢詩の表現が、少なくとも『新撰万葉集』においての和歌の解釈と判断し、考察を進めたい。つまり、『新撰万葉集』において「緑色浅深野外盈、雲霞片片錦帷成」が「浅緑野辺の霞はつつめども」、「残嵐軽簸千匂散、自此桜花傷客情」が「こぼれて匂ふ花桜かな」をそれぞれ解釈していると考える。

「注釈稿」では「残嵐軽簸千匂散」の「簸」を「霞の垂れ幕をあおりあげる」と解釈されているが、「簸る」は箕で穀物などをふるう意なので、この場合は花びらがはらはら舞い散る表現と解釈する方が適切と考える。この場合、霞の幕は本当の幕でなく、あくまでも「霞」の幕であるから、そよ風に乗った花びらが羅のような霞の幕をすり抜けるように舞う風景と解釈する。またその翻訳の対象となった和歌の「こぼれて匂ふ」の「こぼれ」を「注釈稿」では零れの意ととり、満開の桜が霞の間からこぼれ見える様子と解釈されているが、これも、毀れととり、山からそよぐわずかな春風にも盛りを過ぎた桜はらはらと舞い散っていると解釈し、和歌と漢詩を両者同じ落花の風景と判断したい(22)。

そしてこの花びらが吹き舞っている舞台は濃き薄き一面の緑の野辺である。では、和歌及び漢詩句の「霞」をどう解釈すればよいのだろうか。和歌の「浅緑」を野辺の色ととり、漢詩句「緑色浅深」はその直訳とするならば、先に述べたとおり、和歌は鮮やかな緑や舞い散るうす紅の花びらの色彩も白っぽい靄の中に包まれてしまう。一方漢詩も「緑色」と「雲霞」が別のものを指すとなれば、色鮮やかな緑色に濃き赤い霞があるという極彩色の風景となり、この色彩の中では詩句の眼目である舞う花びら美しさの印象が薄くなってしまう。

ここは「帷」という表現形態に注目し、先の十三番（新撰万葉集・春・25）「春霞色の千種に」の和歌の漢語「霞」的「かすみ」の詠み方を踏まえて考えてみたい。

25の和歌は「霞」の向こうの景物の色彩が映って「霞」が色鮮やかに見えると説明している点に漢語「霞」の日本的理解が示されていると考察した。それを手がかりに、この「緑色浅深野外盈、雲霞片片錦帷成」（新撰万葉集・春・6）の詩句も「雲霞」に向こうの「緑色浅深」の色が映り、その結果、緑を基調とした「錦帷」となっていると解釈したい。錦は普通赤を主とするもので、緑の錦とは想像しにくいが、少なくとも、先の例のように、『新撰万葉集』の「錦」に喩えられた「霞」の色は、単なる赤ではなく、「五彩」（同・26）のように五色であった。「錦」の色調を五色の一つである「青」から連想した緑と考える。

この「浅緑」のかすみの発想は、「緑霞」や「青霞」の語から生まれたのではないだろうか。「注釈稿」では語釈に

「緑霞」の概念を提示されながら、この詩句の緑は野辺の色と判断され、「緑霞」説をとっていない[23]。

同じような表現としては、郭璞の「遊仙詩」で「振髪晞翠霞」同じく「江賦」の「吸翠霞而夭矯」のような「翠霞」の例、他には李白の「題元丹丘山居詩」に「高枕碧霞裏」の「碧霞」が見られる[24]。

また『菅家文草』(5)「賦得詠青、一首」に「故意霞猶聳、新名石欲題」という「青霞」の用例がある。これは「青」という題を与えられた折「草頭」「水衣」「竹」等とともに「霞」を詠んだものであり、この霞は「青霞」ということになる。この場合『文選』江淹「恨賦」の「鬱青霞之奇意、入脩夜之不暘」の用例と同じく高く掲げる志の意として使われている[25]。管見の限り「青霞」を詠んだ日本漢詩の例はこれ以外見当たらず、このことからも道真の漢語「霞」に対する確かな知識が窺える。

但し、「翠」「碧」あるいは「青」「蒼」等で表わされる「霞」は普通神仙の場面で用いられ、この詩句のように自然描写として用いられてはいない。

五

しかし、漢語「霞」の文字にこだわらなければ、野辺の緑の美しさが和語でいうところの「かすみ」に映っているという内容の『新撰万葉集』の詩句と極めて類似した風景を詠んだ詩句は見られる。

例えば『千載佳句』(877)楊収の「望岳隅」の「黛色浅深山遠近、碧煙濃淡樹高低」という表現などは、「黛色」の「浅深」「遠近」「濃淡」という形容が「緑色浅深」の詩句と密接な関係を想像させる。濃い青色である黛色は山の形容に用いられる語で、その緑色の浅さ、深さは山の遠近を示し、柳や松の高さ低さによって靄のようなけぶるような緑が薄かったり濃かったり映る様子を表現している。「碧煙」が「雲霞」と同じように使われており、この詩句は

「煙」にその向こうに広がっている緑が映って「碧」と見えることを詠んだもので、「緑色浅深野外盈、雲霞片片錦帷成」という漢詩句の表現はこれを意識して作られたようにも思われる。

この「浅深」という表現方法は、『菅家文草』（342）「三月三日、同賦花時天似酔、応製。」詩の中に、「煙霞遠近応同戸、桃李浅深似勧盃」と、「遠近」の表現とともに用いられている。色彩は別として『千載佳句』のこの詩句の「煙」の表現方法が日本漢詩によく知られたものであったことが窺える。

また『千載佳句』にも採られている、白楽天の次の詩句も、嵩山に靄が半分巻かれ、その緑を映した靄は、まるで青い絹のようだと詠んでいる。

　　菩提寺上方晩眺
　嵩煙半巻青綃幕　　嵩煙半ば巻く青綃の幕、
　伊浪平鋪緑綺衾　　伊浪平かに鋪《し》く緑綺の衾。　（白氏文集・3137）

これらも「煙」を通してその向こうの「嵩山」を詠むという「煙」の表現方法も、先の『新撰万葉集』「霞」の詩句の詠みぶりによく似ている。更にこの詩句は、先に引用した「霞」を詠んだ『白氏文集』（2968）の「嵩峯余霞錦綺巻、伊水細涙鱗甲生」と類似表現であり、白楽天がこのような詠み方を好んだことが窺える。これらが、日本漢詩の「霞」の詠みぶりにおおきな影響を与えたものと想像されるのである。

以上を考慮した上で、「緑色浅深野外盈、雲霞片片錦帷成」（新撰万葉集・春・6）の詩句の基となった「浅緑野辺の霞は」（同・5）の和歌を考えてみたい。

この和歌も十三番の（同・25）の和歌と同じく漢詩的教養に溢れた宇多朝の『寛平御時后宮歌合』を出典とし、やはり詩語を和歌にとり入れる雰囲気の中で生まれたものである。その中で「緑霞」或いはそれに類似した表現も日常的に知られ、日本的な美意識の下、神仙的意味を離れ、漢語的和語「浅緑のかすみ」が生まれたのではないだろうか。

そして、「浅緑のかすみ」が詠まれていくうちに『千載佳句』と重なった形で享受され、『新撰万葉集』で「緑色浅深」の「錦帷」と解釈したように思うのである。

また美しい緑の帷の霞というとらえ方が生まれた背景に、『和漢朗詠集』「春興」の劉禹錫の次の詩句がある。

「春興」

19　野草芳菲紅錦地　　野草芳菲たり紅錦の地
遊糸繚乱碧羅天　　遊糸繚乱たり碧羅の天

これを踏まえて作ったと思われるのが小野篁の次の詩句である。

「春興」

22　着野展敷紅錦繍　　野に着《つ》いては展べ敷く紅錦繍
当天遊織碧羅綾　　天に当《あた》つては遊織す碧羅綾

この「碧羅」という表現に注目したい。「碧羅」から緑色の薄絹が空に広がっている様子を想像し、それが「緑霞」の連想につながったのではないだろうか。つまり「碧羅」のような軽やかな緑の幕として「緑霞」の語を思い浮かべ、「浅緑野辺の霞はつつめども」の翻訳として「緑色浅深野外盈、雲霞片片錦帷成」が詠まれたようにも思えるのである。

以上の要因が影響し合って緑の霞の世界が増幅されていったのではないだろうか。

『新撰万葉集』以降「浅緑」の霞という概念が存在したことは、以後の和歌史を辿ると明らかである。「浅緑野辺の霞」の和歌は、『拾遺集』に「菅家万葉集の中」として採られ、更に『古今六帖』では「みどり」に収められ、後には『新撰朗詠集』にも採られたよく知られた和歌である。猶、柳沢良一氏によると、『新撰朗詠集』（花・113）の諸本すべてが二句目の「野辺の霞」が「春の霞」になっている。柳沢氏は、この歌を「春の霞が浅緑の若芽をつつみ隠すようにたなびいているが」と、いわゆる和語「かすみ」と解釈される一方、『新撰万葉集』の漢詩に従って「浅緑の若芽でいっぱいの野辺を、春の朝焼けの赤い光がつつみこんでいるが」と小島解釈を踏襲されている。(26)しかし、筆者は「浅緑春の霞は」と続くならば、「浅緑」はより一層、野辺の色ではなく、霞の色となると考える。そして「野辺の霞」から「春の霞」への改変には、はっきりとした浅緑の霞という概念が背景にあると思われる。「浅緑の霞」は『枕草子』(27)に既に「日はいとうららかなれど、空は浅緑に霞みわたれるほどに」という用例があり、また『後拾遺集』にも、次のような例が見られる。

春霞立ち出でむことも思ほえず浅緑なる空のけしきに　（後拾遺集・雑二・907）

『新古今集』春上にも菅原孝標女の次の用例が見られる。(28)

浅緑花もひとつに霞みつゝ朧に見ゆる春の夜の月　（新古今集・春上・56）

これら「浅緑の霞」の和歌の存在は『寛平御時后宮歌合』の作者の意図はともかく、少なくとも『新撰万葉集』以降、この「浅緑」は霞の色と判断され、後世まで影響を与えた表現であることは言えると思う。ともかく以上の考察から日本漢詩において「霞」は、「霞」が色鮮やかなのは、「霞」の向こうの景物が照り映えているためであると説明的に詠まれる点に大きな特徴があると思われる。霞を錦に喩えることは、色彩のみならず、布状の形態を想定させる点に大きな意義がある。つまり「霞」が羅や帷などの形態であることにより、色鮮やかな向こうが透けて映り、その結果が五色の錦という色彩になる、という手法で馴染み難い色鮮やかな漢語「霞」を理解していこうという姿勢は、以後日本漢詩一般に感じられる。

六

『新撰朗詠集』「霞」には「霞添春気色」の詩題をもつ[29]紀斉名の漢詩句が詩序と詩句の二つ採られている。

「霞」

66　山容水態之区分　山容水態の区《まちまち》に分れたる
自承陶染　自ら陶染を承けたり
城柳園梅之異種　城柳園梅の異種なる
暗添光輝　暗に光輝を添ふ

67　光是帯煙籠柳後　光は是れ煙を帯びたり柳を籠めて後
紅応交白鑯梅辰　紅は白きを交ふべし梅を鑯せる辰[30]

この詩序、詩句について柳沢良一氏は、柿村重松氏による解釈[31]をほぼ踏襲され、詩序については「山のたたずまい、川の流れ、その姿はまちまちであるが春の霞がうつって、おのずと霞に染められ、ひとつにかたちを変えている。都の町すじの柳、庭園の梅、おのおのその趣の種類は異なるが、霞のために忍びやかに春の輝きを加えている。」、詩については「日の光に映える霞の赤い色は、芽を出したばかりの柳を覆い包むと、まるで緑の煙を帯びているかのように見え、また、梅の花に立ちこめているとき遠くから見ると、紅梅に白梅を交えているかと思われる。」と通釈されている[32]。

ここでは柳沢氏は霞を赤いものとされているが、布状の形態という意識はさほど持っておられるように思われない。序の「自承陶染」という表現に注目したい。柳沢氏はこの部分「おのずと霞に染められ、ひとつにかたちを変えている。」と、山と川の形が霞によって渾然一体になると解釈されている。「陶染」とは「染め変える。感化する」の意であるが[33]、柳沢氏の解釈では霞の状態が不透明な印象を受ける。霞自体は鮮やかな色彩をしているが、形態は羅のような透けるものであり、その霞を透かして山川の風景を見ると、それぞれの形ははっきり見えるが、色彩は霞の華やかさにつつまれた、と解釈したい。また「紅応交白鑞梅辰」の詩句についても柳沢氏は霞と白梅が斑に見えるように解釈され、やはり霞は靄状の形態を想像されているように思われる。しかしこれも霞は羅状であり、赤い霞の向こう側に白梅が見える、と遠近感を考慮して解釈する方が適切だと思われる。

　このような日本漢詩において、霞を透けるような布状の形態としてとらえ、その向こうの景物が鮮やかな色彩の霞を透かして映る様子を詠むというのが、漢語「霞」の日本的解釈の特徴である。このような解釈が生まれた背景として、色鮮やかな「霞」という漢語を、「霞」を透かして向こうの景物を見るため、それが映り「霞」が色鮮やかな色彩として見えると詠んだ先に引用した『新撰万葉集』の漢詩的和歌の詠みぶりがあるように思われる。

　同様に、『新撰朗詠集』「霞」には、柳や松が霞を通して映る風景を詠んだ藤原在国の次の詩句が収められている。

「霞」

68　色映新籠堤柳黛　　色映じては新たに籠む堤柳の黛
　　光焼半秘嶺松煙　　光焼えては半ば秘す嶺松の煙

この詩句の題は「紅霞間緑樹」（紅霞、緑樹間《へだ》つ）というものである。この他数多く「紅霞」の例は見られるが[34]、もともと赤い光彩を主たる意味とする霞にわざわざ紅を修飾させて表現すること自体に、日本詩人達にとって漢語「霞」が実感としていかにとらえにくかったかが窺える。

　柳沢氏は「間」の訓について、穂久邇文庫本の「へだつ」の訓みに対し、『図書寮本類聚名義抄』等から「まじわる」が適切とされるが[35]、「まじわる」では、霞を布状のものと解釈できない。筆者はやはりこの「霞」も羅的にとらえ、赤い霞を通して柳と松を見ていると解釈する。従ってこの場合の「間」の読みは「へだつ」の方が、適切であると思われる。

ところでこの詩題の霞に対して使われている「間」、つまり「隔つ」という表現だが、大谷雅夫氏によると、本来漢詩文においてこの「隔つ」という表現が使われるのは雲に対してで、霞に用いられるのは日本独自の表現だということである。(36)「霞」に対して「隔つ」という表現を用いた例は『和漢朗詠集』「眺望」の橘直幹の次の詩句にも見られる。

「眺望」

627　江霞隔浦人煙遠　　江霞浦を隔てて人煙遠し
　　湖水連天雁点遥　　湖水天に連なて雁点遥かなり

この場合の「霞」については、川口氏が日本古典文学大系において「霞は、原義の朝焼、夕焼の意でなく、ここはわが国ぶりの「かすみ」の意」とされ、柳沢氏がその可能性が高いとされながらも、漢語「霞」の可能性を示され、(37)筆者もこの解釈を首肯したい。

この「霞」が和語「かすみ」の印象を与えるのは、先に述べたとおり、本来の漢語「霞」には使われない「隔つ」の語のためである。このための本来漢語「霞」にはない向こうをさえぎるような不透明感をもたらしている。

この詩句の漢語「霞」が本来の中国漢詩とは多少ずれて、主に量感を感じさせるものであることは確かであり、その原因となる「隔つ」という語と「霞」が結びついた背景には、その前提として先に引用した透かして景物を見るという「煙」の表現方法に影響を受けた霞を日本漢詩に特徴的な「霞」の詠み方があったと思われる。

このように日本漢詩の「霞」に大きな影響を与えた「煙」は、靄状の意であり、「霞」よりはるかに和語「かすみ」と近い状態を示す語なのである。同じ日本人にとってのこの「煙」が「霞」を理解し、表現する手掛りだったのである。

日本の詩人、特に勅撰三漢詩集に顕著な現象であるが、詠まれている霞は「煙霞」が専らであった[38]。『凌雲集』の霞の全用例は五例だが、そのうち四例が「煙霞」であり、残り一例も類似形態を想像させる「雲霞」である。また『文華秀麗集』も霞三例のうち、朝焼けを詠んだ「早霞」以外は「煙霞」である[39]。旅空の雁の疲れた羽根を包み込む夕焼け雲、飛び交う雲に見え隠れする桃や桜の花々、或いは新緑がむせかえるような三月三日の絢爛たる屏風絵のような「煙霞」は、それぞれ豊かな色彩を感じさせるが、重要なことはこれらの詩句が持つ量感である。日本の詩人にとって実感が湧く靄状の形態を示す「煙」の字を冠して初めて「霞」を詠むことができたのである。

従来、日本漢詩「霞」を和語「かすみ」的に解釈しがちなのも、多用された「煙霞」の「煙」字に専らよりかかって少しでも「霞」を和語「かすみ」に近寄せようとしたためである。言い換えるならば、和語「かすみ」の強い影響力の下、あえて漢語「霞」を詠もうとした結果が多少なりとも和語の印象に近い量感のある「煙霞」の多用につながったと見るべきであろう。

七

このように「霞」を詠んだ日本漢詩にとって、大きな影響を与えた「煙」の文字に対して、道真は漢語「霞」と明確に区別し、和語「かすみ」の自然状況を詠む際、意識的に「煙」で表現していると思われる。「早春内宴、侍清涼殿同賦草樹暗迎春、応製。」(菅家文草・446)では次のような詩句がある。

東郊豈敢占煙嵐　　東郊豈敢へて煙嵐を占めむや
陶気暗侵草木覃　　陶気暗に侵して草木に覃ぶ
(菅家文草・446)

ここでの「煙嵐」は和語「かすみ」とほぼ同じものである。また『菅家文草』(438)詩題の「賦新煙催柳色、応製。」の「煙」も同様である。このように道真は和語「かすみ」の内容を詩で表現する時は、「霞」ではなく「煙」の表現を使ったのである。これは道真が漢語「霞」を和語「かすみ」と明確に区別して把握していたことを示す。

また道真は「煙霞」を詠む際も「煙」だけによりかからず「霞」の語義を生かして詠んでいる。先に引用した「三月三日、同賦花時天似酔、応製。」(菅家文草・342)もその例である。この詩句は『和漢朗詠集』「三月三日」にも採られ、よく知られた詩句である。

「三月三日」

40　煙霞遠近応同戸　　煙霞の遠近　同戸なるべし

桃李浅深似勧盃　　桃李の浅深　勧盃に似たり

ここでの「煙霞」も「煙」によって靄状の意が加味されているが、詩句の中心は「花の時、天、酔へるに似たり」の詩題にもあるように、桃李の美しい紅色が映って天が紅く、まるで酔っているように見えるという紅色の色彩の美しさにある。道真はこれを「霞」によって表現しているのである。

ここで改めて『和漢朗詠集』「霞」の道真の詩句を考察したい。

「霞」

76　鑽沙草只三分許　　沙を鑽る草はただ三分ばかり

跨樹霞纔半段余　　樹に跨る霞は纔に半段余

この詩句は『菅家文草』の445「同賦「春浅帯軽寒」、応製。勒初余魚虚。」が出典である。『和漢朗詠集』ではこの前に白楽天の次の詩句が置かれている。

「霞」

75　霞光曙後殷於火　霞の光は曙けてより後火よりも殷し
　草色晴来嫩似煙　草の色は晴れ来て嫩くして煙に似たり

この詩句は元愼に宛てた「早春憶蘇州寄夢得」を出典とする。これらの詩句を『和漢朗詠集』に採録した理由は安田徳子氏の御指摘のとおり「霞」が早春の景物として詠まれている和歌に合わせたためであろう(40)。しかし春の「霞」の詩は他にもあるにもかかわらず、白楽天の詩句の次に各種朗詠譜本に見られない道真のこの詩句をあえて採録した理由は、白楽天の「霞」の詩と遜色ない日本漢詩としての評価からであろう。

白楽天と道真の詩句を較べてみると、ともに早春を詠んでいるだけでなく、両者があたかも呼応しているかのようである。白楽天の火より赤い霞に対して道真の錦の霞、そして若草に対して砂地を割って芽を出したばかりの草という具合にそれぞれ対応しているのである。

では道真の詩句は白楽天の模倣かといえば、決してそうではない。道真の詩句は、白楽天の詩句を踏まえた上でそれよりも更に一足浅い春を詠んでいるのである。道真の詩句は、春まだ浅い早春の景物を詠んでいるものであるが、春が浅いことを草や霞の長さやたなびきが充分でないことによって表現しているところに趣向が見られる。

「沙を鑚る草はただ三分ばかり」は草全体の十分の三程度しか伸びていないことを示している。これに対応する「霞」はまだ半段である。十分の三あるいは、半段と割合によって春の浅さを表現するところに道真の独自性がある。

しかし、草の背丈はともかく、「霞」が半段であることが、なぜ早春を表わすごとになるのであろうか。中国漢詩では「霞」は春に限った景物ではなかった。「霞」が半段であるから早春だという発想は、中国漢詩には見られないものである。この発想の前提には春が来ると「かすみ」に包まれるという季節観が存在している。そして「春浅帯軽寒」の題を与えられた時、道真は白楽天のこの詩句を思い浮かべ、それより早い春を詠んだのである。

白楽天の空一面を燃やす紅の朝焼け、あたり一面を包み込む柔らかい煙る緑に対して道真の色彩は極めてわずかなものに過ぎないが、その印象は鮮烈である。沙から短い錐のような緑の線、木々がまだ芽吹かず何の色彩もない梢の間に、一反の錦にはまだまだ足りない分量であるが鮮やかな光があるのを春の兆しとして受け取めたのは日本人である道真ならではの感性であろう。道真は和語「かすみ」とは違う漢語「霞」の意味を正しく使いながら、日本的美意識に基づいた春を詠んだのであり、『和漢朗詠集』選者公任もその美意識こそが白楽天に代表される「霞」に匹敵する日本人の「霞」であると評価したのである。

注

(1) 小島憲之氏「上代に於ける詩と歌―「霞《カ》」と「霞《かすみ》」をめぐって―」（松田好夫先生追悼論文集『万葉学論攷』続群書類従完成会、平成二年）参照。

(2) 川口久雄氏校注『和漢朗詠集』の初版（日本古典文学大系第一刷、岩波書店、昭和四十年一月）。

(3) 大曾根章介・堀内秀晃両氏校注『和漢朗詠集』において「木々の梢にかかってたなびいている霞は高さが半段余に過ぎない」と解釈がなされており、ここでは「霞」を和語「かすみ」とはっきりはいいきっておられないが、「たなびいている」「高さ」という表現、及び一段は六間という語釈等から川口説に準じたと判断した。

(4) 「和漢朗詠集を読む―「霞」と「かすみ」―」（『国文学』34巻10号、平成元年八月）。本論において柳沢良一氏は漢語「霞」と和語「かすみ」との区別が、従来『倭名類聚抄』（承平四〈九三四〉年前後の成立）頃までは区別されていたという解釈に対し、「しかし、実はもっと早い時期に漢詩文の世界では漢語「霞」と和語「かすみ」とが混用されていて、その例がとりもなおさず、『和漢朗詠集』所収のこの菅原道真の詩句である。」として「樹に跨る霞は纔に半段余」の詩句をとらえ、その上で「道真の『菅家文草』には、他に混用と思われる例はなく、当句が唯一のものである。」と論じておられる。

(5) 注（2）と同じ。

(6) 『菅家文草』（445）「同賦春浅帯軽寒、応製。勒初余魚虚。」を出典とする。

(7) 六地蔵寺善本叢刊　第四巻『和漢朗詠集注　他一種　巻二』（汲古書院、昭和六十年）この他にも金子元臣・江見清風両氏『和漢朗詠集新釈』（明治書院、明治四十三年）に「段は布帛の分稱なり」とあり、古注でも『和漢朗詠集鈔』に「霞の木にかゝるは少し―絹半反餘りに見へたる也」等がある。

（8）この改変は第十一刷（昭和五十年七月）からであることは、岩波書店新古典文学大系編集部に調べて頂いた。

（9）「段」「反」「端」は布帛の長さの単位であり、古代、中世における布の量の単位である。『賦役令』では調布一端を長さ五丈二尺、幅二尺二寸とした。また調布については「端」、庸布・商布については「段」と区別する場合がある。「十巻本字類抄」では「端タン又、段字を用ゐる。錦布等の員也。或文に云く、調布四丈二尺を（端）と為し、庸布二丈八尺を（端）と為し、商布二丈五尺を（端）と為す」とある。後藤昭雄氏は「菅原道真の詩と律令語」（『中古文学』27号、昭和五十六年五月）において、道真の詩句の中に数多くの律令語が見られることを指摘されている。また「分」に関しても、川口氏は日本の距離の単位と考えておられることが川口氏の注による昭和五十七年二月発行の講談社学術文庫『和漢朗詠集』の同詩の注でわかる。そこには「三分」に対し、「わずか三分（一センチ）ほど」と注されている。しかし「分」が割合を示しているということは、『菅家文草』所収の（71）「九月侍宴。同賦吹華酒、応製」の「把盞無嫌斟分十、吹花乍到唱遅三」や（73）「雪中早衙」の「宜口温来酒二分」、『和漢朗詠集』「九日」にも紀納言の（263）「先三遅兮吹其花、如暁星之転河漢。引十分兮蕩其彩、疑秋雪之廻洛川」白楽天の（264）「霜蓬老鬢三分白、霜菊新花一半黄」の用例等から明らかであると判断した。

（10）また「布」は古語では麻・葛等の繊維で織った絹に対する総称であるが、本稿では織物全体の総称という現代語の意で「布」という語を使用する。

（11）『白氏文集』の本文及び番号は、平岡武夫氏編『白氏文集歌詩索引』（同朋社、平成元年）所載那波本による。

（12）注（1）と同じ。但し小島氏は、「漢詩と歌の間―王朝文学史の問題―」（『文学』55巻10号、昭和六十二年）において十三番「霞光片片錦千端」（26）については「霞光が種々の色を呈する景色」と解釈されている。

（13）道真が漢語「霞」を正しく理解していたことは、『菅家文草』における「霞」の用例が全て漢語「霞」として使われていることからわかる。例えば、仙人の飲食に喩えられた霞として（107）「夏夜対渤海客、同賦月華臨静夜詩」に「客座心呈露、杯行手酌霞」とある。また晩秋の夕焼けを表わした（92）「山家晩秋」の「山下卜隣当路霞」等がある。『菅家文草』では和語の白い靄状の「かすみ」の意で「霞」を用いた例はない。

（14）『新撰万葉集』本文及び番号は『新編国歌大観』によった。和歌は万葉仮名を適宜漢字仮名交り表記に直し、漢詩句は「霞」について詠んだ箇所のみとした。

（15）「片片」に対する語釈は、半澤幹一・津田潔両氏「『新撰万葉集』注釈稿（上巻　春部1～7）」（『共立女子大学文芸学部紀要』において「きれぎれな様」というものであるが、小島氏が指摘されているように（注1）「平面的な広がりをもつ量詞。」の方が適切である。他に韓握の「茘枝詩」の「巧裁霞片」庾信「至仁山銘」の「瑞雲一片」及び李白「子夜呉歌」の

「長安一片月」等の例がある。
（16）「端」については注（9）を参照されたい。
（17）小島氏はこの「春霞」を「あかね色」と解釈されている（注1）。
（18）柳沢氏は先に引いた御論文注（4）で小島憲之・新井栄蔵両氏『古今和歌集』（新日本古典文学大系）の注を引かれ、「この詩句の表現から逆に、和歌の「春霞」は確かに漢語「霞」を詠んだ作であることが言える」とこの和歌の「かすみ」を漢語「霞」と解している。また安田徳子氏も「歌語「かすみ」成立と「霞」─四季感と色彩感に注目して─」（『和漢比較文学』5号、平成元年十一月）において、この和歌の「かすみ」は漢語的に詠まれていると指摘されている。
（19）『新撰朗詠集』ではこの歌は「花」部に入っている。浅緑色の霞が覆っている中を色鮮やかに見える桜が印象的であると解釈したためであろう。柳沢氏は「『新撰朗詠集』注解稿（六）」（『学葉』28巻、昭和六十一年十二月）においてこの和歌にふれ、そこでは「「かすみ」の色は浅緑で」と引用し、柳沢氏の「かすみ」の色の解釈も揺れていることが窺える。柳沢氏「『新撰朗詠集』注解稿（十）」（『金沢女子大学紀要（文学部）』1集、平成二年十二月）。
（20）『新撰万葉集』に関しては「注釈稿」（注15）を参考とした。和歌を「薄い緑色の、野辺の霞がすっぽりとあたりを覆い隠しているけれども、その切れ間からこぼれ出るように見える咲き匂う花桜であるよ。」と通釈し、語釈において「浅緑」を野辺の色と解釈する可能性も残しながらも霞の色と判断している。漢詩句については「野山には草木の緑色が満ちている。するとと霞が切れ切れにかかり始めて、やがてそれは美しい錦の垂れ幕のようになった。そこへ昨夜の名残の山風が吹いて軽く霞の垂れ幕をあおりあげると、様々な美しい彩りが散り乱れるのが見えた。それに因って、桜花は旅人の心を悲しませた。」と通釈している。
（21）小島氏は「歌の「霞」を錦のとばりにたとえ、赤色の気が「かすみ」の意を示し」と、この錦も他と同様、一般的な赤いものと解釈された（注1）。
（22）この考察は『新撰万葉集』研究会（十一月二十七日、於光華女子大）の討議によるものを引用させて頂いたものである。
（23）「注釈稿」（注15）も比較・対照の項において漢詩句「浅緑」を霞の色と解釈され得ることを述べているが、本論では通釈の通り「野辺の色」を「浅緑」と解釈したと判断した。
（24）「みどり」はふつう「翠」「碧」で表現され、「緑霞」の用例は『佩文韻府』に本詩句と類似な世界が感じられる張雨の「染就緑霞春帖子、不妨青鳥便銜将」が見られる程度である。この「染」の文字の通り「緑」は漢詩文では一般的に野辺の形容としてではなく染色の表現として用いられる。

(25) 李善注「青霞奇意志言高也。曹田臨園賦曰、青霞曳於前、阿素籟流於管」。注(1)と同じ。
(26) 注(19)参照。
(27) 前田家本、能因本系『枕草子』「関白殿、二月二十一日に、法興院の積善寺といふ御堂にて、一切経供養せさせ給ふに」の段。三巻本系『枕草子』では「空はみどりに霞みわたれる」と「みどり」となっている。
(28) 「注釈稿」では『後拾遺集』「浅緑野辺の霞のたなびくにけふのこ松をまかせつるかな」(春上・30)、『新古今集』「あはれなり我が身のはてや浅緑つひには野辺の霞と思へば」(哀傷・758)を語釈で引用されている小野小町歌であるが、この歌の「野辺の霞」の場合は火葬の煙を喩えたものであり、本論の浅緑の霞とは内容がやや異なると思われる。
　この他に勅撰和歌集に見られる浅緑の霞の例はまた『新古今集』にも公経の「建仁元年三月歌合に、霞隔遠樹といふことを」という詞書に、「高瀬さす六田の淀の柳原みどりもふかく霞む春かな」(春上・72)の和歌の例があり、更に『新勅撰集』にも権中納言国信の「堀河院に百首歌たてまつりける時、やまのうた」の詞書の「あさみどりかすみわたれるたえまより見れどもあかぬいもせやまかな」(雑四・1330)という和歌の例がある。
(29) 『類聚句題抄』五、「気色を」典拠とする。
(30) 柳沢良一氏「『新撰朗詠集』注解稿(七)」(『金沢女子大学紀要(文学部)』1集、昭和六十二年十二月)によると、「火是帯烟籠柳後」の「火」が穂久邇文庫では「光」となっている。
(31) 柿村重松氏『和漢新撰朗詠集要解』には次の通り通釈されている。「山のかたち水のさま区々にわかれてゐるが、何れも霞のために自ら形を化せられ色を染められて居り、又城の柳園の梅と種類さまざまであるが、皆霞のために何となく光輝をそへてゐるとの意である。即ち霞が山川草木一様に春の気色を添へてゐることを作つたのである。」、「紅霞が柳にかかると火が煙を帯びて居るやうであり、又梅の花をこめると紅梅に白梅を交へたやうであるとの意である。春の霞であるから紅の霞として作つたのであらう。」
(32) 注(30)に同じ。
(33) 「陶染」は『菅家文草』(438)「賦新煙催柳色、応製。」の「纖脆慙顔鉛粉素　染陶隨手麴塵黄」にもあり、この場合の「染陶」は「柳の枝は、織工や陶工の巧みな手によって麴塵に染められ黄緑となる」となる。
(34) この他の「紅霞」の例としては例えば『類従句題抄』所収の「花間訪春色」において「杏園暁望紅霞色、梅桜春知白雪粧」などがある。
(35) 注(30)に同じ。

(36)　この詩句の源泉には『万葉集』の奈良の吉田宜から筑紫の大伴旅人に宛てた「碧海地を分かち、白雲天を隔つ」（巻五・868）という表現があることが、中川正美氏「八代集の歌ことば―「へだて」の表現史―」（『梅花短期大学研究紀要』41号、平成五年三月）、大谷雅夫氏「白雲―歌語と詩語―」（『国語国文』63巻5号、平成五年五月）によって指摘されている。大谷氏によればこの表現は、南北朝から隋唐にかけての詩にみられる「山川間白雲」表現に基づいたものであり、また中川氏は和歌における霞は、「隠す」景物から「へだつ」景物へ変っていき、その変化は十世紀後半、『拾遺集』撰進のころに起こっていたと考察されている。

(37)　注（4）において『経国集』巻一、嵯峨天皇「春江賦一首」「江霞照り出でて寒彩辞り」の川辺の赤い雲気の例等を挙げて和語「かすみ」と断定するには若干疑問があると述べられている。

(38)　また『懐風藻』にも「煙霞」が多く用いられている。猶『懐風藻』における「煙霞」については波戸岡旭氏の「『懐風藻』に見える煙霞（上）（下）」（『漢文学会々報』32輯、昭和六十一年十月／33輯、昭和六十三年二月）の御論考がある。

(39)　『凌雲集』「和左衛督朝臣嘉通秋夜寓直周廬聴早雁之作」（16）の「朝搏渤澥事南度、夕宿煙霞耐朔風」、「三月三日侍宴、応詔　三首」（37、38、39）の「煙霞処処飛、花鳥番番遇」、『文華秀麗集』「観闘百草簡明執　一首」滋貞王（129）「紅花緑樹煙霞処、弱体行疲園巡遐」などの例が見られる。

(40)　安田徳子氏は『拾遺集』で「かすみ」が春の巻頭に収められ、群を作っていることから、この時代に「かすみ」が早春の景物として決定されたと指摘された。そしてその影響を『和漢朗詠集』「霞」も受け、この道真の詩句も白楽天の詩句もともに早春の詩という理由で採用されたものであろうと考察されている（安田徳子氏「歌語「かすみ」の成長―四季感と色彩感―」（『中世和歌研究』和泉書院、平成十年）。

付『千載佳句』眺望「碧煙」及び『和漢朗詠集』春興「碧羅」の影響

一

春の女神佐保姫が和歌に詠まれたのは、『古今六帖』所収の次の和歌が初出ではないかと思われる。

佐保姫の織りかけさらす薄はたの霞たちきる春の野辺かな　（古今六帖・はた・3254）[1]

春の野辺に艶やかに広がる若草は、佐保姫が織りあげさらした薄はたである。霞を裁（立）ったものであり、それを野辺が衣としてまとったものであるよ、と、新緑の野辺の美しさを佐保姫が織り裁（立）った霞の衣に喩えている。「かすみ」は普通白っぽい靄状のものを連想するが、ここでの霞は、野辺の緑の見立てとして表現されており、その色彩は鮮やかな緑色である。[2]

『古今六帖』「佐保姫の織りかけさらす薄はた」歌に影響を受けたと思われる歌があり、そこに詠まれている霞の衣を緑とも読み取ることもできるので紹介したい。

春くれば麓も見えずさほ山に霞の衣たちぞかけつる　（国基集・1）

佐保山に霞の衣かけてけり何をか四方の空はきるらむ　（散木奇歌集・8）

これらは春の「佐保山」を詠み、「佐保」を「棹」に通じさせ、その棹に霞の衣がかかっていると見立てている。特に俊頼の歌集である『散木奇歌集』歌は、佐保山に霞の衣をかけてしまい、空は一体何を着るのだろうと詠んでおり、「佐保姫の織りかけさらす薄はたの霞たちきる春の野辺かな」歌の影響を強く感じる。その点を考慮に入れて詠むと、春の空が佐保山にかけた霞の衣は、空の緑が春の山辺に映ったという趣向と詠むことも可能であり、そうならば、そこに緑の霞の衣を見出すことができる。

二

そして空の緑の衣といえば平安人が必ず思い浮かべたであろうものが『和漢朗詠集』「春興」の天の碧の薄絹である「碧羅」という詩句である。

19　野草芳菲紅錦地　　野草芳菲たり紅錦の地
　　遊糸繚乱碧羅天　　遊糸繚乱たり碧羅の天　　劉禹錫

更にこの詩句を踏まえ作られた小野篁の詩句。

22　着野展敷紅錦繡　　野に着いては展べ敷く紅錦繡
　　当天遊織碧羅綾　　天に当つては遊織す碧羅綾　　篁

この碧の薄絹「碧羅」という詩語が持つ印象は『古今六帖』の佐保姫が「織りかけさらした薄はた」と相通じていくものがあるように思われる。しかし両者をこのまま結び付けるには、やや直接的なきらいがあるように思う。両者を結びつけていく手がかりを、発端となった劉禹錫の詩句「遊糸繚乱たり碧羅の天」の遊糸という詩語に求めていきたい。

「遊糸」にはさまざまな意があるが、この問題については、新間一美先生によって既に詳細な御論考がなされている(3)。その御考察によれば、劉禹錫の詩句の「遊糸」は碧の天一面を覆うように広がる蜘蛛の子の糸と解釈できるが、この詩句を日本人は、この「遊糸」を陽炎の意として享受したことが、やはり『和漢朗詠集』「春興」で、劉禹錫の詩句の影響下にある島田忠臣の詩句の「或有無」の言葉に読み取れることを言及されている。

23　林中花錦時開落　林中の花の錦は時に開落す
　天外遊糸或有無　天外の遊糸は或は有無とす　田達音

筆者も新間先生の御考察のように花満ちる爛漫の春においての「有りとやせん無しとやせん」は蜘蛛の子の糸が天に飛び散っている様子ととるよりも、暖かい春の空に立ち上る気、「陽炎」と解釈したい。更に、これらの詩句を踏まえて作られたと思われる『和漢朗詠集』「晴」の

415　霞晴れみどりの空ものどけくてあるかなきかの遊ぶいとゆふ

の「糸遊」も同様に、春にゆらゆらと「あるかなきかに」たちのぼる気、「陽炎」と解釈する。

時代が下がり、これら「遊糸」「糸遊」を詠んだ漢詩、歌を影響を受けたものが、『六百番歌合』に見られる。「遊糸」の題で詠まれた経家の次の和歌である。

佐保姫や霞の衣織りつらん春のみ空に遊ぶ糸遊(4)(100)

春のみ空は鮮やかな浅緑、碧天であり、その碧を背景に「糸遊」が遊ぶ、つまり陽炎がゆらゆら立ち上る様子、糸の縁で連想する「織る」、そこから春の織姫佐保姫に思いをはせ、みどり空にたつ陽炎は佐保姫が織りなす霞の衣ではないだろうかと詠んでいるのである。翻って篁の「天に当つては遊織す碧羅綾」の詩句も、そこに、鮮やかな緑色の薄絹「碧羅綾」を「遊織」する春の織姫を女神を浮かべることのできる。劉禹錫の「碧羅」に心引かれ、用いようとした時、「繚乱たる遊糸」は、たちのぼる陽炎であり、「糸」の文字に引かれ、あるかなきかにゆらゆらする気は、佐保姫が碧の霞の衣を織りなしている様子として享受したのではないだろうか。従ってその衣は「碧羅」であり、霞は「みどり」であることになる。

三

漢語「霞」は、『文選』左思「蜀都賦」に「舒丹気而為霞」、その五臣注に「霞、赤雲也」とあるように、朝焼け夕焼けに用いられる鮮やかな色彩を特徴とする、赤色を主とするものであることは、小島憲之氏等によって指摘されてきた。(5) しかし、漢詩に現われる霞は必ずしも赤色に限らないことは、伝道真撰の『新撰万葉集』上巻にある「霞彩斑斑五色鮮」(新撰万葉集・春・32)(6) の表現等から明らかである。

この『新撰万葉集』に緑の霞を詠んだ和歌とそれに対応する絶句がある。

浅緑野辺の霞はつつめどもこぼれて匂ふ花桜かな

緑色浅深野外盈　　緑色浅深として野外に盈てり
雲霞片片錦帷成　　雲霞片々として錦帷成る
残嵐軽簸千匂散　　残嵐軽く簸ひて千の匂ひ散る
自此桜花傷客情　　此より桜花客情を傷ましむ

(新撰万葉集・春・5・6)

「浅緑」の和歌は霞を透かして濃き薄き緑の野辺を見ており、従って「浅緑」は野辺の色であると同時に霞の色であり、それを翻訳した「緑色浅深」の漢詩の霞も、「雲霞」に向こうの「緑色浅深」の色が映り、「錦帷」は緑を基調とした色であると解釈した。ここでの霞と野辺の関係は、色彩のない霞に野辺の緑色が映り、霞が緑に見えるというものであり、これに対して『古今六帖』の「佐保姫の織りかけさらす薄はたの」の和歌は、野辺が緑なのは霞の布を裁ったからであると詠んでおり、野辺の方が霞の緑つまり碧羅を写し取ったと見立てているのである。この場合霞は、それ自体が浅緑色であると解釈される。

『新撰万葉集』の「浅緑」歌は『寛平御時后宮歌合』に詠まれたものであり、『拾遺集』(40)にも「菅家万葉集の中」として採られ、また『古今六帖』でも「みどり」(3514)に採られ、よく知られていたと思われる。これ以後、浅緑の霞は平安文学において一つの流れをなしていく。以下用例をあげ、順に番号を付したい。

① 関白殿、二月二十一日に、法興院の積善寺といふ御堂にて、一切経供養せさせ給ふに、―略―日はいとうららかなれど、空は浅緑に霞みわたれるほどに、　(枕草子・二六三段)(7)

② 亭子の帝鳥飼の院におはしましにけり。例の如御遊あり。「このわたりのうかれめどももあまた参りて候なかに、声おもしろくよしあるものは侍りや」と問はせ給(ふ)に、うかれめばらの申すやう、「大江の玉淵がむすめといふものなむ―略―」

浅緑かひある春にあひぬれば霞ならねどたちのぼりけり　(大和物語・一四六段)

撰集における「浅緑の霞」の歌をあげていきたい。まず『後拾遺集』の例をあげたい。

③ 浅緑野辺の霞のたなびくにけふのこ松をまかせつるかな (30)

④ 春霞立ち出でむことも思ほえず浅緑なる空のけしきに (907)

この他に『金葉集』の「霞の心を詠める」という題で少将公教母の次の歌がある。

⑤ 浅緑霞める空のけしきにやときはの山も春を知るらん (5)

『千載集』には「霞の歌とて詠み侍る」の摂政前右大臣の次の「みどり」の和歌がある。

⑥ 霞しく春のしほ路も見渡せばみどりを分る沖津白浪

次の和歌は『新古今集』「哀傷」に小町歌とされ入集する。

⑦ あはれなり我が身のはてや浅緑つひには野辺の霞と思へば (75)

次の菅原孝標女の和歌にも「浅緑の霞」が見られる。

⑧　祐子内親王藤壺に住み侍りけるに、女房うへ人などさるべきかぎり物語して、「春秋のあはれいづれにか心ひく」などあらそひ侍りけるに、人々おほく秋に心をよせ侍りければ

浅緑花もひとつに霞みつゝおぼろにみゆる春の夜の月（56）

またこの他に、「霞隔遠樹」という題で権中納言公経が詠んだ和歌にも「浅緑の霞」が見られる。

⑨　高瀬さす六田の淀の柳原みどりもふかく霞む春かな（72）

『新勅撰集』にも権中納言国信の「堀河院に百首歌奉りける時、山の歌」

⑩　浅緑霞渡れる絶え間より見れども飽かぬ妹背山かな（1330）

の例が見られる。この私家集の例としては、

⑪　浅緑霞にけりないそのかみふるのに見えし三輪の杉村（隆信集・19・野霞）

⑫　浅緑霞にきゆる雁がねの心細きは春の曙（唯心房集・19・春の歌の中に）

等があり、また『建保名所百首』では家衡の、

⑬　いくしほの春のみどりを染めつらむ霞の底のしがのうら松

等も見られる。

四

しかし、このようにもはや一般的ともいえる「浅緑の霞」の歌も一つ一つ見ていくと単に「碧羅」のみとの結び付

きでは解釈できなくなっていく。具体的に考察していきたい。

十三例のうち、②「浅緑かひある春にあひぬれば霞ならねどたちのぼりけり」や③「浅緑野辺の霞のたなびくに」等は霞は浅緑であるという前提が先にあってこその和歌である。

また、①「空は浅緑に霞みわたれるほどに」④「浅緑なる空のけしきに」⑤「浅緑霞める空のけしきに」等は浅緑色の春の晴れやかな空全体が霞であると詠み、「碧羅天」の語句と印象がそのまま重なる。

しかし⑥以降の浅緑の霞、例えば⑥「霞しく春のしほ路」や⑧「浅緑花もひとつに霞みつゝ」⑩「浅緑霞渡れる絶え間より」⑫「浅緑霞にきゆる」等の表現は「碧羅」と解釈するには多少違和感がある。その原因はこれらの霞が持つ量感にある。「碧羅」の「羅」とは透き通るような薄さを表現したものであり、⑥以降の不透明で量感のある霞とは異なるものである。

そもそもこれらの和歌の「浅緑の霞」の不透明な印象は、本来和語「かすみ」が持っている量感のある靄状の空気の状態と同じである。但し一般的に「かすみ」と言えば、その色彩は白っぽいものであるのに対し、ここではそれが青磁色のような状態として解釈できる。漢語で表現するならば、透き通る「羅」ではなく、靄状の「煙」がふさわしい。

『千載佳句』「眺望」楊収「望岳陽」にはそのみどり色の煙である「碧煙」という表現が見られる。

　黛色浅深山遠近　碧煙濃淡樹高低（877）

濃い青色である黛色、その緑色の浅さ深さは山の遠近を示し、柳や松の高さ低さによって靄のようなけぶるような緑が薄かったり濃かったり映る様子を表現している。ここでの「碧煙」は⑥以降の不透明な量感ある「浅緑の霞」と極めて似た印象をもたらす。また『千載佳句』にも採られている、白楽天の「菩提寺上方晩眺」（3137）にも「浅緑の霞」と解釈できるような青い「煙」が詠まれている。

嵩煙半巻青稍幕　　嵩煙半ば巻く　青稍の幕
伊浪平鋪緑綺衾　　伊浪平かに鋪く　緑綺の衾

嵩山に靄が半分巻かれ、その緑を映した靄は、まるで青い絹のようだと詠んでいる。このような「煙」は『和漢朗詠集』所収詩句にも見える。

88　梅花帯雪飛琴上　　梅の花は雪を帯びて　琴上飛ぶ
柳色和煙入酒中　　柳の色は煙に和して酒の中に入る　（梅・章孝標）

108　嵆宅迎晴庭月暗　　嵆宅晴を迎へて　庭月暗し
陸池逐日水煙深　　陸池日を逐て　水煙深し　（柳・後中書王）

これらの「煙」は柳と結び付いている。「柳の色は煙に和して」も「水煙深し」もそれぞれ春爛漫の頃、柳の緑と霞が溶け合い、或いは柳の緑が濃くなり煙るような霞の中、池の水と溶け合うと詠まれ、ここでの「煙」は和語「かすみ」の質感を示し、その色彩は柳の緑である。緑が煙る柳とは、「かすみ」が柳を包み込み、それが緑の煙を帯びているかのように見えるということである。ここには漢語「煙」つまり「かすみ」に柳の緑が映るのか、緑の「かすみ」に柳が染るのか、両者があいまいに春のけだるさの中で溶け合っている。

五

「煙」はもともと緑の属性を持っている。例えば『和漢朗詠集』「霞」の白楽天の次の詩句である。

75　霞光曙後殷於火　　霞の光は曙けてより後火よりも殷し
草色晴来嫩似煙　　草の色は晴れ来て嫩くして煙に似たり

「煙」は「草の色」と較べられたものであり、『新撰朗詠集』「霞」の「霞添春気色」という詩題で「霞」を詠んだ紀斉名の次の詩句である。

67　光是帯煙籠柳後　　光は是れ煙を帯びたり柳を籠めて後
　　紅応交白鑞梅辰　　紅は白きを交ふべし梅を鑞せる辰

「煙」も柳の比喩に用いられ、その色彩は緑である。先にあげた例のうち、⑨「高瀬さす六田の淀の柳原みどりもふかく霞む春かな」はこれと同じ世界の和歌である。また柳ではないが⑪「浅緑霞にけりないそのかみふるのに見えし三輪の杉村」⑬「いくしほの春のみどりを染めつらむ霞の底のしがのうら松」も同趣向である。

『菅家文草』(438)「賦新煙催柳色、応製。」の詩題も「煙」を「柳色」と表現している例であるが、ここでの「煙」は和語「かすみ」の内容を表現している点に眼目がある。

「煙」は靄状の意であり、もともと漢語「霞」よりはるかに和語「かすみ」に近い状態を示す語であった。日本漢詩において「霞」を詠んだものは、もっぱら和語「かすみ」に近い「煙」の意によりかかった「煙霞」が主であり、「煙」の字を冠して初めて漢語「霞」を詠むことができた。先に述べたとおり、「煙」は緑色の属性を含んでいた。それを踏まえれば、「煙霞」の言葉の持つ属性に、硬質な「碧羅」とは違う⑥以降の不透明な「緑の霞」が詠まれていく背景があるように思われる。また⑦「あはれなり我が身のはてや浅緑つひには野辺の霞と思へば」の例は、不透明な緑の霞から「煙霞」の語句を思い浮かべ、その「煙」の文字をそのまま取り、野辺送りの煙を「浅緑の霞」として詠んでいる。先にあげた漢詩では、漢語「煙」が和語「かすみ」として用いられていたのであるが、この和歌は和語「けぶり」の方が、むしろ漢語「煙霞」の文字に引かれ、「浅緑の霞」として詠まれているのである。

六

以上、「浅緑の霞」に注目し、この言葉は漢詩の世界と密接に関わっていることを読み取ってきた。「緑の霞」という概念は、張雨の「染就緑霞春帖子詩」の「緑霞」、郭璞の「遊仙詩」「振髪晞翠霞」、「江賦」「吸翠霞而夭矯」の「翠霞」、李白の「題元丹丘山居詩」「高枕碧霞裏」の「碧霞」、韓愈の「蒼霞」、或いは、楊炯の「少室山少姨廟碑」の「青霞起而照天」、梁武帝の「直口頭詩」の「丹樓青霞上」の他沈約、劉長卿らも使った「青霞」らの例からわかるようにもともと漢語に存在する概念であり、これが日本に知られていたことは、『菅家文草』(5)「賦得詠青、一首」にある「故意霞猶聳、新名石欲題」という「青霞」の用例から窺える。しかし、これら「翠」「碧」あるいは「青」「蒼」等で表わされる「緑の霞」は、青雲の志の意や、神仙的場面に用いられ、自然の緑の形容の際にそのまま用いられてはいない。むしろ和歌において「浅緑の霞」が生まれる力となったのは劉禹錫の「碧羅」の詩句の発想から結び付いた佐保姫の緑の霞の衣であり、その「浅緑の霞」が和歌で受容されていく中で、「羅」の持つ透き通った硬質の感覚とは別に、本来和語「かすみ」が持っていた、あたりを包み込み、隔てるような「浅緑の霞」も詠まれていく。このけぶるような量感のある不透明な印象の「浅緑の霞」は、日本漢詩に多用された「煙」の文字に比重がかかる「煙霞」の詠まれ方と相通じるものがある。この背景には漢語「霞」の光彩の感覚と和語「かすみ」の靄状の感覚の差異の存在があると思われる。

つまり、始め漢語「霞」が靄ではなく光彩であることを承知していた人によって「碧羅」の詩語と出会い、このきらきらしい碧の天は佐保姫の織った衣として受容し、「浅緑の霞」という言葉が和語として生まれた。それが人々に好まれ多用される中で、本来和語「かすみ」が持つ靄状の意に寄っていき、結果、漢語の中で和語「かすみ」と最も近い意味内容を持つ「煙」と結び付き、煙るような量感ある「浅緑の霞」が詠まれていったのである。

注

（1）この和歌は『新勅撰和歌集』（春上・18）に曾禰好忠作として第二、三句「面影去らず織る機の」と改変されて採られている。この改変については「定家小本」が関わっていることを蔵中さやか氏「『定家小本』和歌の部をめぐって―『古今六帖』と『新勅撰集』、『奥入』との接点―」（『題詠に関する本文の研究　大江千里集・和歌一字抄』桜楓社・平成十二年）において論じられている。

（2）佐保姫を詠んだもので最もよく知られ、その姿を育くんできたといえる和歌は、「さほひめは佐保山の神よりをこりてさほ山の霞を詠歌等によせて春を染神と云歟」（『能因歌枕』この他『綺語抄』『袖中抄』もほぼ同様の内容）として引かれる「天徳四年内裏歌合に柳をよめる」の詞書を持つ平兼盛歌である。「佐保姫の糸そめかくる青柳をふきなみだりそ春のやまかぜ」（詞花集・春・14）。「佐保姫の織りかけさらす薄はた」の霞たちきる春の野辺かなはなく、染めているが、この佐保姫も春として染めあげた色は、「糸そめかくる青柳」であり、薄はたと同様緑色であった。紅葉の赤が印象的な竜田姫に対して、佐保姫は元々は、緑の衣を織ったり染めたりする属性を持っているように思われる。

（3）新間一美氏『平安朝文学と漢詩文』第二部Ⅲ「平安朝文学における「かげろふ」について―仏教的背景―」（和泉書院、平成十五年）。また、『古今集』の行平歌「春のきる霞の衣ぬきを薄み山風にこそ身だるべらなれ」（春・23）の「ぬきを薄み」という表現も「羅」という素材を想像させる。

（4）この和歌に対する判詞は「霞の衣おるらんとぞあるべき、おりつらんにてはすゐかなひてもきこえざるにや云々」とあり、『六百番歌合』時には、織り姫としての佐保姫が一般に認められている表現だが、これは『古今六帖』歌によってであろうと思われる。猶この経家歌は『新六帖』『夫木和歌集』に所収されている。

（5）小島憲之氏は、この問題について幾度も論じられているが、まとまったものとしては、「上代に於ける詩と歌―「霞《カ》」と「霞《かすみ》」をめぐって―」（松田好夫先生追悼論文集『万葉学論攷』続群書類従完成会、平成二年）がある。

（6）番号は『新編国歌大観』による。

（7）前田家本、能因本系『枕草子』。三巻本系本文では「空はみどりに霞みわたれる」と「浅緑」の部分が「みどり」となっている。

二　「春の夜の闇はあやなし梅の花」歌の「暗香」ついて

一

「香り」という概念は、『万葉集』ではほとんど題材にされなかったが、(1)漢詩文の受容により『古今集』の時代には数多く詠まれるようになった。(2)そのうち『古今集』の「春上」には梅の花の「春の夜の香り」を詠んだ和歌が三首並んでいる。

暗部山《くらぶ》にてよめる　貫之
梅の花にほふ春べは暗部山闇に越ゆれど著《しる》くぞありける
月夜に、梅の花を折りてと人の言ひければ折るとてよめる　躬恒
月夜にはそれとも見えず梅の花香をたづねてぞしるべかりける
春の夜、梅の花をよめる
春の夜の闇はあやなし梅の花色こそ見えね香やは隠るる
（古今集・春上・39・40・41）(3)

小島憲之氏によって、これらの和歌は、白楽天・元稹等が用いた詩語「暗香」を源泉とすることが指摘された。(4)新井栄蔵・小島憲之両氏が注された新日本古典文学大系(5)では、これらの歌に対して、次の「暗香」詩の傍線部が参考事

項として引用されている。（括弧内は対応する『古今集』番号）。

元稹「雑憶詩五首」のうち1002・1003・1004首[6]（39）

今年寒食月無光　夜色纔侵已上牀
憶得双文通内裏　玉櫳深処暗聞香　1002
花籠微月竹籠煙　百尺糸縄払地懸
憶得双文人静後　潜教桃葉送鞦韆　1003
寒軽夜浅繞回廊　不弁花叢暗弁香
憶得双文朧月下　小楼前後捉迷蔵　1004

白楽天「答桐花」[7]0103（40）

夜色向月浅　暗香従風軽

元稹「春月」0123（41）

春月雖至明　終有靄靄光　―中略―
風柳結柔桜　露梅飄暗香

新古典文学大系本は、これらの漢詩を個々の和歌の典拠と断じているわけではない。梅の花の「春の夜の香り」の歌の成立に、このような「暗香」詩が大きく関わったことを指摘しているのである。前掲の和歌の「春の夜の香り」という題材に元・白の「暗香」詩が影響を与えたのは確かであろう。

従来の『古今集』解釈において、これら「暗香」詩との関係が十分に検討されきたとは言いがたい。実態はむしろ「暗香」の「暗《あん》」を「暗闇《くらやみ》」ととらえ、漠然と「暗闇の中の香り」の詩と了承されている状況であると言えよう。[8]

しかし「暗香」詩には必ずしも「暗闇」の情景は詠まれてはおらず、「暗香」という詩語そのものの意について明らかにする必要を感じる。以下、元稹・白楽天の「暗香」詩の内容に即して検証していきたい。

「雑憶詩」では、一首目に「今年の寒食月に光無し、夜色纔かに侵して已に牀に上る」と、弱いながらも月光が詠まれ、二首目に「花微月に籠め、竹煙に籠む」と春の花盛りの中の朧月夜が詠まれ、三首目にも「憶ひ得たり、双文朧月の下」と朧月夜の下での恋人双文との逢瀬の思い出が詠まれている。白楽天の「答桐花」も「夜色月に向かひて浅く」と春の月の明るさのために夜の色が浅くなるという内容である。元稹の「春月」詩は題にも春月とあり、「春月明に至ると雖も、終に靄靄たる光有り」とやはり朧月夜が詠まれていた。[9]

また、前掲の『古今集』歌の注でよく用いられてきた「暗香浮動《あんこうふどう》」という詩句は、次にあげる林逋の「山園小梅詩」の一部である。[10]

疎影横斜水清浅　暗香浮動月黄昏

確かに梅の香りではあるが、林逋（九六七～一〇二八）は北宋の詩人であり、貫之や躬恒の和歌の典拠としては、時代的な点からも不適切である。内容を見ても暗いとはいえ月があり、「暗闇」ではない。

このように、以上見てきた「暗香」詩は、すべて「月明りの中の香り」であった。では「暗香」の「暗」とはどのような意であるのだろうか。

白楽天「潯陽春三首・春生」1020

春生何処闇周遊　海角天涯遍始休

紀長谷雄「春風歌　応製」[11]

暗来還暗去　　深動寒江水下鱗

白楽天の「春生」詩の第一句は、「春が生まれてどこからかひそかに巡っている」という内容である。「やみ」の意味もある「闇」は、ここでは「ほのかに」「ひそかに」「何とはなく」という、表面にはっきり表われないことを示すの意である。なお「闇」は「暗」に通じる同義の語である。[12] 長谷雄の詩の「暗」もやはり「ほのかに」「ひそかに」の意であり、「春がひそかにやってきて去って行く」と詠まれている。

　このように「暗」が「ほのかに」「何とはなく」の意でもあることを踏まえれば、「暗香」詩とは、月明りの許に「ほのかに何とはなく香る」という内容を詠んだ詩であることがわかる。

　「月明り」を詠んだ和歌（古今集・春上・40）を除くと、「闇に越ゆれど著くぞありける」（同・39）や「闇はあやなし梅の花色こそ見えね香やは隠るる」（同・41）という和歌では、「暗闇」という情景が趣向の要となる。従って「闇」ではなく「何とはなく香る」の意である「暗香」詩は、「闇に香る」の和歌の少なくとも直接の典拠ではないことになる。

二

　それでは「月明り中の香り」を詠んだ和歌（古今集・40）ならば「暗香」詩が直接の典拠となるのであろうか。

　月夜にはそれとも見えず梅の花香をたづねてぞしるべかりける　（古今集・春上・40）

この歌はあたかも「暗香」詩の内容をそのまま詠んでいるように見える。そこでこの和歌の表現の特徴を、元稹の「雑憶詩」三首目「花叢を弁へずして暗《ほのか》に香を弁ふ」と比較し、表現の差異を検証したい。

　元稹の詩句は、朧月夜であたり一面がぼんやりとしている中、どこからともなく漂う香りによって花の存在を知ると解釈できる。これは『古今集』歌（40）の「白梅」が「月光」と同じ白さに紛れる中、「香り」によって花を見分けるという内容と類似しているように見える。しかし、和歌の眼目は、「月光」の白さに「白梅」の白さが紛れるという趣向にあり、これは朦朧とした中で香りによって花の存在を知るという元稹の詩とは、趣きを異にする。

では古今集歌の白さに紛れる趣向は、どのような表現の流れの中で詠まれてきたのだろうか。まず作者である躬恒の歌風を、最も著名な歌から考えたい。

白菊の花をよめる　躬恒

心あてに折らばや折らむ初霜のおきまどはせる白菊の花　（古今集・秋下・277）

これも「白菊」が白い「霜」に紛れている。躬恒が「紛れ」の表現を得意とする歌人である事は、既に田中新一氏が指摘されている。(13)

しかしこの和歌では「香り」は詠まれていない。月光に紛れた白梅を「香り」によって花を見出すという趣向を考える上で、次の菅原道真の詩を引用したい。

早春侍宴仁寿殿、同賦春雪映早梅、応製

雪片花顔時一般　上番梅楥待追歓―略―

鶏舌纔因風力散　鶴毛独向夕陽寒　（菅家文草・66）

「春雪早梅に映る」という詩題は元稹詩の詩題である。(14)白梅が雪に紛れるという表現は、梁の時代からの伝統的手法であった。(15)新間一美氏は、「鶏舌」が川口久雄氏のいわれる紅梅の比喩ではなく、梅の香りを「鶏舌香」という名香に称える表現であることを指摘された。(16)そして詩の内容を「雪」と「白梅」が同じ白さに紛れる中、白梅は「香り」によって、鶴の毛のように白い雪は冷たさによって区別されると解釈された。

この「雪」と「白梅」の白さの紛れの中、「香り」によって花の存在を知るという趣向は、既に躬恒以前に和歌に詠まれていた。

梅の花に雪の降れるをよめる　小野篁朝臣

花の色は雪に混りて見えずとも香をだに匂へ人の知るべく　（古今集・冬・335）

躬恒の「月夜にはそれともみえず梅の花」の表現は、漢詩の伝統の中から生みだされたものである。そして「月光」と「白梅」が紛れる趣向は次のような和歌として受け継がれていく。

にほひもて分かばぞ分かむ梅の花それとも見えず春の夜の月　匡房
（千載集・春上・20）

三

では、貫之歌と躬恒歌の「闇の中の香り」の和歌の「闇《やみ》」は、どのような表現の流れの中で詠まれてきたのだろう。

梅の花にほふ春べは暗部山闇に越ゆれど著くぞありける
（古今集・春上・39）

春の夜の闇はあやなし梅の花色こそ見えね香やは隠るる
（同・41）

詩語「暗香」の「暗《あん》」とは「ほのかに」「何とはなく」の意であった。月明りの中のほのかに香る「暗香」詩と類似情景である「月夜にはそれともみえず」歌から躬恒や貫之は「暗香」詩を承知していたことがわかる。従って躬恒や貫之は「暗香」の「暗」を誤解したのではなく、「暗闇《くらやみ》」の意にとりなしたと思われる。つまり、「暗香」詩の内容を承知した上で、積極的に「何とはなく」の意を「やみ」の意にとりなし、「暗闇の香り」という和歌を作ったと思われるのである。

しかし「闇の中の香り」の和歌のうち、後世に影響を与えたのは、専ら「闇はあやなし梅の花」であった。この和歌は『新撰和歌』『古今六帖』の「梅」、『和漢朗詠集』「春夜」、『金玉集』等に採られているだけでなく、この和歌の影響下に数多くの和歌が生まれている。(17) 次の公任の和歌も躬恒歌があってこそ詠まれた和歌である。

春の夜の闇はあやなし、ということをよみ侍りける
前大納言公任

春の夜の闇にしあればにほひくる梅よりほかの花なかりけり印　（後拾遺集・春上・52）

詞書によって「春の夜の闇はあやなし」歌が歌題にまでなっていたことがわかる。(18)

なぜ「闇はあやなし」歌がこれ程受容されたのか。この和歌の「あやなし」という言葉に注目したい。「あやなし」とは、条理がたたず「かいもない」「わけもわからない」の意である。しかし竹岡正夫氏は「闇はあやなし」の場合は、この一般的な意の他に、「あや」の原義である(19)「綺」の意が生きていると解釈されている。(20)この解釈を踏まえれば、「あやなし」という表現の背景に、「美しく織りだされたきれいな模様」である「あや」を隠してしまう「闇」への作者の不満を感じとることができる。この作者の思い入れが「闇はあやなし」歌の特徴であり、「暗部山」歌にない魅力でもあろう。

「闇はあやなし」歌の魅力を、美しい物を隠してしまうという同趣向の和歌と較べることによって考察したい。まず「闇《やみ》」が美しい織り物を隠してしまうといえば、「夜の錦」として当時よく知られた朱買臣の漢故事に基づい(21)た、次の和歌を思い出す。

北山に、もみぢ折らむとてまかれりける時によめる　貫之

見る人もなくてちりぬる奥山のもみぢは夜の錦なりけり　（古今集・秋下・297）

しかしここには「香り」が詠まれていない。そこで次に「闇の中の香り」が詠まれている『紀師匠曲水宴和歌』での「花浮春水」の題の躬恒歌をあげたい。(22)

闇隠れ岩間を分けて行く水の声さへ花の香にぞしみける（1）

これは「花弁を浮かべた流れは、闇の中でよくは見えないが、水音とそれに染み入るような香りによってその存在がわかる」という内容である。視覚が闇に奪われた中で、「花、春水に浮ぶ」という題に合わせ、水音という聴覚と

花の香という嗅覚を詠んでいる。視覚が闇に奪われた結果、違う感覚に関心が向うという観点は「闇はあやなし」歌と類似趣向といえよう。この宴では、この他に「燈懸げて水際明かなり」「月入りて花灘《だん》暗し」の三題で詠まれ、これらの題からこの歌会は夜に催されたことがわかる。従ってこの歌の場合、「闇」は実景となる。

しかし、「闇はあやなし」歌の成立の影響関係を考える前に、両者の和歌の印象の違いについて考えたい。「闇隠れ」歌には実景描写のためか、「闇はあやなし」歌が持つ見たいものを隠される悔しさは感じられない。「闇はあやなし」歌には隠してもこぼれ出る魅力であるよ、という「闇隠れ」歌に比べて、次の和歌は、詠み手から美しいものを隠してしまう「闇」を「あやなし」と思う心と同じ心を詠んでいる。但し、この場合「あやなきもの」は「霞」である。

斎宮の御屏風に　　躬恒

香をとめて誰をらざらむ梅の花あやなし霞たちな隠しそ　（拾遺集・春・16）

この場合、花を覆い隠しているのは「闇」ではなく「霞」であるが、(23) 発想、趣向ともまったく同じである。この和歌の成立は、延喜十五（九一五）年の可能性が指摘されており、恐らく「闇はあやなし」歌の成立の方が早いのであろう。しかし「霞」が花を隠しているのを「香り」によってその在りかを感じるという趣向自体は、躬恒以前に既に詠まれているのである。

春の歌とて、よめる　　良岑宗貞

花の色は霞にこめて見せずとも香をだにぬすめ春の山風　（古今集・春下・91）

この和歌から読み取れる花を霞が包み隠してしまうことへの興がそがれるような思い、あるいは、「闇隠れ」歌のような視覚を除かれた場合にかえって別の感覚が研ぎ澄まされる実感、また「見る人」歌のような闇に見えない錦という設定等が躬恒に「闇はあやなし」歌を詠ませたと考える。

このうち「闇はあやなし」歌の魅力と最も関わるのは「花の色は」歌であろう。「花」によせる詠み手の意識が「闇はあやなし」歌に重なるのである。「花の色は」歌の印象は非常に官能的である。その原因は「香をだにぬすめ」の表現であろう。この表現については、丹羽博之氏が、『晋書』・賈充伝の女性を盗む「偸香」の故事が背景にあると指摘された。(24) この和歌の官能的印象は「盗む」という表現の強さのためにもよろうが、もともと「香り」というものが持つ魅力によると思われる。「香り」とは花と同時に愛しい人を連想させるものでもあった。

四

「春の夜の香り」歌は、『古今集』の梅の歌群に置かれたものだが、この歌群の最初の三首は次の和歌である。

色よりも香こそあはれとおもほゆれ誰が袖ふれし屋戸の梅ぞも
屋戸ちかく梅の花うゑじあぢきなく待つ人の香にあやまたれけり
梅の花立ちよるばかりありしより人のとがむる香にぞしみぬる
（古今集・春上・33・34・35）

これらは花の香を恋人の香と感じる心が前提となって詠まれた和歌である。このような花の「香り」に人を思う心は、既に漢詩には詠まれていた。

梅花落　御製
鶯鳴梅院暖　花落舞春風―略―
狂香燻枕席　散影度房櫳
（文華秀麗集・67）

この嵯峨天皇の詩では花が「かおる」ことを、香木の「燻《くゆ》る」の文字で表現している。平安人の美意識に焚きものを燻《くゆ》らす香が大きな影響を与えたことは、渡辺秀夫氏を始め、従来から指摘されてきた。(25) 次に道真の例をあげたい。

早春、待内宴、同賦雨中花、応製。

花顔片片咲来多　冒雨馨香不奈何
羅袖猶欺霑舞汗　花袍自怪沐恩波
鶯看麝剤添春沢　労問鶯児失晩窠

（菅家文草・85）

内容は「花が雨に濡れている様は、美女が微笑んでいるようだ。雨に濡れる花は舞姫の薄絹の袖が舞のために汗ばんでいるかのようだ」というものである。

雨に濡れる花を舞いのために汗ばむ舞姫と見、花の香は、そのまま舞姫の放つ麝香と表現している。花の香を女性のかぐわしい香と味わっている。

ところでこの漢詩には、たとえ雨に打たれても、魅力を放っている美女の麝香のような花の香りが詠まれている。ここでの「雨」と「香り」の関係は、「闇はあやなし」歌の「闇」と「香り」のそれを思い出させる。

先に道真の「春雪映早梅」の詩の中にある「鶏舌」という表現がかぐわしい香の名であることを引用した。これも「梅の香り」を香の名に喩えることが即ち、花に人を想像していることになる。梅の香を「鶏舌香」に喩える表現も元稹詩から学んだものであった[26]。平安人に与えた元白詩の表現の影響の大きさがこれからもうかがわれる。

ここで改めて「暗香」詩の中で「花」とともに「恋人」が詠まれている「雑憶詩」の「寒さ軽く夜浅くして回廊を繞る、花叢を弁へずして暗に香を弁ふ。憶い得たり、双文朧月下、小楼の前後、迷蔵を捉ふ」を考えてみたい。この詩は月明りの下どこからともなく花の香る中、恋人双文と「迷蔵」（隠れんぼ）をしたかつての逢瀬を思い出したものだった。花の香りはそのまま愛しい恋人双文への思い出につながる。春の朧月夜の薄明かりの下、香りによって花の在りかを知った時、かつて、かぐわしい香りによって隠れている恋人を見つけ出したあの甘い逢瀬の思い出が蘇える。「香り」を感じるその意識は、恋人を意識することだったのである。このきわめて官能的な「暗香」の情景は平安人の心をとらえたのだろう。そしてその「香り」が最も効果的に感じられる状況として視界を奪われた場面が想定されたのではないだろうか。

先に引用した白い霞におおわれている情景の「花の色は霞にこめて見せずとも」歌に官能的印象を持つのは、視界が奪われている中での「香り」に女性を思うからである。そして官能の背景としては、白い霞より「闇の中いきなり強い香がする」という闇の方が、はるかに効果的である。

窪田空穂氏は「闇はあやなし」歌に関し、「当時の人は、こうした歌を見ると、母親の大事にしている娘を、男が忍んで関係を付ける類のことを連想しただろう」と述べておられる。(27) この歌が与える官能的印象が平安人の美意識に叶ったのであろう。「闇はあやなし」歌の影響下で詠まれた次の和歌は明らかに花の香りに対して人を連想している。

題しらず　　和泉式部

梅が香に驚かれつつ春の夜の闇こそ人はあくがらしけれ

梅花夜薫といへる心をよめる　　源　俊頼

梅が香はおのが垣根をあくがれて真屋のあまりにひまもとむなり　（千載集・春上・22・26）

和泉式部歌は梅の香りを恋人の気配と感じ、俊頼歌は香りそのものが人となって、女性の許へ忍んでいこうとしている。これらの「香り」に人を思うという和歌は、「闇はあやなし」歌が持っている魅力の本質を示しているように思われる。ここで同じ「闇の中の香り」を詠んだ貫之の「闇に越ゆれど」の和歌と改めて比較してみたい。

梅の花にほふ春べは暗部山闇に越ゆれど著くぞありける

「暗」には「不明」つまり「明らかでない」という意がある。その「暗」の字を連想させる「くらぶ山」が「闇《やみ》」であるということでまず第一の技巧が用いられ、さらに「明らかではない」意の「暗」の文字を持つ「暗部山」に「香り」が「著く」「明らか」に花の存在を示し、あたりの光景と花の香りとが「不明」と「明」の対比という第二の技巧が用いられている。この和歌の魅力は言葉の配列から感じられる知的技巧である。しかし後世に歌人達の心をとらえたのは、貫之の知的技巧ではなく、愛しい人を思い起こさせる闇《やみ》の中での香りを詠んだ躬恒の和歌であった。

春の夜の闇はあやなし梅の花色こそ見えね香やは隠るる

しかしこの和歌は躬恒独りの力で生まれたのはない。漢詩文から学んだ白さの紛れの手法、夜の錦の故事、漢語「暗《あん》」を和語「闇《やみ》」と翻案することで生じる意味のずれ、「香り」を隠す白い霞を闇《やみ》に変える発想の転換、そのすべてが備わり、この名歌が生まれたのである。この歌の魅力は、これらの技巧のすべてが、元稹の「暗香」詩に通じる、あたかも妖艶な恋人に思いを寄せるように花の香を讃えることを目的としている点にある。こうして後世に多大な影響を与えた「闇《やみ》に香る花」という新しい美の世界が生まれたのである。

注

（1）小町谷照彦氏「古今和歌集評釈・十二」（『国文学』28巻14号、学燈社、昭和五十八年十一月）。
（2）小島憲之氏『古今集以前』（塙書房、昭和五十一年）。
（3）『菅家文草』『文華秀麗集』は、日本古典文学大系本岩波書店引用。元稹詩は全唐詩によった。
（4）小島憲之氏「古今集への道―「白詩圏文学」の誕生―」（『文学』昭和五十年八月）。
（5）新井栄蔵・小島憲之両氏『古今和歌集』（新日本古典文学大系、岩波書店、平成二年）。
（6）白詩について『白氏文集』の本文及び番号は、平岡武夫氏編『白氏文集歌詩索引』（同朋社、平成元年）所載那波本による。元稹は花房英樹氏『元稹研究』（彙文堂、昭和五十二年三月）所載「作品綜合表」により番号を付した。尚、「雑憶詩五首」の残り二首をあげる。「山榴似火葉相兼、亞払低牆半払檐。憶得双文独披掩、満頭花草倚新簾」（1005）、「春冰消尽碧波湖、漾影残霞似有無。憶得双文衫子裏、鈿頭雲映褪紅酥」（1006）。この二首は、詠まれている場面が違うと思われるため本文には引用しなかった。
（7）この詩は元稹「和答詩十首・桐花」（0008）「朧月上山館、紫桐垂好陰。―略―自開還自落、暗芳終暗沈」に答えたものであり、この詩も朧月夜の情景であった。また「暗芳」とは「ほのかな馨しい香り」で「暗香」と類義語である。

（8）例えば小沢正夫氏『古今和歌集』（日本古典文学全集、小学館、昭和四十六年四月）では「39・40・41三首「暗香浮動」（梅の香が闇の中を漂うこと）続く」と、「暗香」の「暗」を「闇」ととらえている。この「暗香浮動」の詩句を用い、ほぼ同様な解釈が窪田空穂氏『古今和歌集評釈』新版（東京堂、昭和三十五年）、竹岡正夫氏『古今和歌集全評釈』（右文書院、昭和五十一年）、小町谷照彦氏「古今和歌集評釈・二七・二八」（『国文学』学燈社、昭和六十年四月、五月）においてなされた。つまり、「暗香浮動」の「暗」に対して、明確に「ほのか」「何とはなく」の意で解釈されたものはなかった。

（9）この他の「暗香」詩、例えば元稹の「三月二十四日宿曾峰館夜対桐花寄楽天」（0113）の「微月照桐花。月微花漠漠。—略—夜久春恨多。風清暗香薄」、白楽天の「春夜宿直」（1278）の「碧梧葉重畳、紅薬樹低昂。月砌漏幽影、風簾飄闇香」も月明りである。

（10）注（8）参照。

（11）三木雅博氏編『紀長谷雄漢詩文集並び漢字索引』（和泉書院、平成四年）によった。本詩は『朝野群載』巻一所収。

（12）玉篇門部に「闇与暗同」とある。なお諸橋轍次氏『大漢和辞典』（大修館書店、昭和三十二年）には「闇香」、「暗香」の項目があり、それぞれ「暗中に漂うにほひ。何処からともなく漂う香気。暗香。」、「どこからとなく来る香。暗に漂う花の香。」と注されている。ただ、「暗香」に対して「暗中に漂う」という解釈は適切ではないと思われる。

（13）田中新一氏『古今集とその前後』（風間書房、平成六年）。

（14）この詩題が元稹「賦得春雪映早梅」（0305）であることは金子彦二郎氏『平安時代文学と白氏文集—句題和歌・千載佳句—』増補版（培風館、昭和三十年）が指摘されている。また、元稹以前に韓愈の「春雪間早梅」という類似詩題がみられる。なお、この点について新間氏は詩の表現の類似から道真詩は元稹詩の影響を受けていると述べられている。新間一美氏「わが国における元白詩・劉白詩の受容」（白居易研究講座　第四巻『日本における受容（散文編）』勉誠社、平成六年）。

（15）12の和歌に対しての新古典文学大系『古今和歌集』の注参照。

（16）注（14）新間氏参照。川口説は注（3）引用書による。

（17）「闇はあやなし」歌の影響下に詠まれた和歌はおびただしいが、例えば「春風夜芳といふ心を詠める、梅の花香ばかりにほふ春の夜の闇は風こそうれしかりけれ」（後拾遺集・春上・59・藤原顕綱）、「色見えぬ梅の香ばかりにほふかな夜吹く風のたよりうれしく」（四条宮下野集・44）、「夜風告梅、心ありて夜半に吹きくる風なれや闇はあやなき梅のにほひに」（拾玉集・3276）等などは、3の和歌を受容した上で「闇」だから花の存在を知るには「香り」だけが頼りであり、だからそれを伝えてくれる風がうれしいと詠んでいる。

(18)『実方集』にも同じ題が見られる。「東宮の殿上にて、年のはじめの庚申《かむし》に闇はあやなしといふ事を題にて、匂さへ匂はざりせば梅の花折るにもいかにものうからまし」(280)とあり、この歌会が永観元(九八三)年一月三日、康申に行われたことが想像される。

(19)『新撰字鏡』には「綺□阿也」とあり、『和名抄』には「綾□阿夜、似綺而細者也」とある。

(20)竹岡正夫氏『古今和歌集全評釈』(右文書院、昭和五十一年)。

(21)「夜の錦」の典拠として例えば『和歌童蒙抄』では『漢書』「項羽伝」の「如衣錦夜行」を挙げている。この説話は、『蒙求』を始め『白氏六帖』『芸文類聚』等に引かれていることからわかるように、平安人の基本的知識だったと思われる。

(22)但しこの歌会の成立については、曲水の宴の和歌の存在の点から山口博氏『王朝歌壇の研究　宇多、醍醐、朱雀朝編』(桜楓社、昭和四十八年)、吉川栄治氏「句題和歌の成立と展開に関する試論―紀師匠曲水宴、延喜六年貞文歌合の偽書説と併せて―」(『国文学研究』昭和五十四年六月)において疑問がもたれている。

(23)この場合の「霞」は、鮮やかな光彩を意味する漢語の「霞」の意ではなく、和語である白い靄のような「霞」の意である。

(24)丹羽博之氏「古今集上91番歌「香をだにぬすめ春の山風」と「偸香」の故事」(『平安文学研究』67輯、昭和五十八年七月)。

(25)渡辺秀夫氏『詩歌の森―日本語のイメージ―』(大修館書店、平成七年)。

(26)元稹の「早春尋李校書」(0520)詩に「梅含鶏舌兼紅気、江弄瓊花帯碧文」という詩句があり、『千載佳句』「早梅」、『和漢朗詠集』「紅梅」に収められている。

(27)窪田空穂氏『古今和歌集評釈』新版(東京堂、昭和三十五年)。

三　「夕されば野辺の秋風身にしみて」歌の「鶉」について

はじめに

夕されば野辺の秋風身にしみて鶉鳴くなり深草の里[1]　藤原俊成

（千載集・秋上・259）

「夕暮になると、野辺の秋風が身にしみる。その秋風に乗って鶉の鳴く声が聞こえてくるよ、この深草の里では。」俊成が代表歌と自負し[2]、秋の興趣の歌として知られるこの歌については、俊成自らが『伊勢物語』の一二三段「深草の里の女」の本説取りを明らかにしている[3]。

昔、男ありけり。深里に住みける女を、やうやう飽きがたにや思ひけむ、かかる歌を詠みけり。

年を経て住みこし里を出でて去なばいとど深草野とやなりなむ

女、返し、

野とならば鶉となりて鳴きをらむ狩にだにやは君は来ざらむ

と詠めりけるにめでて、ゆかむと思ふ心なくなりにけり。

（伊勢物語・一二三段）

長年通っていた深草の女に飽きて、男は別れを告げる和歌を詠む。すると、女は男の不実を責めるのではなく、「あなたがいらっしゃらなくなって、曠野となってしまったら、私は鶉となって鳴いているでしょう[4]。あなたはかりそめにも（狩りにでも）来てくれるかもしれないから」と詠むのである。怨みではなく、どこまでも切ない恋心を訴える女に、男は感じ入って去るのをやめた、という物語である。「もう一度逢えるなら、鶉となってその手にかかって果ててもいい」という女心に俊成も感じ入ったのであろう。「鶉鳴くなり深草の里」歌の「身にしみて」の主語は、深草の女の化身である鶉ではなく、女心を哀れと思う俊成である。(5)寒さが身にしみる秋風に、男にあき（飽）られる深草の女心を、俊成は、身にしみて、思いやったのであろう。

しかし「鶉鳴くなり深草の里」の歌は、『伊勢物語』だけをきっかけに誕生したのではない。十世紀半の『伊勢物語』を出発点としながらも、王朝全盛期の十一世紀初頭の『和漢朗詠集』、院政期初め成立の『後拾遺集』を経て育まれた美意識が、この名歌を生んだのである。

『伊勢物語』「深草の里の女」の再生というべき俊成歌が生まれた背景を、「鶉」と「秋の夕暮れ」という歌材を中心に追いかけて行きたい。

一

「鶉鳴くなり深草の里」歌では「鶉」が重要な要素となっている。しかし「鶉」は、三代集では歌材としてほとんど扱われてこなかった。唯一『古今集』（雑下・971・972）に収められているのが、『伊勢物語』のこの贈答歌である。(6)王朝人にとって、「鶉」は、『伊勢物語』の「深草の里の女」によって認知されていたあくまでも特別な歌材であった。鶉は、京ではなく原野に繁殖する鳥である。(7)鶉がまだ身近だった『万葉集』には、鶉が原野を這うように駆ける鳥として表現されている。

ぬばたまの夕に至れば大殿を振り放け見つつ鶉なすい這ひもとほり侍へど―略―

（万葉集・巻二・199・高市皇子尊城上殯宮之時、柿本朝臣人麻呂作歌一首）

猟路《かりぢ》の小野に鹿《しし》こそばい這ひ拝め鶉こそい這ひもとほれ鹿じものい這ひ拝み鶉なすい這ひもとほり―略―
（万葉集・巻三・240・長皇子遊猟路池之時、柿本朝臣人麻呂作歌一首）

これら狩の獲物として鶉を見ていた『万葉集』初期の用例が、時代が下ると同じ『万葉集』でも枕詞的に慣用化されて行く。

鶉鳴く古りにし郷ゆ思へどもなにぞも妹に逢ふよしもなき（万葉集・巻四・778・大伴宿禰家持、紀女郎に贈る歌一首）
鶉鳴く古りにし郷の秋萩を思ふ人どち相見つるかも（同・巻八・1562・沙弥尼等）
人言を繁みと君を鶉鳴く人の古る家に語らひて遣りつ（同・巻十一・2809）
鶉鳴く古しと人は思へれど花橘のにほふこの宿（同・巻十七・3942）

「古《ふる》」にかかっているだけでなく、「古りにし郷」、「古る家」、「古しと思ふ宿」等、荒れ果てて人気のない場の演出として「鶉鳴く」が用いられている。実際、鶉が繁殖しているのが、人里離れた地であったことからこのように用いたのであろう。『伊勢物語』で、男が「年を経て住みこし里を出でて去なばいとど深草野とやなりなむ」と、自分が通わなくなったらこの里がどんなに荒れ果てるだろうと言うと、女が「野とならば鶉となりて鳴きをらむ」と答えるのも、鶉は荒れ果てた里で鳴くと認知されていたためであろう。

三代集では歌材とされなかった「鶉」だが、『古今六帖』では一項目が設けられている。しかし「鶉」という素材が、鳥としてではなく、原野、荒野の素材として認識されていたことは、『古今六帖』で「鶉」項目が「鳥」部ではなく、「野」部に設けられたことからもわかる。[8] そこに入首しているのは先に引用した『万葉集』の「鶉鳴く古りにし郷ゆ思へども」（巻四・778）の異伝歌「鶉鳴く古き郷より思へどもなにぞも妹に逢ふよしもなき」（古今六帖・1190）と、同じく『万葉集』「鶉鳴く古りにし郷の秋萩を」（巻八・1562）の異伝歌「鶉鳴く古き都の秋萩を思ふ人どち相見つるかな」（1192）と『伊勢物語』の「深草の里の女」の異伝歌「野とならば鶉となりて鳴きをらむ狩にだにやは人は来ざらむ」(1191)の三首である。いずれも『万葉集』の「鶉」か『伊勢物語』の「鶉」であり、平安人が自ら「鶉」を歌材とした形跡はみられない。

　王朝人にとっての「鶉」は、荒れ果てた曠野の素材であり、「深草の里の女」の物語としての特殊な素材として認識されていた。

二

　三代集まで季材としてあまり詠まれなかった「鶉」が、『後拾遺集』『金葉集』からは、秋の歌材として積極的に扱われるようになる。

　君なくて荒れたる宿の浅茅生に鶉鳴くなり秋の夕暮れ　源　時綱

　秋風に下葉や寒くなりぬらん小萩が原に鶉鳴くなり　藤原通宗

(後拾遺集・秋上・302・303)

　鶉鳴く真野の入江の浜風に尾花なみよる秋の夕暮　源　俊頼

(金葉集・秋・239・堀河院御時、御前にて各題を探りて、歌つかうまつりけるに、薄をとりてつかまつれる)

『後拾遺集』の源時綱歌の「君なくて荒れたる宿の」という表現は、『和漢朗詠集』「故宮」にも採られた作者不明の「君なくて荒れたる宿の板間より月の漏るにも袖は濡れけり」(和漢朗詠集・538)[9]歌を思い出させる。「故宮」も「古き都」の意であり、この歌にも廃墟の意味合いが読み取れる。また藤原通宗の「秋風に」歌の「小萩が原」とは、三代集にはなかった一面に小萩が生えているという「浅茅生」と同じく曠野の意である。『金葉集』の源俊頼の「鶉鳴く」歌の「真野の入江」とは「故宮」「古き都」の大津を意識した語である。

　院政期になると、このような故郷や曠野などの寂寥美が賞揚されるようになっていくことが、川村晃生氏によって指摘されている。(10) 三代集で扱われなかった鶉が脚光を浴びたのは、寂寥美を求める中で、曠野を舞台とする歌を詠もうとしたためである。その結果曠野に鳴く鶉がさかんに詠まれた。(11)

源時綱の「荒れたる宿の浅茅生」や、藤原通宗の「小萩が原」の曠野や、源俊頼の「真野の入江」の古い都の歌も寂寥美を詠んでいる。新しい美意識の原動力となったのは、『和漢朗詠集』である。『和漢朗詠集』には、三代集を一歩越えた新しい美意識が随所に見られ、(12) 荒廃した美、寂寥美もその一つである。川村晃生氏は、『後拾遺集』に荒廃美といえる曠野歌が多い背景に『和漢朗詠集』に設けられた「故宮付故宅」の項目の存在を指摘されている。(13) 『和漢朗詠集』が荒廃美、寂寥美を尊んだことが、『後拾遺集』の曠野歌に影響を与え、曠野の鳥として鶉歌が増えたのであろう。

しかしこのような間接的影響ではなく、『和漢朗詠集』は『後拾遺集』の鶉歌に直接影響を与えている。それは『和漢朗詠集』が、鶉歌を秋の興趣のものと位置付けた点にある。『和漢朗詠集』「秋興」には『万葉集』を原拠とする鶉歌が採られている。

228　鶉鳴く磐余の野辺の秋萩を思ふ人とも見つる今日かな　　丹比国人　（和漢朗詠集・秋興）

『後拾遺集』の藤原通宗の「秋風に下葉や寒くなりぬらん小萩が原に鶉鳴くなり」歌（秋上・303）で、「鶉」と「萩」が組み合わせられていた。通宗歌の「鶉」と「萩」の組み合わせは、『和漢朗詠集』のこの鶉歌から着想を得たのではないだろうか。

この歌は、『万葉集』の「鶉鳴く古りにし郷の秋萩を思ふ人どち相見つるかも」（1562）や、或いは『古今六帖』の「鶉鳴く古き都の秋萩を思ふ人どち相見つるかな」（1192）を原拠とする異伝歌である。大きな異同としては「古りにし郷」（万葉集・巻八・1562）「古き都」（古今六帖・鶉・1192）が「磐余の野辺」という具体的な古都の地名となっている点と、それら古き都に咲く「秋萩」を誰と見るかという点がある。

原拠である『万葉集』と『古今六帖』では「思ふ人どち」と恋人同士が一緒に「秋萩」を見ている。それに対し『和漢朗詠集』「秋興」では一人で「秋萩」を見る。それも「思ふ人とも」、つまり、別れたか、或いは亡くなった女性を思い浮かべながら「秋萩」を見る。[14] この『和歌朗詠集』の異同が意図的なものかどうかはわからない。しかし編者藤原公任は、恋人同志が寄り添っている歌ではなく、女を思い浮かべながら男が一人で「秋萩」を見る歌として『和漢朗詠集』「秋興」に入れたのである。

鶉鳴く曠野で、男が女を思い出す歌が『和漢朗詠集』「秋興」に入集されたことが、院政期の鶉歌に影響を与えたのではないだろうか。更に言えば、鶉鳴く曠野で恋人を思い出す趣向に、院政期の歌人は『伊勢物語』「深草の里の女」の姿を重ねたのではないだろうか。

三

前項では、藤原通宗の「小萩が原に鶉鳴くなり」（後拾遺集・秋上・303）歌の「小萩」と「鶉」の取り合わせが、『和漢朗詠集』の「鶉鳴く磐余の野辺の秋萩を」（秋興・228）歌の「鶉」と「秋萩」の取り合わせに影響を受けたのではと考えた。更に、『和漢朗詠集』歌が、鶉鳴く曠野で恋人を思い出す趣向に形を変えたことで、院政期歌人達に『伊勢物語』「深草の里の女」と重なる印象を与えたのではないかと考えた。

『和漢朗詠集』の変容した『万葉集』の鶉歌によって院政期に『伊勢物語』「深草の里の女」が再び脚光を浴びた。その影響を受けたのが、『後拾遺集』に先の通宗歌とともに鶉歌群をなす源時綱歌である。

君なくて荒れたる宿の浅茅生に鶉鳴くなり秋の夕暮れ　　源　時綱（後拾遺集・秋上・302）

源時綱は『新撰朗詠集』に漢詩句が採られているように、[15] 院政期の活躍した和漢兼作の一人である。この歌も、後に『和漢兼作集』に採られている。和漢兼作者の詠としてこの和歌を見ると、曠野で一人寂しく過ごす中国の美女も見えてくるような気がする。美しさを妬まれ、讒言によって宮中を追放され、人気のない荒れ果てた地で生涯墓守りをさせられた陵園妾の説話である(16)。この歌が、どちらの説話の影響なのかという問題ではなく、曠野の寂寥美が賞でられた時代の中で、陵園妾の説話も受容され、曠野で鶉鳴く「深草の里の女」も再評価されたと考えるのが自然であろう。

但し、陵園妾の説話には「鶉」は現われない。また時綱の「君なくて荒れたる宿」という表現からは、特に、男が通わなくなり、荒れ果てた郊外・曠野の女の宿という『伊勢物語』との結び付きを感じさせる。

この時綱歌については、後藤祥子氏が俊成の「鶉鳴くなり深草の里」の歌に影響を与えたと指摘されている(17)。『伊勢物語』「深草の里の女」を本説に時綱が「君なくて荒れたる宿の浅茅生に鶉鳴くなり秋の夕暮れ」（後拾遺集・秋上・302）と詠み、それが俊成歌に影響を与えたというものである。

特に時綱歌が俊成歌に大きな影響を与えた要素がある。それは「深草の里の女」の舞台を「秋の夕暮れ」と決定付けたことである。

もともと『伊勢物語』では「昔、男ありけり。深里に住みける女を、やうやう飽きがたにや思ひけむ、かかる歌を詠みけり」と、季節は明示されていない。ただ「深草の里の女」が捨てられる理由が、『伊勢物語』では「やうやう飽きがたにや思ひけむ」と女に「飽き」たためとなっている。院政期歌人は、この「飽き」に「秋」を見出して行く。「深草の里」の名のとおり、『伊勢物語』の場合は、男の「いとど深草野とやなりなむ」と自分が去ったら荒れ果てるだろうと、予測していた。女は「野とならば鶉となりて鳴きをらむ狩にだにやは君は来ざらむ」と詠んだ。狩は、秋から冬の行事である(18)。

『万葉集』時代は必ずしも秋に限らなかった鶉が、院政期以降は、秋の季材として詠まれるのも、「浅茅生」「葎」

「真葛」等の歌語に代表される曠野、荒野の美の指向が基底にあり、荒れ果てた野に鳴く鶉の風景が好まれたのである。『伊勢物語』の「深草の里の女」の贈答歌が交わされた時、その時点は、必ずしも季が限定されていない。確かに、「飽き」に「秋」を見出すことは可能であり、狩は、秋・冬のものであるが、話そのものは季に重点が置かれていなかった。受容する側がこの話を秋、時刻を夕暮れと決定付けたのである。

では時綱及び俊成は、なぜ「深草の里の女」の話を「秋の夕暮れ」と決定付けたのだろうか。それは、時綱等、院政期歌人がこの話の何に感動したのかという問題と関わってくる。時綱や俊成は、「深草の里の女」の物語そのものを受容したのではない。物語では、健気な女心に打たれて男は去るのをやめたという歌徳説話のような幸福な結末を迎えた。しかし歌人達はそのような幸福な結末は受容しなかった。彼らが受容したのは、女が捨身になって予測した未来、すなわち自ら鶉となって自分を捨てた男の手にかかって射殺されたいという切に哀れな女心に関心があった。その切なる哀れさが極まる季は、秋であり、時は夕暮れである。

四

時綱が「深草の里の女」の話を「秋の夕暮れ」と決定付けた背景には、女心の切なる哀れさが極まる舞台は、「秋の夕暮れ」であると認識されていたためである。その背景に冒頭に掲げた『和漢朗詠集』が影響していた。院政期、『伊勢物語』「深草の里の女」が再評価されるきっかけとなったのが、『和漢朗詠集』「秋興」の「鶉鳴く磐余の野辺の秋萩を」(228)であった。この歌が収められた「秋興」は、秋の興趣を詠んだ詩歌を集めている。『和漢朗詠集』「秋興」部は九つの詩歌(221〜229)によって構成される。いくつか抜粋したい。

『和漢朗詠集』「秋興」の真髄は、白楽天の「大底四時心惣苦、就中腸断是秋天」(223)の詩句である。「四季はすべて美しく、すべて心を切なくさせるが、腸を断つほど最も切なくさせるものは秋の天である。」という詩句は、「秋興」の軸となっている。「秋の風光すべては、旅人の心を切なくさせる。秋の心で愁の文字を作るのももっともである」という小野篁の「物色自堪傷客意、宜将愁字作秋心」(224)も白楽天の詩句と同じ心である。島田忠臣の「由来感思在秋天、多被当時節物牽」(225)は、「大底四時心惣苦、就中腸断是秋天」(223)の詩句を「由来《もとより》」とする。平安人はこの詩句(223)に心魅かれた。典拠をあげたい。

暮立　　　暮に立つ

黄昏独立仏堂前　　黄昏　独り立つ　仏堂の前

満地槐花満樹蟬　　満地の槐花　満樹の蟬

大底四時心惣苦　　大底四時心惣べて苦なり

就中腸断是秋天　　就中に腸の断ゆることはこれ秋の天

（白氏文集・0790）

一人仏堂の前にただずみ、槐《えんじゅ》の花が一面に散り、秋の蟬の声を聞いていると、おおむね四季はすべて愁いがあるが、とりわけ秋は腸がよじれるほど悲しい。この悲秋の思いが極まるのが「暮立」つまり夕暮れである。[19]義孝歌の「秋はなほ夕まぐれこそただならね」(229)も、この「暮立」詩に基づいた表現である。これらの関連については、前章で論じたので、ここでは詳しく述べるのは避けるが、[20]「暮立」詩の源には『文選』潘岳の「秋興賦」に代表される悲秋の概念がある。

悲秋が極まるのが、「暮立」詩に代表される「秋の夕暮れ」であり、それを平安人が受容し、『古今集』に詠み、[21]『枕草子』の初段「秋は夕暮れ」の表現としてきた。これら「暮立」詩の受容は以前に見られたが、『和漢朗詠集』が「秋興」を設け、この詩句を軸に一つの世界を提示したことが、『後拾遺集』に「秋の夕暮れ」歌群をなさしめた。『和漢朗詠集』「秋興」の義孝の「秋はなほ夕まぐれこそただならね」(229)の秋の夕暮れを橋渡しとし、『和漢朗詠

集』は、「秋興」の次に「秋晩」を設けている。(22)

「秋晩」

230　相思夕上松臺立　蛬思蟬声満耳秋　白

231　望山幽月猶蔵影　聴砌飛泉転倍声　菅三品

232　小倉山ふもとの野辺の花すすきほのかに見ゆる秋の夕暮れ

これらは、『和漢朗詠集』の春秋の対立構成の基本を崩してまで『和漢朗詠集』は「秋晩」をあえて設けた。(23)これが、『後拾遺集』に現われた「秋の夕暮」歌群に影響を与えたことが、川村晃生氏によって指摘されている。(24)『和漢朗詠集』「秋興」「秋晩」を経て、『後拾遺集』は「秋の夕暮れ」歌を多く入集した。そのような「秋の夕暮れ」歌群の中に源時綱の「君なくて荒れたる宿の浅茅生に鶉鳴くなり秋の夕暮れ」歌（後拾遺集・秋上・302）も位置付けられる。「秋の夕暮れ」歌が流行した時代であったからこそ、「深草の里の女」の哀れな女心に魅かれた時綱が、その哀れさが最も際立つ舞台として「秋の夕暮れ」を設定したのである。

五

『伊勢物語』と源時綱歌（後拾遺集・秋上・302）を較べると、時綱は、上の句「君なくて荒れたる宿の浅茅生に」では、男に去られた「深草の里の女」の立場で詠みながら、下の句の「鶉鳴くなり秋の夕暮れ」では、物語を傍観者の立場で詠んでいることが後藤祥子氏によって指摘されている。(25)

それに対し、俊成の「夕されば野辺の秋風身にしみて鶉鳴くなり深草の里」歌は、「秋風吹く夕暮れの深草の里に鶉の声を聞くと、『伊勢物語』「深草の里の女」の哀れな女心が思い遣られて切なさが身にしみるよ」と俊成自身が物語の女に感情移入している。

女心の切なさを我が事と感じているからこそ「身にしみて」と表現するのである。「身にしみて」の表現の背景を考察したい。

「身にしみて」は、切実な恋の思いの表現として用いられている。

身にしみて深くしなければ唐衣返す方こそしられざりけれ　伊勢（伊勢集・367）

身にしみて思ふ心の年経ればつひに色にも出でぬべきかな　藤原敦忠（拾遺集・恋一・633・まさただがむすめに言ひ始め侍ける、侍従に侍ける時）

我が身に引き付けた痛み方の表現「身にしみて」は、恋の心の表現に用いるのが自然であろう。それが秋や夕暮れにの悲秋の表現にも用いられている。

吹きくれば身にもしみける秋風を色なき物と思ひけるかな（古今六帖・秋の風・423）

吹く風は色も見えねど夕暮れは一人ある人の身にぞしみける（古今六帖・冬の風・424）

をさをあらみ吹きなす風の身にしみて秋来にけりと先づぞ知らるる（大弐高遠集・七月・350）

身にしみてあはれなるかないかなりし秋吹く風を外に聞きけん（和泉式部集・176・ものいみじう思ふ頃、風のいみじう吹くに）

風が身にしみるという趣向が、俊成の「夕されば野辺の秋風身にしみて」歌の源流を感じさせる。また季、特に秋の悲しさを詠みながら、同時に、人恋しさの哀しさがにじみ出ている。これは我が身の痛みの表現「身にしみる」を用いているためであろう。この点も、秋歌でありながら「深草の里の女」の哀れさに心を添わせる俊成歌に通じる。

女心の哀れさの源は、悲秋の心であった。秋を悲しく感じる。その時が夕暮れならば、悲しさが極まる。まして恋する人に捨てられた女ならば哀しさがいかばかりだろう。だからこそ「身にしみる」のである。

俊成が「身にしみて」と我が身に引き付けて感じる源に悲秋があった。平安歌人が悲秋を受容する際、大きな影響を与えたのが、「暮立」詩の「大底四時心惣苦、就中腸断是秋天」詩句だった。この詩句の心は、『古今集』「秋上」に歌群となって成立している。

木の間より漏りくる月の影見れば心尽くしの秋は来にけり
大方の秋来るからに我が身こそ悲しき物と思ひ知りぬれ
我がために来る秋にしもあらなくに虫の音聞けば先づぞ悲しき
物ごとに秋ぞ悲しき紅葉つつ移ろひゆくを限りと思へば
（古今集・秋上・184・185・186・187・よみ人しらず）

「心尽くしの秋」(184)、「我が身こそ悲しき物と」(185)、「我がために来る秋」「先づぞ悲しき」(186)、「物ごとに秋ぞ悲しき」(187)という直接的悲秋表現は『古今集』の特徴であり、以降あまり見られなくなる。そして最後に置かれたのが次の二首である。

一人寝る床は草葉にあらねども秋来る宵は露けかりけり
いつはとは時は分かねど秋の夜ぞ物思ふことの限りなりける
（古今集・秋上・188・189・よみ人しらず）

悲しき秋の極みは、「秋来る宵」(188)であり「秋の夜ぞ」(189)である。「いつはとは」(189)歌については、金子彦二郎氏が白楽天の「大底四時心物苦、就中腸断是秋天」詩句の影響を指摘されている。(26)

秋は、悲しい。中でも夕暮れはより一層悲しく、だから人恋しい。悲秋から始まる人恋しさは、「暮立」詩の秋の夕暮れが胸苦しい程、悲しいという感覚を出発点とした。秋の夕暮れに人恋しさの重ねあわせた例は『古今集』の恋歌に既に見られた。

いつとても恋しからずはあらねども秋の夕べはあやしかりけり
（古今集・恋一・546・よみ人しらず）

「秋の夕べはあやしかりけり」と感じる感覚は、『和漢朗詠集』「秋興」の義孝歌の「秋はなほ夕まぐれこそただならね」に通じる。「あやしかりけり」や「ただならね」という心は「大底四時心惣苦、就中腸断是秋天」詩句の「腸断」の和習化した心の表現だと思う。

俊成の「夕されば野辺の秋風身にしみて」という表現の底流には、『古今集』を経て受容されていた「暮立」詩の語句「腸断」を発生源とする悲秋の思いがあった。悲しさは秋の夕暮れに極まるという思いが『後拾遺集』に「秋の夕暮れ」歌群をなさしめた。このような『後拾遺集』の美意識は『和漢朗詠集』「秋興」「秋晩」の影響を強く受けていたのである。

悲秋が極まるのは夕暮れであり、その悲しさは、恋を失う哀しさ、人恋しさに通じるものであるという認識が、『伊勢物語』「深草の里の女」の舞台を「秋の夕暮れ」として受容させた。舞台を「秋の夕暮れ」とした上で、俊成は、「深草の里の女」に感情移入した。その時、俊成は改めて「暮立」詩の「腸断」の心を我が心として「身にしみて」と表現したのではないだろうか。「暮立」詩の根源的感情「腸断」に着目する時、原典の「暮立」詩ではなく、その詩句が収められている『和漢朗詠集』を参考としたことが推察される。

俊成は、『伊勢物語』「深草の里の女」の切ない思いを身にしみて感じた。その思いが極まるのは「秋の夕暮れ」であった。曠野で鳴く鶉を聞きながら、俊成は、秋の悲しさ・女心の切なさを自己の痛みとして、「身にしみて」と表現したのである。

十世紀半の『伊勢物語』を出発点としながらも、王朝全盛期の十一世紀初頭の『和漢朗詠集』『後拾遺集』を経て育まれた美意識が、この名歌を生んだのである。

注

（1）『伊勢物語』は岩波新日本古典文学大系本によった。
（2）『古来風体抄』には、俊成歌はこの一首のみ掲載されている。
（3）『慈鎮和尚自歌合』八王子七番右の判詞としてこの歌について「伊勢物語に、深草の里の女の鶉となりてといへる事をはじめてよみいで侍りし」という俊成自注がある。
（4）「鶉」に「憂・辛」の意をかける説もある（片野達郎・松野陽一両氏校注『千載和歌集』岩波日本古典文学大系、平成五年四月。犬養廉・平野由紀子両氏、いさら会『後拾遺和歌集新釈』上巻、笠間注釈叢刊18、平成八年）。
（5）檜垣孝氏「俊成の『久安百首』評釈（3）」（『大東文化大学紀要』29号、平成三年）、上條彰次氏校注『千載和歌集』（和泉書院、平成六年）が従来の解釈の諸説を整理している。
（6）『古今集』（雑下・971・972）に採られたこの贈答歌の詞書が「深草の里に住み侍りて、京へまうで来とて、そこなりける人に詠みて贈りける」となっている。但し、この贈答歌は、「恋」部になく、また相手も「そこなりける人」で「女」となっていない。『古今集』では、この贈答歌の前に友人紀利貞への餞別と出家した惟喬親王訪問の二首の業平歌（969・970）が置かれている。この贈答歌は、『古今集』の構成から見れば、業平が知己への歌群の一例であり、切迫感のある恋歌ではなく、男同志のどこかゆとりのある遊戯的な友情歌と解釈される配置となり、俊成歌の持つ哀愁漂う「夕されば」歌の発想の源とは思えない。俊成の歌の持つ哀惜は、『古今集』ではなく、『伊勢物語』「深草の女」に向けられたものであろう。
（7）鶉は、キジ科の鳥。五月下旬から九月かけて、草むらの間の地上に浅いくぼみを作って巣とするので夏の季語とする場合もある。いつも群れをなし相思相愛の鳥とも考えられる。鳴き声は「チチクワクイ」と聞きなされた（角川古語大辞典）。
（8）『古今六帖』での「鶉」歌は、この「鶉」項目の歌の他、「庭草を鶉住むまで払はせじこたかてに据ゑみん人のため」（古今六帖・1177）、「人ごとをしげしときみを鶉鳴く人の古る家に逢ひてやりつる」（古今六帖・1334）がある。これらも人気のない草の茂った場や古る家等本文で引用した「鶉」歌と同じような詠まれ方をしている。
（9）この異伝歌が『古今六帖』に「君まさで荒れたる宿の板間より月の漏るにも袖は濡れけり」（古今六帖・かなしび・2484）とある。
（10）川村晃生氏「新風への道」（『摂関期和歌史の研究』三弥井書店、平成三年）。同「廃園の風景」（和漢比較叢書13『新古今集と漢文学』汲古書院、平成四年）。
（11）『後拾遺集』から『金葉集』にかけての「鶉」歌のこの他の用例は、「年を経て荒れゆく宿の庭草にいとど鶉の鳴くあさぼらけ」（千穎集・84）、「雪ふりの鈴の音にやむら鳥の世を鶉とて鳴き隠れなむ」（実方集・67）、「かりにとは思はぬ旅をいかなれや鶉はまをばゆきくらすらん」（大弐高遠集・208）、「鶉臥すあらたの小田を打ちかへし雪解の水をまかせつるかな」（江帥集・22）、「鶉鳴くあだのおほのの真葛原幾夜の露に結ぼれぬらん」（六条修理大夫集・25）、「鶉鳴く狩場の小野にかるかやの思ひ乱るる秋の夕暮」（同・刈萱・221）、「山里は　はれせぬ霧のいぶせさに小田のをぐろに鶉鳴くなり」（散木奇歌集・465）、「山田もる木曾の伏屋に風吹けば畦伝ひして鶉おとなふ」（同・473）。

(12)　拙著『『和漢朗詠集』とその受容』（和泉書院、平成十八年）第一章一「『和漢朗詠集』「躑躅」成立の背景―王朝の色彩美―」、五「『和漢朗詠集』の秋―「秋興」・「秋晩」―」参照。

(13)　注（10）参照。川村晃生氏「廃園の風景」（和漢比較叢書13『新古今集と漢文学』汲古書院、平成四年）。

(14)　堀部正二氏編著・片桐洋一氏補『校異和漢朗詠集』（大学堂書店、昭和五十六年）の異同では、関戸本が「思ふ人をも」という異同がある。但し、『万葉集』や『古今六帖』の「思ふ人どち」という本文を持つ『和漢朗詠集』諸本はない。

(15)　『新撰朗詠集』「梅」（84）「南薫風与南枝色、計会一時不弁香」「梅花琴上飛」。

(16)　「陵園妾」説話は白居易の『白氏文集』巻四「新楽府」の「陵園妾」の漢詩によって著名である。「陵園妾」説話の受容については新間一美氏（『源氏物語と白居易の文学』和泉書院、平成十五年）参照。また時代はやや下がるが『詞花集』選進直後の成立と考えられる『唐物語』（一四話）にも「陵園妾」が採られていることからも院政期文人の常識となっていたことがわかる。

(17)　後藤祥子氏「平安和歌の屈折点―後拾遺集の場合―」（和歌文学会編『和歌文学の世界』第二集、笠間書院、昭和四十九年）。藤本一恵氏『後拾遺和歌集全釈　上巻』（風間書房、平成五年）では、この歌の解釈の「参考」項目に「この歌も『伊勢物語』を面影にしたものであるようにもうけとれる。「君なくて」という言葉によって物語めいた世界がほのぼのと浮んでくるようである。」と指摘されている。

(18)　鷹狩には、秋のハイタカを用いた小鷹狩と、冬のクマタカを持ちいた大鷹狩があり、和歌に詠まれている（久保田淳・馬場あき子両氏編『歌ことば歌枕大辞典』角川書店、平成十一年）。

(19)　最も切ないものは秋の夕であるという発想でまず思い浮かべるのは、『枕草子』初段の「秋は夕暮れ」の言い切りである。上野理氏は「秋は夕暮れ」の美意識が白楽天の「暮立」詩によると指摘されている（上野理氏『後拾遺集前後』笠間書院、昭和五十一年）。松田豊子氏も上野氏の論を引きつつ、さらに詳しく同様の御指摘をされている（松田豊子氏『清少納言の独創表現』風間書房、昭和五十八年）。

(20)　注(12)拙著参照。
(21)　『古今集』「秋上」の詠人不知歌「一人寝る床は草葉にあらねども秋来る宵は露けかりけり」(188)「いつはとは時は分かねど秋の夜ぞ物思ふことの限りなりける」(189)。
(22)　注(12)拙著参照。
(23)　三木雅博氏は、『和漢朗詠集』の構造は、『古今集』に準じたものでありながら、その春・秋の対象的構造を壊してまで「秋興」の次にあえて「秋晩」を設けていることを指摘された。三木雅博氏「『和漢朗詠集』の構成」(『和漢朗詠集とその享受』勉誠社、平成七年)。
(24)　川村晃生氏「和歌と漢詩文—後拾遺時代の諸相—」(『中古文学と漢文学　Ⅰ』汲古書院、昭和六十一年)。
(25)　後藤祥子氏「平安和歌の屈折点—後拾遺集の場合—」(和歌文学会編『和歌文学の世界』2集、笠間書院、昭和四十九年)。渡部泰明氏は、この分裂がむしろ「物語を対象化しきれず、物語と自己との距離を計りかねている、むしろそれだけ物語と幸福な近しい関係にある作者を想像させる」という積極的評価をされている(渡部泰明氏「藤原俊成の『久安百首』」『国語と国文学』昭和六十三年一月)。
(26)　金子彦二郎氏『平安時代文学と白氏文集—句題和歌・千載佳句研究篇—』(培風館、昭和十八年)。

四　「冥きより冥き道にぞ入りぬべし」歌の「月」について

はじめに

性空上人のもとに、よみてつかはしける　雅致女式部
冥きより冥き道にぞ入りぬべきはるかに照らせ山の端の月　（拾遺集・哀傷・1342）

この和歌は、和泉式部の代表歌として知られている。現存するすべての解釈が、当歌は、「法華経化城喩品」の一句「従冥入於冥、永不聞仏名」に基づいて詠んだとする。しかし上の句「冥きより冥き道にぞ入りぬべき」は「化城喩品」内の一節との明らかな一致が見られるが、下の句「はるかに照らせ山の端の月」の表現は、「化城喩品」内に直接対応する表現がなく、「化城喩品」が典拠となったと考えにくい。従来典拠を指摘されることの少なかった下の句について、その表現の背景を考察したい。また上の句については、和泉式部の「化城喩品」の理解の軌跡をたどることにより、当歌全体の再解釈を試みたい。更に合わせて院政期の以降の当歌の受容状況を明らかにしたいと思う。(1)

一

当歌は、数々の歌集に採られた著名な歌であり、和泉式部は当歌によって一条朝女流歌人の中で唯一、『拾遺集』

に採られた歌人となった。(2) しかしその一方、この歌に対しては、公任によって低い評価が下されたことが、『俊頼髄脳』以来様々な書によって伝えられている。(3)

冥きより冥き道にぞといへる句は、法華経の文にはあらずや。さればいかに思ひよりけむとも覚えず。末のはるかに照らせといへる句は本にひかされてやすく詠まれにけむ。（俊頼髄脳）

この歌を和泉式部の代表歌として評価する定頼に、公任が言ったとされる言葉である。上の句は『法華経』にある経文そのまま、下の句は、それにひかれてたやすく詠んだにすぎないと否定的に評している。この評価が、下の句「はるかに照せ山の端の月」の表現への追及がおろそかになった原因の一つになっているように思う。下の句の表現の背景を考える前に、当歌が低く評価された理由を考えたい。(4)

当歌は、釈教歌と捉えられている。(5) しかし、『法華経』の内容を伝えるような一般的な釈教歌とは性格を異にする。元々釈教歌として詠まれていないものを釈教歌として捉えたことが、公任の低い評価の原因になっていると思われる。当歌の特徴を明らかにするため、当歌が本にしたとされる『法華経』の文「化城喩品」を題に詠んだ同時代の和歌と比較したい。

化城喩品

古の契りもかひやなからましやすめて道にすすめざりせば（公任集・265）

化城喩品

今ぞ見る花の都と草枕まきし旅寝のやどりなりけり（長能集・154）

化城喩品

こしらへて仮のやどりにやすめずはさきの道にやなほまどはまし（赤染衛門集・433）(6)

題の「化城喩品」は、導師が仏の力によって幻の城（化城）を見せた故事を名の由来とする。宝を求めて出発した数万の人々が、曠野に行き惑い、疲れ果てる。すると導師が神通力によって大いなる城郭、花が溢れる園、荘厳な楼閣を幻として出現させ、つまり仮の城を見せることによって、人々の意欲を蘇らせ旅を続けたという故事である。

公任の「古の契りもかひやなからましやすめて道にすすめざりせば」歌は、「仏の古えの契りは甲斐のないことになるでしょう。仮の城に休ませて、さらに悟りの道へと進ませなかったならば」という「化城喩品」の故事に即した内容である。これは、長能の「今ぞ見る花の都と草枕まきし旅寝のやどりなりけり」、赤染衛門の「こしらへて仮のやどりにやすめずはさきの道にやなほまどはまし」の歌についても同じである。それぞれ旅の仮の宿を花の都という幻と見る、あるいは、仮の宿りで疲れた心身を休ませなければ、どうして先へ進めようかという故事を伝えた内容である。

これらは、当時流行し出した『法華経』を主題に詠む経題和歌であり、公任の和歌も、長保四（一〇〇二）年八月十八日、道長主催東三条院詮子追善法華経二十八品和歌の中の一つとして詠まれたものである。これら経題和歌と和泉式部の和歌では詠む姿勢がまったく異なる。この詠みぶりの違いが、公任が下したと伝えられる低い評価の原因ではないだろうか。経題和歌とは、『法華経』を初めとした経典の教えを歌に詠み、仏を讃えるのが一般的である。対して和泉式部の歌は、性空上人に自身の苦しみを訴えるのが目的であり、苦しみの表現として「化城喩品」を用いたのであり、経題和歌とは目的が異なる。

当歌が「化城喩品」の経題和歌と看做されてきた理由として、次の和歌の存在が挙げられると思う。

化城喩品

長夜増悪趣　減損諸天衆　従冥入於冥　永不聞仏名

冥きより冥きに永く入りぬとも尋ねて誰に問はんとすらん　（発心和歌集・31）

「長夜増悪趣、減損諸天衆、従冥入於冥、永不聞仏名」は、「化城喩品」の一節である。「化城喩品」からこの句の前後を引用したい。

今者見世尊　安穏成仏道　　今《いま》者世尊の　安穏に仏道を成じたまふを見て
我等得善利　称慶大歓喜　　我等善利を得　称慶《ことほぎ》して大いに歓喜す
衆生常苦悩　盲冥無導師　　衆生は常に苦悩し　盲冥にして導師無く
不識苦尽道　不知求解脱　　苦尽の道を識らず　解脱を求むる事も知らずして
長夜増悪趣　減損諸天衆　　長夜に悪趣を増し　諸の天衆を減損す
従冥入於冥　永不聞仏名　　冥きより冥きに入りて　永く仏の名を聞かず
今仏得最上　安穏無漏法　　今仏は最上の　安穏無漏の法を得たまへるをもつて
我等及天人　為得最大利　　我等及び天人は　為に最大利を得たり。
是故咸稽首　帰命無上尊　　是《この》故に咸《ことごと》く稽首して　無上尊に帰命したてまつる

『発心和歌集』の成立は、『拾遺集』流布後である[7]。選子内親王は、和泉式部の「冥きより」歌を見て、「化城喩品」の「従冥入於冥、永不聞仏名」の一節を思い浮かべその前後の「長夜増悪趣、減損諸天衆、従冥入於冥、永不聞仏名」のうち「従冥入於冥、永不聞仏名」を直訳して「冥きより冥きに永く入りぬとも尋ねて誰に問はんとすらん」と詠んだのであろう。和泉式部の歌を本に生まれたこの和歌が、「化城喩品」の経題和歌として知られたために、その結果、本になった和泉式部の歌も「化城喩品」の経題和歌と看做され、その観点から批判されたのではないだろうか。その結果、経題和歌の本来あるべき詠みぶりとは異質である当歌の評価が低くなったのではないかと思われる。

　しかし、当歌の目的は「化城喩品」の教理を詠むことではなく、「化城喩品」の表現を用いて性空上人に自分の思いを訴えるところにあった。

二

当歌の成立は、『拾遺集』の作者表記等から様々な説があるが、現状では橘道貞との結婚後、弾正宮為尊親王或いは弟宮敦道親王との恋愛の頃と考えるのが、一般的である。(8) 筆者も両親王との恋愛の頃の歌という点においては、異存はない。但し、本稿では、成立年次についてはそれ以上細かく論じるつもりはない。当歌の表現を分析することによって、当歌を詠んだ際の彼女の心境を、表現から考察して行きたい。

当歌は、小町谷照彦氏校注新古典文学大系では次のように口語訳されている。

私は、煩悩の闇から闇へと、無明の世界に迷い込んでしまいそうだ。遥か彼方まで照らしてほしい、山の端にかかる真如の月よ。

「煩悩の闇から闇へと、無明の世界」というのが、「冥きより冥き道」に相当する。この闇は、和泉式部日記に収められた次の和歌の「冥き道」と同じ闇であると思う。

山を出て冥き道にぞたどり来し今一度の逢ふことにより　（和泉式部日記・61／和泉式部集・883・冥き途にを）

帥の宮敦道親王との恋に疲れ、石山寺へ逃れながら、宮から手紙がくれば、愛欲の苦しみが待っていることがわかっていても、自ら山を降りてしまう。悟りの境地の場である山から降り、今まさに愛欲の「冥き道」を歩もうとすることを自分に確認させる和歌である。ここでの「冥き道」は、現世の愛欲の闇である。「冥きより」歌の冥さも相手は誰であろうとも、やはり盲目的恋愛に陥っている自分の状態を客観的に捉えたものであろう。

しかし両歌について、まったく同じ扱いはできない。「冥きより」歌は、贈る相手の恋人を意識した「山を出て」歌に較べ、より強い関心が自分に向けられている。「化城喩品」の「長夜増悪趣、減損諸天衆、従冥入於冥、永不聞仏名」の句に自分の闇の正体を見、この句を借りて自己の苦しみを表現したいと思ったからであろう。果てしなく続く長夜の中にいて、悪趣は増すばかり、その闇から救ってくれる釈迦と永い間めぐり逢えず、今は冥き闇にいて、その闇は後世まで続くであろうという句を経題和歌としてではなく、その句の闇に自ら生きていると実感して詠んでいる。(9)

「山を出て」歌は、光明の地から冥き所へ降りてきたのだと、自分が冥き道を歩みだしたことにふと気付く歌である。「冥きより」歌は、今、冥き所にいてこれから果てしなく冥さが続くに違いないと自身に言い聞かす歌である。恋人にではなく、上人に贈った歌である。まず自分の煩悩を厳しく見極め、その結果、導きを請うのである。「冥きより」歌の、最初の「冥きより」の「冥き」所は、その時の和泉式部の状況を指し、次の「冥き道」は、そこから先、後世を思い遣る表現である。このままでは煩悩を抱えたまま輪廻の長夜が続くに違いないと詠んでいる。

「長夜増悪趣、減損諸天衆、従冥入於冥、永不聞仏名」この句に感情移入している和泉式部にとって、続く「今仏得最上、安穏無漏法、我等及天人、為得最大利」という句に、自分も救われたいと思ったであろう。すばらしい悟りの境地を我も得たいと望んだに違いない。悟りへの導きを円融院、花山院を初めとして多く貴族が帰依した性空上人に求めたのである。(10)恋人ではなく、浄土教の草分け的存在の僧に贈ったということは、やはり来世にも思いが及んでいるのであろう。(11)『和泉式部正集』には「冥きより」歌が二回採られている。その二回目には、「冥きより」歌と一緒に性空上人に贈られたとされるもう一首の和歌が収められている。

　　播磨の聖の許に
　冥きより冥き道にぞ入りぬべきはるかに照らせ山の端の月
　舟寄せん岸のしるべも知らずしてえもこぎよらぬ播磨潟かな
　　　　　　　　　　　　　　　　　　　　（和泉式部正集・834・835）

「舟寄せん」歌の「岸」は、悟りの世界を表わす彼岸を指すのであろう。またその「しるべ」とは、悟りへと導く性空上人である。しかし煩悩に苦しみ迷いの此岸にいる和泉式部にとって、悟りの導き手の性空上人がいる彼岸、そこに通じる播磨潟ははるか彼方であり、とても漕いでは行けるものではないという思いだったのであろう。そしてその思いを性空上人に訴えているのである。

しかし、和泉式部にとって来世の自分がどうなっているかが関心の中心だとは思えない(12)。

今の苦しみ、闇があまりに冥いと思った末、それが果てしなく続くように思われ、来世までも「冥き道」に続くに違いないと詠んだのである。「冥きより冥き道」は、今の苦しみのつらさの表現であり、「はるかに照らせ山の端の月」と上人にその苦しみを訴え解脱への導きを求めたのであろう。

三

『俊頼髄脳』が伝える公任の「末のはるかに照らせといへる句は本にひかされてやすく詠まれにけむ」の評価以来、下の句は、「化城喩品」の上の句に引きずられた表現にすぎないと考えられ、典拠の検討がほとんどされてこなかった(13)。

確かに「化城喩品」の「衆生常苦悩、盲冥無導師、不識苦尽道、不知求解脱、長夜増悪趣、減損諸天衆、従冥入於冥、永不聞仏名」に我が身の置かれている状況を見、「冥きより冥き道にぞ入りぬべき」と詠み、「今仏得最上、安穏無漏法、我等及天人、為得最大利」を我が身に求めて「はるかに照らせ山の端の月」と詠んだのであろう。「はるかに照らせ」と救いを求めた相手が性空上人であった。「化城喩品」における導師は釈迦であり、導師として釈迦と同じ導きをここでは性空上人に期待している。

先に引いた新大系は「山の端の月」に対し、「真如の月。仏法の体現者である、上人をよそえる。万物の真理を見通す仏法の力で、衆生の煩悩を取り払うこと。」と語釈している。しかしその性空上人を「山の端の月」に喩えたのは、なぜであろうか。「化城喩品」内には、「山」や「月」あるいは、「山の端の月」に相当する表現が見当たらない。

次に月が釈迦を指すという発想を考えてみたい。釈迦を月に喩える一例に『大般涅槃経』の「二月十五日臨涅槃時」に対する注に「仲春之時用表中道、月満之時用表円常、以仲春満月之日、表中道円明之法云々」がある。二月十五日の釈迦の涅槃の際、満月だったことから釈迦と月が結びつく。(14)又、『法苑珠林』では釈迦の容貌を直接月に喩えている。

相好円満、光明炳著、身色清浄、事等鎔金、面貌端嚴、猶如満月、歯同珂雪、髪似光螺、目譬青蓮、眉方翠柳。

（法苑珠林・巻二十・念仏部）

釈迦の容貌が「猶如満月」と喩えられている。これらを根拠として漢詩文や和歌では月を釈迦に喩え、或いは釈迦が月に喩えられ詠まれた。当歌より前の例として、正暦二（九九二）年二月十三日の菅原輔正の願文を引用したい。

円融院四十九日願文　　菅原輔正

嗚呼過於熙連河之苦行一年、禅定水静。先於沙羅林之涅槃三日、応化月空。

（本朝文粋・巻十四）

円融院は、釈迦の六年の苦行を一年上回る七年間仏道に精進して、涅槃入滅の二月十五日に先だつこと三日の二月十二日に亡くなった。円融院が亡くなった今、本来、衆生を救うはずの月が空しいものとなったという内容である。釈迦を満月に喩え、さらに円融院を釈迦になぞらえている。これとまったく同じ発想が、和歌にも見られる。和泉式部とほぼ同時代の伊勢大輔と慶範法師の贈答歌である。

二月十五日の夜中ばかりに伊勢大輔が許へつかはしける

慶範法師

いかなれば今宵の月のさ夜中に照らしも果てで入りしなるらん

返し　　　　伊勢大輔

世を照らす月隠れにしさ夜中はあはれ闇にやみなまどひけん　（後拾遺集・釈教歌・1181・1182）

慶範法師は、伊勢大輔の夫成順が亡くなったことを、釈迦が涅槃に入ることに準らえて、月が隠れたと詠み伊勢大輔を慰める。伊勢大輔は、釈迦涅槃の後、人々が闇にまどったことでありましょうと答えることにより、夫に先立たれた彼女の思いを表わしている(15)。

これらは、大事な人を釈迦に準らえ月が釈迦の喩えとなる。釈迦に特定の人をなぞらえるという趣向が和泉式部の「冥きより」歌と似ている(16)。しかしこれらの歌と「冥きより」の歌とでは、詠み手の月への思いが、根本から違う。伊勢大輔の贈答歌は、月が隠れることを悲しんでいる。菅原輔正の願文も、釈迦の涅槃のように、円融院が亡くなった今は、月は空しくなってしまったと悲しみが詠まれている。これらは、月が隠れることを釈迦の涅槃に喩え、それによって死の悲しみを表現している。月は隠れ、或いは空しくなるものであり、頼む甲斐が無くなるのである。

それに対し「冥きより」歌の月は、いつも照らし続けておくれと頼む月である。和泉式部は、月は山の端に居続けるものと信じ詠んでいる。この山の端に居続ける月は何を典拠として生まれた表現なのであろうか。筆者は、この山にかかる沈まない月の発想の源は、『法華経』の「如来寿量品」の詩句にあると思う。

為度衆生故　方便現涅槃　　衆生を度《すく》わんが為の故に　方便して涅槃を現わすも
而実不滅度　常住此説法　　而も実には滅度せずて　常に此に住して法を説く

—略—

一心欲見仏　不自惜身命　　一心に仏を見奉らんと欲して　自ら身命を惜まざれば
時我及衆僧　倶出霊鷲山　　時に我及び衆僧　倶に霊鷲山に出づ
我時語衆生　常在此不滅　　我時に衆生に語る　「常に此に在りて滅せず

以方便力故　現有滅不滅　　　方便力を以ての故に、滅不滅有りと現ず」と

——略——

我見諸衆生　没在於苦海　　　我諸《もろもろ》の衆生を見るに　苦海に没在せり

故不為現身　令其生渇仰　　　故に為に身を現せずして　其をして渇仰を生ぜしめ

因其心恋慕　乃出為説法　　　其心の恋慕するによりて　乃ち出でて為に法を説く

神通力如是　於阿僧祇劫　　　神通力是《かく》の如し　阿僧祇劫に於て

常在霊鷲山　及余諸住処　　　常に霊鷲山　及び余の諸の住処に在り

（法華経・如来寿量品）

「如来寿量品」は、如来の寿命が永遠であり、釈迦は死を超越するものであることを教えている。釈迦如来は徳の薄い人を諭す方便に、自分は滅したと偽るが、実は決して滅せず常に霊鷲山におり、法を説くのだという釈迦不滅の教えが述べられている品である。霊鷲山は釈迦が法華経を説き、釈迦がいつもいる山である。「常在霊鷲山」という表現と「月」が結び付いた時に、沈まない月の発想が生まれる。「冥きより」歌の「山の端の月」はこの「如来寿量品」に基づいた常に霊鷲山にいる釈迦を詠んだのだと思われる。

後に俊成は「如来寿量品」の「常在霊鷲山」を題として、永遠不滅の釈迦を「山の端の月」に喩えて和歌を詠んだ。

寿量品、常在霊鷲山

末の世は雲のはるかにへだつとも照らさざらめや山の端の月　　（長秋詠藻・466）

「末の世」とは末法の世を指し、「雲のはるかにへだつ」とは、雲を煩悩に準え、仏を敬う心が薄い衆生の目には、はるか彼方の霊鷲山に厚い雲がかかり、月を見ることができないという意である。しかし、それは衆生の煩悩が雲となって隠しているだけで、月そのものはいつも山の端にある。月は、たとえ衆生が煩悩で苦しみ（厚い雲がかかってい ても）、月は照らさないだろうか、いや実は照らしてくれるのだとして、「如来寿量品」の故事を忠実になぞっている。

ここでは、霊鷲山に常に在る釈迦を「山の端の月」と表現している。

この他にも俊成は、霊鷲山に常に在る釈迦を「山の端の月」に喩えて和歌を詠んでいる。

故左大臣の仁和寺の徳大寺の堂に、上西門院前斎院と申しし時の女房、あまたわたりて歌どもよみおかれたりけるを、後に見出でて、その返しせよとて、大炊御門の右大臣右大将の時のありしかば、かきそへつつつかはしける歌に―略―

これやさは常にすむなる月ならん鷲の御山に入るる時もなき

返し

見る人の心は常にすみぬれば入る時もなし山の端の月　（長秋詠藻・386・387）

俊成が、この歌を詠む機縁になった仁和寺のお堂に詠まれていた「これやさは」歌は、霊鷲山を「鷲の御山」と詠んでいる。霊鷲山に常に住む（澄む）月、その釈迦である月が「入るる時なき」と、「如来寿量品」の「常在霊鷲山」の心を詠んでいる。これを受けて、俊成は月の光である釈迦の教えはすばらしいもので見る人の心に沁み込むから、月は隠れるはずがないと詠んでいる。ここでも「山の端の月」が、霊鷲山にいる釈迦の喩えとして詠まれている。

また「山の端の月」が歌題となった初例である『為忠家後度百首』でも、為忠を初め、頼政、仲正等、俊成以外の歌人が叙景の月を詠んでいるのに対し、俊成は霊鷲山の釈迦として「山の端の月」を詠んでいる。[17]

隠れぬと憂き世の人に見えしかどなほ山の端に月はすむなり　俊成　（為忠家後度百首・386・山葉《ママ》月）

憂き世の人には、月である釈迦は隠れたと見える。つまり入滅したように見えるが、月は実はいつも山にかかっており人々を照らすのだと、やはり『如来寿量品』の「常在霊鷲山」に基づき詠まれている。[18]

四

以上のように考察してみると、和泉式部の「冥きより」歌の「山の端の月」も、『如来寿量品』の「常在霊鷲山」の釈迦を指しているのではないかと思われる。なお、諸説の中には和泉式部の「山の端の月」を阿弥陀如来とする説がある。恐らく、書写山が西にあり、性空上人が浄土教の草分け的存在であることに由来するのであろう。「冥きより」歌の「山の端の月」は、法華経の教えから阿弥陀如来よりも釈迦ととらえる方が適切で、阿弥陀如来を直接月に喩える和歌の例は、和泉式部の時代よりやや下がる(19)。

次に和泉式部の時代に「山の端の月」という言葉が、霊鷲山にいる釈迦を指したかどうかについて考察したい。和泉式部が漢詩文にも造詣深いことは既に指摘されている(20)。その漢詩文に霊鷲山にいる釈迦を月として詠んだ例がある。

　九月十五日於予州楠木道場、擬勧学会、聴講法華経、同賦寿命不可量。　大江以言

如是我聞、九月十五日者、是所謂勧学会也。爰吾党二三子結縁於彼会、来至於此間之者、而作是念、法従縁起。水上之月方浮、感触物生、霜中之葉漸落。―略―爾時如来重住虚空、更寄弥勒、説寿命之不可量。示涅槃之、即非真、中夜八十之火、仮唱鶴林之煙、東方五百之塵、長懸鷲峯之月。

（本朝文粋・巻十・280）

大江以言は、和泉式部とほぼ同時代の詩人である。これは「寿命不可量」という釈迦は永遠に不滅であるという主題で詠まれたものである。「如来重住虚空、更寄弥勒、説寿命之不可量。示涅槃之、即非真、中夜八十之火、仮唱鶴林之煙、東方五百之塵、長懸鷲峯之月」と、釈迦は虚空にあって、弥勒に寄せて釈迦の寿命が量りきれるようなものではないと説き、涅槃が真実でないことを示す。釈迦如来が、涅槃に入り荼毘に付せられたというのは方便であって、実は釈迦如来の寿命は、霊鷲山の上にかかる明るい月のように、万億永劫に渡って決して尽きることはないというも

のである。釈迦が常に霊鷲山にいることを、月が永遠に鷲の峰にかかっていると表現している。「如来寿量品」の経題和歌でも霊鷲山の釈迦が山にかかる月として詠まれている(21)。

寿量品
出入ると人は見れどもよとともに鷲の峰なる月はのどけし　（公任集・275）

寿量品　康資王母
鷲の山へだつる雲やふかからん常にすむなる月を見ぬかな　（後拾遺集・釈教歌・1195／新撰朗詠集・仏事・563）

このように、和泉式部の時代、「如来寿量品」の「常在霊鷲山」を鷲の山にかかる月として詠んでいることがわかる。

しかし「冥きより」歌は「山の端」にある月であった。当時「山の端」にある月は、次の『伊勢物語』の用例のように、これから隠れようとする月を想像させた。

昔、惟喬の親王と申す親王おはしましけり。山崎のあなたに、水無瀬といふ所に宮あり。年ごとの桜の花ざかりには、その宮へなむおはしましける。―略―

帰りて宮に入らせ給ひぬ。夜ふくるまで酒飲み物語して、主人の親王、酔ひて入り給ひなむとす。十一日の月も隠れなむとすれば、かの馬頭のよめる。

あかなくにまだきも月も隠くるるか山の端にげて入れずもあらなむ　（伊勢物語・八二段）

これは親王が座を去ることを、月が入ると表現している。この他、「山の端の月」の初出例である能宣の歌も入る月を詠んでいる。

世の中を何にたとへんさよふけて半ば入りぬる山の端の月　（能宣集・246）

この歌は、『万葉集』の沙弥満誓の「世の中を何にたとへむ」を上の句に、源順・紀時文と共に空しきものを次々と付けた中の一首である。無常の象徴として、今沈もうとしている月が詠まれている。このように惜しむべき人等が隠れることを「山の端」にある月に喩える中、「冥きより」歌の「山の端の月」も沈むことを連想させる。「冥きより」歌の月は、沈むことを想定するところに意味があるのである。次の和歌を手がかりに考えてみたい。

二月十五夜月明く侍けるに、大江佐国が許につかはしける

よみ人しらず

山の端に入りにし夜半の月なれどなごりはまださやけかりけり　（後拾遺集・釈教歌・1183）

よみ人しらずであるが、贈った相手の大江佐国が『万葉集』の次点者であることから、作者も和泉式部とほぼ同時代の人と考えられる。「山の端に入りにし夜半の月」が涅槃に入った釈迦を表わしている。しかし「名残はまださやか」で、涅槃に入ったかと見えるが、実は光は存在し、それは明るく、釈迦は入滅したのではないという内容である。「山の端の月」が入ったように見えるのは、煩悩に苛まれる衆生の目によるもので、真実ではないという歌である。入るものとして「山の端」にある月が詠まれている。

「如来寿量品」は、釈迦が徳の薄い人を諭す方便に、自分は滅したと偽るという内容であった。和泉式部は、愛欲の煩悩の「冥きより冥き道に入りぬべき」という状態であり、このままでは長夜が続くばかりであった。煩悩の闇にある彼女には、釈迦は隠れ見えないはずである。しかし、実は釈迦はいつも霊鷲山にいるのだ、それを信じているからこそ「はるかにてらせ」と呼びかけるのである。

この和歌は、書写山にいる性空上人に贈ったものであった。都にいる彼女にとっては、播磨の書写山は、霊鷲山に喩えうる程遥か彼方であり、霊鷲山と同じ聖なる山ととらえていたであろう。そこに照らしている月は、釈迦であり、それはそのまま和泉式部の認識の中では、当時の貴族の尊敬を一心に集めた性空上人に重ねあわされていたであろう。

その上人に当歌とともに贈ったとされる「舟寄せん岸のしるべも知らずしてえもこぎよらぬ播磨潟かな」の歌も性空上人によって導かれ悟りの境地へと到ることが叶わないと訴えたものであった。隠れるであろう「山の端の月」という表現も、煩悩の闇にいる己れへの自覚からの表現であったと思われる。『後拾遺集』歌の「山の端に」の月と同じく、煩悩故に自分には隠れるように見える月は、実は方便であり常に光を放っているが、しかしそれはあまりに彼方であるために悟りの境地には至れない、だから照らしておくれ、逢うことの叶わないと上人に訴えているである。

和泉式部が「如来寿量品」をよく理解していたことは次の和歌からも明らかである。

月

見る人の心に月は入りぬれどいでといでにし空は曇らず　（和泉式部正集・123）

この和歌は月は入ってしまった、つまり隠れたけれど、それは仏を信ずる事を怠った懲らしめのための方便であり、悟りの境地に至ったならば、釈迦である真実の月は決して曇ることはないという「如来寿量品」を準った内容である。十題歌題の題詠の一つ「月」を主題にして詠んだものである。「月」を詠む際、彼女は「如来寿量品」の「常在霊鷲山」の釈迦を思い、その悟りに導く釈迦を月として詠んでいるのである。(22)

この和歌と較べると明らかにわかるように、「冥きより」歌は、「如来寿量品」の内容を準るために詠んだ和歌ではない。「化城喩品」の文脈をみて自己の思いが表現されていると感じ、その経文に感情移入し、我が身も「無漏法」を得たいと思い、その導きを釈迦、即ち直接には性空上人に頼むのである。煩悩の闇にいる和泉式部にとって、悟りの境地には至れないと知りながら、釈迦は常に霊鷲山にいてくれなければならなかった。だから、「如来寿量品」の「常在霊鷲山」の表現が必要だったのである。和泉式部にとって、遥か彼方の書写山にいる性空上人は霊鷲山にいる釈迦と重なる存在であり、煩悩の闇にいる和泉式部にとっての「山の端の月」は、釈迦が煩悩の闇に居る衆生を救うための方便として涅槃に入ったことを連想させる表現であった。

当歌全体としては、上の句が「化城喩品」に基づき、下の句は「如来寿量品」に基づいた表現といえる。二つの「品」の表現を用いた意味について考えたい。和泉式部は、「化城喩品」の衆生に自己の姿を見て、闇を輪廻し、長夜が続くことを実感した。その救いを釈迦に準らえた導師の性空上人に解脱への導きを頼み、「如来寿量品」の「常在霊鷲山」に基づき「山の端の月」と表現したのである。基本的には「化城喩品」の衆生の一人として詠み、「如来寿量品」の表現を借りて救いを求めたのである。

彼女は、煩悩に迷う己れを自覚し、釈迦は我に思い知らしめるためにいつでも隠れるだろうと意識していた。それでも実は釈迦が不滅であることを知っており、ただ闇にいる自分にとって、悟りの境地は遥かに遠いものだという思いが込められているのである。

このような自分を主体に『法華経』を詠む和泉式部の姿勢は、公任を初めとする『法華経』の教えを品ごとに題を立てて詠む他の歌人とはまったく違うものであった。

五

「冥きより」歌の内面が、後世の歌人の創作意欲を刺激したと思われる。この和歌に込められている苦しみの切実感が後世の歌人の心を打ったのであろう。当歌の受容の状況も、この歌の魅力を示す一つの指標だと思われる。以下、受容について考えてみたい。

冥きより冥くなりなばいかがせむやよまてしばし山の端の月　　慈円　（拾玉集・厭離百首・684）

この歌は明らかに和泉式部の歌を踏まえている。この歌と和泉式部の「冥きより」歌と重ね合わすならば、ここでの「山の端の月」は、今沈もうとしており、その月に慈円が思わず「やよまてしばし」と呼びかけている。「如来寿量品」の故事に基づくならば、沈むように見えるのは、方便であって実は月はあるのだと詠むはずである。「冥きより冥くなりなばいかがせむ」という心配の仕方は、「如来寿量品」の方便に涅槃と偽る故事に基づくというよりも、導師である月が隠れてしまったら和泉式部は闇に取り残されてしまうと、和泉式部が願ったことを心配している。「冥きより」歌は、闇の中にいるこのような苦しみをもった普通の人、衆生を救いたいという姿勢で受容される。その救い方は、我が身が月となって照そうというものであった。

いかで我心の月をあらはして闇にまどへる人を照らさむ　左京大夫顕輔（詞花集・雑下・414）

あたかも和泉式部を私が救ってあげましょうといっているかのように解釈できる。「心の月」という表現は、もとは、次に引用する『心地観経』に基づく。

凡夫所観菩提心相、猶如清浄円満月輪、於胸臆上明朗而住。（心地観経[23]）

凡夫が観ずる菩提心相は、満月のようである。この発想は既に源順が詠んでいる。源順の次の詩句は、『和漢朗詠集』の「仏事」に採られ、よく知られていた。

「僧」

608　観空浄侶心懸月　送老高僧首剃霜　源　順

浄侶は心に月を懸ける、つまり悟りの境地にいるものは心に月を持つということはよく知られていた。顕輔の歌も、『心地観経』の内容を準るより、心の月によってどうやって闇に迷える人を照らそうかという点に力点が置かれていた。

かへり出でて後の闇路を照らさなん心に宿る山の端の月（拾玉集・花月百首・1383）
冥きより冥かるべしと思ひしる心ばかりは照らせ月かげ（拾玉集・略秘贈答百首・3425・4874）

これら慈円の歌も、和泉式部の和歌を意識していると思われる。但し、これらの歌の発想は『心地観経』に基づくものであり、月が人を照らすのではなく、人が心に月を持つ歌が詠まれるようになった。

「かへり出でて後の闇路を照らさなん」とは、一度沈んだ月に、もう一度出て、来世を照せよと呼びかけている。その月は、実際の月ではなく、心に掲げる月であり、それが和泉式部が詠んだような闇にいる衆生の心に宿ればいいという思いの歌である。「冥きより冥かるべしと思いしる」歌も明らかに和泉式部の歌を踏まえたものである。煩悩の長夜が続くことを思い知っている「冥きより」歌に詠まれている闇の衆生、闇にいる状況はどうにもならなくても、せめて心にだけは、月を持たせてやっておくれと月に呼び掛けている。菩提心相である月の光によって悟りの境地に導いてやっておくれと詠んでいるのである。

これらは、和泉式部が我がこととして表現した長夜の苦しみを、衆生一般の苦しみとして捉え、それに対する解答として答えている。

「冥きより」歌は、「化城喩品」の経文に自己の現実を見つけ、「如来寿量品」の詩句に基づき性空上人を導師として「山の端の月」とを使い、自己を救ってほしいと性空上人に訴えた和歌であった。顕輔や慈円は和泉式部が詠んだ闇の苦しみを衆生一般の苦しみとして受容し、『心地観経』に基づき我が心に月を持って照そう、或いはそのように苦しんでいる衆生の心に月が宿ることを願っていた(24)。

和泉式部は自己の苦しみを長夜から抜けられない衆生の苦しみとして表現することで、彼女は性空上人に結縁を求めた。そして霊鷲山に常にいるという釈迦を和歌では月に喩えて導師とした。現実はこの月は、書写山の性空上人を釈迦になぞらえたものであった。

冥き世界を生きることしかできない衆生を我がこととして詠んだ和泉式部は、自分が長夜にいることを知っているから月に導きを頼んだ。煩悩の闇の中のいる自分にとって、唯一の救いは月の光である。しかし月は「山の端」にあり、沈んでしまう。釈迦が涅槃に入ってしまうのである。そのままでは自分は闇の中に置き去りにされる。だからこそ沈まない月、つまり常に霊鷲山にいる釈迦に「はるかにてらせ」と助けを求めるのである。その釈迦が和泉式部にとっては性空上人であったのである。

注

（1）漢詩文は主に柿村重松氏『本朝文粋註釈』（冨山房、昭和四十三年）に従った。経文は『昭和新纂国譯大蔵経』による。

（2）『後十五番歌合』『麗花集』『玄々集』『後六々撰』『俊頼髄脳』『新撰朗詠集』『相撲立詩歌合』『古来風体抄』『時代不同歌合』『秋風抄』『宝物集』『無名抄』『無名草子』等に引用された著名な和歌であった。

（3）この説話は『無名抄』『無名草子』にも引かれる。本文は日本古典全集による。

（4）当歌は『拾遺集』「哀傷」に収められているが、当歌前後の歌を含め、本来ならば釈教部に収められる内容のものが集められている。なお、「釈教歌」が勅撰集に現われるのは、『後拾遺集』からである。

（5）満田みゆき氏は「源道済の和歌における漢詩文受容―句題詠法を軸に―」（『国語と国文学』昭和六十二年一月）で、本歌を経文を句題とした句題和歌としてとらえられ、この句題的詠法が、一般的な経題和歌の詠法とは異なるために公任に低く評価されたのではと推論されている。しかし当歌を句題和歌としてとらえては、一首の中で上の句の解釈のみに重点が置かれてしまうので、本稿では、その立場をとらない。

（6）『後拾遺集』「釈教歌」では（1192）に採られているが、そこでは第五句が「真の道をいかでしらまし」となっている。

（7）当歌は、『拾遺抄』には採られていない。『拾遺集』の成立は寛弘二（一〇〇五）年以前、『発心和歌集』は長和（一〇一二）年八月に成立している。

（8）当歌の成立については、龍頭昌子氏（「和泉式部「くらきより」の歌の詠作年時」『語文研究』21号、九州大学国語国文学会、昭和四十一年二月）の長保三（一〇〇一）年説、増田繁夫氏（『冥き途―評伝和泉式部―』世界思想社、昭和六十二年四月）の長保四（一〇〇二）年説、岡崎知子氏（「和泉式部と性空上人―「くらきより」の歌をめぐって―」『文学語学』13号、昭和三十四年九月）や吉田幸一氏（「和泉式部の釈教歌「冥きより」の作歌年代と拾遺集への入集事情について」『平安時代研究』28輯・平安文学会、昭和三十七年六月）等の寛弘二年説がある。また為尊親王との恋愛については、藤岡忠美氏

（『和泉式部集』覚書―為尊親王挽歌を探る―」『国語と国文学』昭和五十二年十一月）によりその実態が疑問視されている。

（9）悪趣とは地獄・餓鬼・畜生の三悪道を指す。長夜とは煩悩が続く限り、迷いの闇にいて夜があけないことを示す。「冥きより冥きにいる」の句は、『大無量寿経』にも次のようにある。

善人行善　従楽入楽　善人は善を行じて　楽より楽に入り
従明入明　悪人行悪　明より明に入る　悪人は悪を行じて
従苦入苦　従冥入冥　苦より苦に入り　冥より冥に入る
誰能知者　独仏知耳　誰か能く知る者あらん　独り仏のみ知りたまふのみ

しかし、この時代は、『法華経』の方が、優勢であり、歌全体の内容的にも「化城喩品」の方がより「冥きより」歌に相応しいと思う。

（10）当時の貴族社会における性空上人の評価については、平林盛得氏「花山法皇と性空上人―平安期における一持経者の周辺―」（『聖と説話の史的研究』吉川弘文館、昭和五十六年）に詳しい。

（11）性空上人は晩年は源信と交流があったということ等が、注（10）引用の平林論文や、注（8）引用の増田論文によって指摘されている。

（12）例えば、和泉式部の代表歌の一つである次の和歌も刹那に永遠の真実を求めた歌である。「あらざらんこの世の外の思ひ出に今一度の逢ふこともがな」（後拾遺集・恋三・763・心地例ならず侍りける頃、人の許に遣はしける）この歌も「あらざらんこの世の外」に関心があるのではなく、今この時からわずかに残っている現世に執着しているのである。「山を出て」歌と同様に、この歌も恋人宛てに詠んだものであり、上人に贈った当歌とは一緒にはできない。しかし瞬間の真実しか魂を揺さぶるものがない、刹那を永遠としてわが身を託す、という切迫感は彼女の歌風の特徴であり、それは「冥きより」歌にもあてはまると思う。和泉式部は「今」を生きた女性であるという指摘は、平田喜信氏「女流日記における和泉式部日記の位置」・石坂妙子氏「和泉式部の構成―至福の「今」を描く文学―」（女流日記文学講座第三『和泉式部日記・紫式部日記』勉誠社、平成三年）等、日記についてなされている。

（13）柴佳世乃氏は、歌語「山の端の月」の用例を調べられ、当歌の「山の端の月」が仏性と直接関わらせて詠んだ嚆矢とされた。柴佳世乃氏「『山の端の月』考―信仰と詠歌のあいだ―」（『歌われた風景』笠間書院、平成十二年）。柴氏は、当歌を自己観照的態度と分析され、その態度を受け継いだ歌人として俊成、慈円を挙げておられる。本稿に引いた和歌も多く柴氏の御論から知らされたが、柴氏の関心は当歌の表現の背景、及び典拠ではなく、当歌の院政期以降の受容の在り方にあり、全体的な印象から情景の月まで含めて論じられているので、本稿とは視点が異なる。また小松登美氏『和泉式部の研究―日記・家集を中心に―』（笠間書院、平成七年）が、歌語「山の端の月」は、和泉式部の頃と平安末と二度流行したと指摘された。柴氏は、その流行が当歌の受容にも影響を与えているとされたが、筆者は、むしろ当歌によって院政期に「山の端の月」が流行したと考える。

(14) この注は石原清志氏『釈教歌の研究―八代集を中心として―』（同朋舎、昭和五十五年）からの引用。

(15) 『八代集抄』に「仏を月に比して、入滅を歎く衆生の心を闇とよめり」とある。

(16) 川村晃生氏校注『後拾遺集』（和泉書院、平成三年）に、この歌の参考歌として「冥きより」歌が引かれている。

(17) 例えば、為忠は同じ題で「高嶺より光ばかりを先だてて心もとなき夜半の月かな」（384）と叙景の月が詠んでいる。

(18) 「冥きより」歌とともに性空上人に贈ったとされる「舟寄せん」歌について、注（8）の岡崎論文で、如来『如来寿量品』の「我見諸衆生、没在於苦海、故不為現身、令其生渇仰、因其心恋慕、乃出為説法」の一節を参考にしたと指摘された。この説を支持するならば、「冥きより」歌も『如来寿量品』とより結びつきやすくなる。

(19) 例えば森重敏氏が『八代集撰入和泉式部和歌抄稿』（和泉書院、平成元年）において、当歌の「山の端の月」を阿弥陀如来としている。和泉式部の時代、月に阿弥陀を連想する作品としては、『本朝文粋』巻十所載の紀斉名の「暮春勧学会聴講法華経、同賦摂念山林」の詩序があり、その中で、「干時梵宮日暮、仙境春閑。念極楽之尊一夜、山月正円。先句曲之会三朝、洞花欲落」という一節がある。このうち「念極楽之尊一夜、山月正円」（594）は『和漢朗詠集』「仏事」に採られ、後に『朗詠百首』「法文」に「夜もすがらあはれ心のすむ月にみだのみかほをよそへたる哉」と詠まれた。当時の極楽浄土意識は、不明だが、和泉式部の和歌に「極楽をねがふこころを人々よむに」と題し、「願はくは冥きこの世の闇を出てあかきはちすの身ともならばや」（和泉式部正集・446）という例があることから極楽が明るいものという認識があったことがうかがえる。しかし月を直接阿弥陀に喩えた当時の和歌は管見の故か見当たらない。当歌の「山の端の月」は、阿弥陀ではなく釈迦を喩えたものである。

(20) 満田みゆき氏「和泉式部と漢詩文―同時代からの達成―」（『論集和泉式部』12集、和歌文学会、昭和六十三年九月）や、小松登美氏「和泉式部と漢学」（『跡見学園短期大学紀要』13集、昭和五十二年三月）に詳しい。

(21) この他、「如来寿量品」を経題和歌とし、山や月が詠まれているものは次のようなものである。藤原国房の「月影の常にすむなる山の端をへだつる雲のなからましかば」（千載集・釈教歌・1207・後冷泉院御時、皇后宮に一品経供養せられける時、寿量品の心をよめる）や円位法師の「鷲の山月を入りぬと見る人は冥きにまよふ心なりけり」（千載集・釈教歌・1231・寿量品の心をよめる）等がある。

（22）岩瀬法雲氏「和泉式部集の「月」」（仏教文学研究会編『仏教文学研究　一』法蔵館、昭和四十九年）に「月と仏」という項目で和泉式部集の月の中で、仏性が感じられる歌として分類されている。但し、当歌も含め、それらの和歌は、仏性という言葉以上には経典等子細には言及追及されておらず、この和歌の解釈も「出家の出来ない自分を歯痒く思うにつけても、それを遂げ得た人を羨ましく思う」とし、本稿とは異なる。

（23）注（14）と同様に石原清志氏の御著書からの引用。

（24）『心地観経』と「如来寿量品」が同じ和歌内で詠まれた例として俊恵法師の次の和歌を引用したい。「今ぞ知る心の空にすむ月は鷲の御山の同じ高嶺と」（続古今集・釈教歌・775・寿量品の心を）。

第二章　説話からの考察

一　『和漢朗詠集』所収詩句の説話的背景

『和漢朗詠集』の後世への影響は大きく、特に漢詩句は『和漢朗詠集』に撰ばれたために著名となり、後世、軍記物語や説話等の文飾として用いられ、更に定型句のように人口に膾炙したものも多い。本稿ではいくつかの『和漢朗詠集』所収詩句を採り上げ、本説となる故事をどう受容していったかをまとめてみたい(1)。

一　「雪中放馬朝尋跡、雲外聞鴻夜射声」(和漢朗詠集・将軍・682・羅虬)の「老馬之智」説話の受容

『和漢朗詠集』「将軍」に羅虬の次の詩句が収められている。

「将軍」

682　雪中放馬朝尋跡　雪の中《うち》に馬を放ちて朝《あした》に跡を尋ぬ
雲外聞鴻夜射声　雲の外《ほか》に鴻《かり》を聞いて夜声を射る　羅虬

「管仲は、雪の中で道を失ったが、朝に老馬を放ち、その跡を尋ねて道を知り、更嬴は、雲の上に雁の声を聞いて夜その声をあてにして射落とした」という内容である。前半の「雪中放馬朝尋跡」の詩句を本説とした和歌が『後拾遺集』に収められている。

としごろしり侍けるむまきのうれへある事ありて宇治前

太政大臣にいひ侍ける頃、雪降りたるあした為仲朝臣の
もとにいひつかはしける　　源兼俊母
たづねつる雪のあしたのはなれごま君ばかりこそあとをしるらめ　（後拾遺集・雑三・989）

雪の朝に放れてしまった馬の跡を探すという内容であり、「雪中放馬朝尋跡」（和漢朗詠集・将軍・682・羅虬）の詩句が本説であると『奥義抄』で指摘されている。

たづねつる雪のあしたのはなれごま君ばかりこそあとをしるらめ
雪中放馬朝尋跡といふ詩の心なり。（奥義抄・中巻　後拾遺・雑三・二十　雪のあしたのこま）[2]

この註文には『和漢朗詠集』の書名が挙げられていないが、『和歌童蒙抄』『奥義抄』等、院政期歌学書が註文で典拠名を伏せ詩句を引く場合、典拠としていたのは『和漢朗詠集』であった[3]。また、この和歌は『新撰朗詠集』に、『和漢朗詠集』における「雪中放馬朝尋跡」の詩句と同様に「将軍」の項目に収められていた（新撰朗詠集・将軍・642・五句「跡は知るらめ」[4]）。

このように、「雪中放馬朝尋跡」の詩句を「たづねつる雪のあしたのはなれごま君ばかりこそあとをしるらめ」の本説として受容されて行く様子が窺える。ところで「雪中放馬朝尋跡」という詩句は、『和漢朗詠私注』以後の古注釈では、『韓非子』の「老馬之智」説話を本説とするとみなされている。「老馬之智」説話とは次のような内容である。

管仲、隰明従於桓公而、伐孤竹、春往冬反迷惑失道、管仲曰、老馬之智可用也。乃放老馬而随之、遂得道。（管仲・隰明、桓公に従つて孤竹を伐ち、春往きて冬反る。迷惑して道を失ふ。管仲曰く、老馬の智用ふ可し、と。乃ち老馬を放ちて之に随ひ、遂に道を得たり）（韓非子・説林上　第二十二）[5]

管仲が桓公に従って孤竹を伐ち、出発したのは春であったが、還る時は冬になっていたため、帰り道を見失ってし

まった。その時、管仲が老馬を放ってそれに随うことで、帰り道を見出したという内容である。『千載佳句』「将軍」に「雪中放馬朝尋跡」の詩句が所収された際には「羅虬和扶風老人詩」という脚注がある。『全唐詩』にこの詩は見えず、羅虬の詩の全体像はわからないが、『和漢朗詠集』古注釈では『韓非子』所収「老馬之智」説話を本説とするという指摘がなされてきた。例えば、院政期成立の『和漢朗詠私注』でも「老馬之智」説話とこの詩句の関係が指摘されている。

重和扶風老人洛浴。曰。韓子云、管仲事斉桓公為上卿。桓公北征孤竹。大雪迷而失路。仲曰、老馬之智可用也。於是放老馬随跡皈本国。（東大本和漢朗詠集私注）

ところで『和漢朗詠私注』では、「大雪迷而失路」とあるように、管仲が道に迷った理由を「大雪」の為としている。また、羅虬の詩句では「雪中放馬朝尋跡」と、やはり馬を「雪中」に放している。さらに、この詩句を本説とした「たづねつる雪のあしたのはなれごま」歌も「雪」の中に馬を放したという内容である。しかし「老馬之智」説話は、原典である『韓非子』の他、『芸文類聚』（巻九十三・獣部上・馬）等の類書、及び真福寺本古注『蒙求』「管仲随馬」もほぼ同文「春往冬反迷惑失道」であり、格別「雪のため」とはしていない。(6)「老馬之智」説話で「雪によって迷う」とするようになったのは、寛弘四（一〇〇七）年成立の『世俗諺文』である。

老馬智

韓子云。管仲字夷吾。事齊桓公為上卿也。時桓公北征孤竹。山行値雪迷失路。於是軍衆莫知。管仲曰。可用老馬於前。而後随之。遂馬於道而帰。

『世俗諺文』は源為憲が十九歳の藤原頼通のために、当時の教養として必要だと判断した有名漢故事を集めた書である。この書に収められている説話で直接書承関係にあるものは見れず、故に「山行値雪迷失路」も文献上これ以上遡ることができない。むしろ延長三（九二五）年頃に成立した『千載佳句』に収められた羅虬の「雪中放馬朝尋跡」の詩句に合わせて「山行値雪迷失路」という表現が生まれた可能性もある。

しかし、「老馬之智」説話の受容という問題において、道に迷った原因はさして重要ではなかったと思われるのである。というのは、「老馬之智」説話を本説とする中で最も著名な『後撰集』の歌が、道に迷う理由を「夕闇」としているからである。

思ひ忘れにける人の許にまかりて

夕闇は道もみえねど古さとはもとこし駒に任せてぞくる（後撰集・恋五・978・詠人不知）

この和歌は、『俊頼髄脳』『綺語抄』『奥義抄』『和歌童蒙抄』等、ほとんどすべての歌学書に引かれ、その註文にこの和歌の本説が「老馬之智」説話であることを示している。一例として、藤原範兼著『和歌童蒙抄』を引用したい。

ゆふさればみちもみえねどわれはただもとこしこまにまかせてぞゆく

こまにまかすとは、韓子曰、恒公伐孤竹。春行て秋帰る。まどひて道を失ふ。管仲曰、老馬の智もちゐるべし。即馬を放て従ひて帰ぬと云々。

院政期の漢学者である範兼は、『和歌童蒙抄』に厖大な漢籍を引用するが、そのほとんどが類書からの孫引きである。[7] ここでの「韓子曰、云々」も『芸文類聚』等からの記事と思われる。しかしここで範兼は、「夕去れば道も見えねど」と「夕闇」によって道に迷うという和歌に対し、「春行て秋帰る。まどひて道を失ふ」と注することに疑問を感じていない。この他、『奥義抄』でも「夕闇」で迷う歌に対し、「大雪」で迷う注をつけている。

『奥義抄』中巻「後撰歌」三十一・駒にまかせてゆく

ゆふやみはみちもみえねど故郷はもとこしこまにまかせてぞくる

老馬知道といふ事のある也。むかし斉の管仲大雪にあひて道をまどへるに、馬にまかせてゆきたること也。

裏書云、韓子曰、管仲事斉垣公、為上身。桓公北征孤竹国。于時大雪、人皆失路。仲曰、可用老馬智。於是放老馬随其路得帰本国。見蒙求。

つまり「老馬之智」説話で重要なのは、道に迷う理由ではなく、馬に任せて行くことにあるであり、迷う理由ではないことが窺われる。

ところが、「老馬之智」説話の受容も作品を重ねて行くに従い、肝心の馬に任せて行くという形すら崩れて行く。羅虬の詩句「雪中放馬朝尋跡」は、『和漢朗詠集』古注釈において、「老馬之智」説話を本説とすることが指摘されていた。さらに『奥義抄』において、この詩句を本説として詠まれたと指摘されたのが、「たづねつる雪のあしたのはなれごま君ばかりこそあとをしるらめ」歌であった。しかしここでは「放れ駒」となっており、肝心の馬に任せて行くということを受容していない。「放れ駒」とは、羅虬詩句の「放馬」に該当する表現であるが、これでは馬が自ら逃げたことになり、「老馬之智」の漢故事で、馬をわざわざ放ったという意図とはまったく別なものになってしまう。この和歌の作者である源兼俊母は、『和漢朗詠集』の「雪中放馬朝尋跡」は確かに意識していたが、この詩が『韓非子』の「老馬之智」に遡るとは知らなかったのかもしれない。

羅虬の詩では、上の句「雪中放馬朝尋跡」が「老馬之智」説話を踏まえ、下の句「雲外聞鴻夜射声」は『戦国策』巻第五「天下合従」の、手負いの雁が、弓を弾く音に驚いて落ちたという説話を踏まえている。ところが、この説話と詩句とを較べてみると、「雲外聞鴻夜射声」の句では、鴻の声を雲のかなたに聞いて、その声だけをたよりに弓を弾く真似でなく、実際に弓を弾いてこれを射落したと解釈されている。その上、原典にはない要素も持ち込んでいる。時間設定である。時間は「夜」である。漢詩の世界で考えるならば、声を頼りに弓を放つのだから、日中では、声がしたとたん、鴻の姿が見えてしまうことになり、弓矢の技術の自慢にはならない。「夜」であってこそ「声はすれども姿は見えず」の中にあって射落とすという自慢になるので、「夜」という時間設定を加えたのは当然であろう。

この詩は『韓非子』の「老馬之智」と『戦国策』のこの説話を背景にした句が対句の形になっている。対句のうち一方が「夜」と設定したのならば、それに対応するのは「朝」であろうから、「老馬之智」の「雪中放馬朝尋跡」の方も、馬の跡を追うのが「朝」という、原典にない時間の要素を持ち込んでいることになる。「朝」と「夜」だけではなく、上句と下句は「雪中」に対し「雲外」、「馬」に対し「鴻」、「尋」に対し「聞」、「放」に対し「射」と、すべて対句になっている。これらは原典の漢故事に忠実であろうとする、より文学性の高い詩をつくろうという芸術的欲求があって、原典の漢籍を変容させたのではないだろうか。

また「たづねつる雪のあしたのはなれごま君ばかりこそあとをしるらめ」の歌を「雪中放馬朝尋跡」の詩句と較べると、「たづねつる」が「尋」、「雪の朝」が「雪中」「朝」、「放れ駒」が「放馬」と一語一語が対応するのだが「馬を放つ」詩句に対し「馬が放れる」和歌となっていた。

羅虬の「雪中放馬朝尋跡」詩句、源兼俊母の「たづねつる」歌の用例から、説話内容にほとんど拘束されず、対句の整合性の美を追求し、自己の立場主張を訴えるために、「老馬之智」説話を自由に変容させ利用している様子が窺える。

「馬に任せて行く」内容だった「老馬之智」説話を大きく変容させた「放れ駒」歌を、藤原基俊は『新撰朗詠集』の「将軍」に収めた。ここで基俊の脳裏に「放れ駒」の歌と、『和漢朗詠集』の羅虬の「雪中放馬朝尋跡」の詩句を結び付けようという意識が働いたと思われる。両者の関係は、先に引用した通り、直前の成立の『奥義抄』にも指摘されていた。基俊や清輔の意識としては、「放れ駒」を詠んだ「たづねつる」の歌をあえて、「老馬之智」説話と結びつける意図はなかったろう。これに対して、公任や『千載佳句』の編者大江維時は、「老馬之智」を用いた管仲将軍の知略を重視し、羅虬の「雪中放馬朝尋跡」詩句を「将軍」項目に入れたのであろう。

二　「翅似得群棲浦鶴、心応乗興棹舟人」（和漢朗詠集・雪・378・邑上天皇御製）の「子猷尋戴」説話の受容

前項では「老馬之智」説話を受容した『和漢朗詠集』所収の羅虬の詩句、さらに日本においてどう受容したかという説話の受容の変遷を、『新撰朗詠集』所収の「たづねつる」（将軍・642）歌を中心に考察してきた。次に、「子猷尋戴」説話の受容を『和漢朗詠集』「雪」所収村上天皇御製の詩句で考えてみたい。

「雪」

378　翅似得群棲浦鶴　翅《つばさ》は群を得たるに似たり　浦に栖《す》む鶴
　　心応乗興棹舟人　心は応《まさ》に興に乗るべし　舟に棹さす人　　邑上天皇御製

「雪が池に降り積もると、池に棲む鶴は、積もった雪を多くの鶴の仲間がふえたと思い誤り、また、その池の水に舟を棹さしている人は、雪のために興に乗じて舟を進めているようだ。」という内容のこの詩句は、出典は明らかではないが『和漢朗詠私注』に「池辺初雪」とあることから、柿村重松氏は、『日本紀略』に「村上天皇応和元（九六一）年十一月九日己巳、今日、御製、池辺初雪」とある記事の詩の一節であろうと考証されている。(8)このうち下の句「心応乗興棹舟人」は、『蒙求』の標題である「子猷尋戴」の名称で知られる故事を踏まえている。雪明かりの晩、王子猷という人物が興のままに友の戴安道に逢いに舟で出かけたが、門前まで着きながら、突然「興が尽きた」と結局逢わずに帰ったという。以下、この故事を「子猷尋戴」説話と称し論をすすめていきたい。「子猷尋戴」説話は、公任の時代に使用されていた古註『蒙求』から引用することにする。(9)

子猷尋戴　世説、王子猷、居山陰而隠、夜大雪、眠覚開屋室酌酒、四望皎然、因起彷徨、詠左思招隠詩、忽憶戴安道、時戴在剡縣、便乗一小舩、経宿方至、造門不前返、人問其故也、王曰、乗興而返、何必見戴也

世説、王子猷、山陰に隠れ居りし時、夜、大雪し、眠り覚めて屋室を開き、酒を酌し、四望皓然たり。因つて起き彷徨し、左思の招隠の詩を詠じ、忽ち戴安道を憶ふ。時に戴は剡縣に在り。便ち一小船に乗り、宿を経て方《まさ》に至る。門に造《いた》りて前《すす》まずして反《かへ》る。人、其の故を問ふ。王曰く、興に乗じて返る。何ぞ必ずしも戴を見んや。

（宮内庁書陵部蔵上巻影鈔本）

引用文中の「世説」とは、『世説新語』を指す。この書は、『日本国見在書目録』「小説家」に記載されており、早くからわが国でも受容されてきた書物である。『世説新語』は、後漢から東晋の代表的人物の逸事瑣語を気の利いた短文形式で表わしたもので『隋書経籍志』にも小説の項に記載がみられる。この『世説新語』の「任誕篇」に、ほぼ同様の記事が見られる。

『世説新語』、「任誕篇」　第二十三

王子猷居山陰、夜大雪、眠覚、開室命酌酒、四望皎然。因起仿偟、詠左思招隠詩、忽憶安道。時戴在剡、便乗小船就之。經宿方至、造門不前返。人問其故、王曰吾本乗興而行、興盡而返、何必見戴。

子猷が山陰に居た時、夜大雪が降った。眠りから覚めて、部屋の戸を開け、酒を酌ませたが、あたりは一面の銀世界である。そこで立ち上がってあたりをさまよいながら左思の招隠詩を詠じ、ふと戴安道のことを憶い出した。当時、戴安道は剡にいたので、さっそく夜小船に乗って彼のもとへ出かけ、一晩かかってやっと到着した。門まで来ると内に入らず引き返した。ある人がわけをたずねると王子猷はいった。「私はもともと興に乗って出かけ、興が尽きるとともに帰ってきたのだ。なにも戴に会わねばならぬこともあるまい。

この説話に対し、『世説新語』には劉孝標の注が付いている。

中興書曰、徽之卓犖不羈、欲為傲達、放肆聲色頗過度。時人欽其才、穢其行也。

この説話に対し、『中興書』は王子猷のことを「卓犖不羈、欲為傲達」つまり、気ままで放逸と評している。「子猷尋戴」説話は、『世説新語』「任誕篇」という章に収められていた。これは世俗にとらわれぬ自由な生き方、態度を意味している。この他、『世説新語』所収の王子猷説話は十数話にのぼり、「任誕篇」の他、「任誕篇」より更に激しく拘束されることを拒絶している「簡傲篇」に収められている。そこに描かれている王子猷は自由で奔放、豪胆な人物であり、意に染まない事は平然と怠り、己れの精神の自由は誰にも犯させぬという意志が感じとれる。「子猷尋戴」説話も、夜、戴安道の家の前まで来ながら、結局逢わずに帰り、その理由を尋ねた人に対し、「吾れ本より興に乗じて行き、興尽きて返る。何ぞ必ずしも戴を見んや。」（私はもともと興に乗って出かけ、興が尽きるとともに帰ってきたのだ。なにも戴に会わねばならぬこともあるまい。）と言い放つ子猷は、ある意味では傲岸不遜とさえ映る。「子猷尋戴」を四字表題として掲げた『蒙求』でも、不羈奔放、豪胆な人物の物語としてこの説話を位置付けていることがうかがえる。『蒙求』は本文が対句形式になっている。「子猷尋戴」と対になっているのは、同じ『世説』を典拠とする「呂安題鳳」という説話である。

呂安題鳳　世説、呂安字仲悌、與嵆康友善、嘗詣康不在、康兄喜出、苦迎之、不入、題門上作鳳字而去、喜不覚、猶以為欣、鳳字凡鳥也

呂安題鳳　世説、呂安字仲悌、嵆康と友善する。嘗て康を詣づれど在らず。康の兄喜出て、苦《ねんごろ》に之を迎ふ。入らずして、門上に題して、鳳の字を作りて去る。喜、覚《さとら》ず、猶以つて欣《よろこ》びとなす。鳳の字は、凡鳥なり。

（宮内庁書陵部蔵上巻影鈔本）

呂安が親友嵆康を訪ねていったが、嵆康は不在であり、代わって嵆康の兄嵆喜が鄭重に迎えた。しかし、呂安は家に入らず、門の上に「鳳」の文字を書いて去った。喜は、本当の意味には気づかず、呂安が自分に好感を持ったと思った。実は、呂安が書き残した「鳳」の文字は、嵆喜を「凡」と「鳥」つまり「凡人」と評したものであった。『蒙求』の対偶は、事を類している内容なので、『蒙求』編者李瀚が二つの故事に共通性を感じていたことがわかる。

たとえ親友の兄であろうとも、感性の鈍い者に対しては、無視し軽蔑したという辛辣な呂安の故事と対偶させたのである。このことから編者李瀚は、友人宅の門前で引き返した理由を問うた人に「自分は興のままにきたのだ。その興が尽きた今、なぜ戴安道に逢う必要があるのか」と言い放った子猷の言葉を、勘の鈍い人への罵倒と解釈したことがわかる。

しかし、「池辺初雪」という題で「心応乗興棹舟人」（和漢朗詠集・雪・378）と詠んだ村上天皇の脳裏には、豪胆で不遜な王子猷ではなく、花鳥風月を愛す風雅な王子猷像が浮かんだと思われる。

その一例として、平安末、藤原成範著とされる『唐物語』第一話を引用したい[10]。

むかし王子猷山陰といふ所にすみけり。世中のわたらひにほだされずして、たゞ春の花秋の月にのみ心をすましつゝ、おほくのとしつきをゝくりけり。ことにふれてなさけふかき人なりければ、かき曇ふる雪初て晴、月のひかりきよくすさまじきよ、ひとりおきゐてなぐさめがたくやおぼえけん、たかせぶねにさほさしつゝ、心にまかせて、戴安道をたづねゆくに、みちの程はるかにてよもあけつきもかたぶきぬるを、ほいならずやおもひけむ、かくともいはでかどのもとよりたちかへりけるを、いかにとゝふひとありければ、答て云月面白ければ月に乗てあくかれ出ぬ月入ぬれば吾又帰ざらめやと云て

もろともにつきみんとこそいそぎつれかならず人にあはむものかは

とばかりいひてつひにかへりぬ。心のすきたる程はこれにておもひしるべし。戴安道は剡県といふ所にすみけり。この人のとしごろのとも也。おなじさまに心をすましたる人にてなん侍ける。

「世中のわたらひにほだされずして、たゞ春の花秋の月にのみ心をすましつゝ、おほくのとしつきをゝくりけり。」という王子猷の姿は、花鳥風月を愛し俗世を離れた恬淡とした隠遁者の姿である。このような王子猷の姿は『唐物語』だけではなく、この故事を翻案した『蒙求和歌』（国会図書館本）の「晋ノ王義之カ第四子王子猷載安道トハ多年ノト

モナリ琴詩酒ノアソヒニハムシロヲヒトツニシ雪月花ノナカメニソテヲツラネス□ト云コトナシ」をはじめとして『蒙求抄』『歌林良材集』『ささめごと』等、ほとんどの作品に共通する。『蒙求抄』では「風雅集ニ帰歟」、『歌林良林集』では「誠ニ深情ナルベシ」、『ささめごと』では「情けふかく覚え侍れ」と王子猷のこの行動を受けとめている。

又、『十訓抄』では「子猷は雪の夜月にあくがれてはるかに剡縣の安道を尋ね」、『浜松中納言物語』では「そのころ二位の中納言、昔この所に住みけるわうしゆといふ人の、月のあかゝりける夜、船に乗りつゝ遊びし文作りける所に」、『無名草子』でも「ただこの月に向かひてのみこそあれ。されば王子猷は戴安道をたづね」とあるように、優美な文飾としても用いられている。その際、特に注目したいのは、王子猷の「興」が起きる原因を「月光」としていることである。月に興を催したとする用例は古くから見られ、『懐風藻』にも次のような一節がある。

在常陸贈倭判官留在京　并序

無由何見李将郭　由も無ければいかにかあはむ李と郭と
有別何逢逵與猷　別れあればいかにか逢はむ逵と猷と
馳心悵望白雲天　心を馳せてながむ白雲の天
寄語徘徊明月前　語を寄せて徘徊する明月の前　（懐風藻・89）[11]

ここで故事の背景に登場するのは「月」であって、「雪」ではない。菅原道真も「月」という題で「子猷尋戴」説話を詠んでいる。

新月二十韻

百城秋至後　百城　秋至りて後
三諫月成初　三諫　月成る初め

——略——

庾令登楼嬾　　庾令　楼に登るに嬾《ものうし》し
王生命駕徐　　王生　駕《のりもの》を命《おほ》すること徐《おそ》からむ
（菅家文草・193）

ここでも「王徽之も乗物を用意させることに急がない。満月ならば居ても立っても居られないで出かけるが、新月だから別にあわてない」と「子猷尋戴」の故事を「月」を詠む詩の典拠として使っている。ここには「雪」の要素はまったく見られない。

十世紀に入っても、「月」を「子猷尋戴」の重要要素として詠んでいる用例がいくつも見られる。たとえば『類聚句題抄』の大江以言の「秋思入江山」題の「乗興棹舟応正到」「商領雲中素月眉」や儀同三司の「不飽未飽風月思」題（42）の「逢友応求出霧陰」である。このうち「疑」項目の源順の「月光疑夜雪」題（46）は「月の光を夜の雪とみまちがえる」というものである。むしろ「雪」よりも「月」が主眼になっている。

和歌には「月」に興じる用例が多く見られる。『唐物語』では、「月面白ければ月に乗てあくがれ出ぬ。月入ぬれは吾又帰ざらめや」という子猷の発言と、「もろともにつきみんとこそいそぎつれかならず人にあはむものかは」の和歌は、『蒙求和歌』の「雪月ノ興ニノリテキタリキ興ツキテカヘリヌナム」「ナニカマタアハテカヘルトヲモフヘキ月ト雪トハトモナラヌカハ」や、『堀河百首』「月」所収の藤原仲実の和歌「もろともにみる人なしにゆきかへり月にさをさすふなぢなりけり」（791）をふまえていると指摘されている。そして、この歌は、『和歌色葉』に「月にさをさす」という題で採られている。

『和歌色葉』下巻・類聚百首の「月にさをさす」二十六

　もろともにみる人なしにゆきかへり月にさをさすふなぢなりけり

この歌の心は、王子猷、戴安道は月を愛する友也。雪夜、王子猷家を出でて見るに四方如明月なりければ、棹小船為尋戴安道到剡縣。然而不尋王子猷還。人問其故。雪月の興によりて来れり。然るに月入雪消ぬ。依て還る也。

何心してか戴安道に遇むやといへりけり。この歌はその心をよめり。

『散木奇歌注』

こよひもやぬしをもとはで帰りけむ道の空には月のすむらむ（498）

これは、王子猷尋戴安道事也。月入興すぎば不謁空帰事也。委注入堀川百首。

とあって、あたかもこの故事にとって大事なのは「月」のみといわんばかりである。これらの「雪月の興」という表現こそ、日本文学における「子猷尋戴」説話受容の基調と見てよいと思われる。

「子猷尋戴」説話に月が現われる源泉は、『晋書』の「夜雪初霽、月色清朗」の記事である。

『晋書』列伝五十

―略―嘗居山陰、夜雪初霽、月色清朗、四望皓然、独酌酒詠左思招隠詩、忽憶戴逵、逵時在剡、便夜乗小船詣之、経宿方至、造門不前而反、人問其故徽之曰、本乗興而来興尽而反何必見安道邪

清水浜臣が『唐物語提要』で、『唐物語』の典拠を『晋書』としたのも、「夜雪初霽、月色清朗」の語句が「かき曇ふる雪初て晴、月のひかりきよく」に該当すると判断したためであろう。しかし『晋書』の「夜雪初霽、月色清朗」は、新注『蒙求』まで見あたらない。但し、『世説新語』や『蒙求』が豪胆な人物の説話として伝えた「子猷尋戴」説話を、花鳥風月を愛する粋人の話と変容させたのは、日本人が最初ではない。既に李白が優美な王子猷を詠んでいる。

『李太白集』巻十二　秋山寄衛尉張卿及王徵君(12)

何以折相贈　白花青桂枝　　何を以て、折つて相ひ贈らむ、白花青桂の枝。

月華若夜雪　見此令人思　　月華、夜雪の若く、これを見れば、人をして思はしむ。

雖然剡渓興　不異山陰時　　然かくして剡渓の興と雖も、山陰の時に異ならず。

明発懐二子　空吟招隠詩　　明発、二子を懐はば、空しく吟ぜむ招隠の詩。

李白は、この他にも多く「子猷尋戴」説話を詩に詠んでいる。もう一例引用したい。

『李太白集』巻十四　留別広陵諸公

乗興或復起　　興に乗じて　或は復た起《た》ち

棹歌渓中船　　棹歌す　渓中の船

白楽天もまた、次のように「子猷尋戴」説話を詠んでいる。

『白氏文集』長斎月満。携酒先與夢得対酌。酔中同赴令公之宴。戯贈夢得

斎公前日満三旬　　斎公前日三旬に満つ

酒榼今朝一払塵　　酒榼今朝一たび塵を払ふ

乗興還同訪戴客　　興に乗じて還た戴を訪ふ客に同じ

解酲仍対姓劉人　　酲を解き仍ほ劉を姓とする人に対す

三十日間の長斎の期限が満ちたので、今朝は酒樽の塵を払って飲んだ。因って王子猷のように、興に乗じて共に裴公を訪れ、劉令と同じ姓の夢得と対酌して宿酲を醒ますという内容である。李白の「乗興或復起」、白楽天の「乗興還同訪戴客」の「乗興」という表現に注目したい。「子猷尋戴」説話を「乗興」つまり「面白さにまかせて」と捉えている。このような受容姿勢は、『初学記』の「雪」題の事対にも見られる。見出し語が「乗興」となっているのである。

『初学記』巻二　雪　第二「映雪　乗興」(13)

語林曰。王子猷居山陰。大雪。夜開室命酌。四望皎然、因詠招隠詩。忽憶載安道。時在剡。乗興棹舟。経宿方至。既造門而返。或問之。対曰。乗興而来。興尽而返。何必見載。

日本における「子猷尋戴」説話受容も、『世説新語』や『晋書』からではなく、『蒙求』を始め『芸文類聚』『初学記』『事類賦』『太平御覧』等の類書によって受容されやすい状態にあった。これら類書は、ほぼ同様の内容であり、そこに月の光の記事はない。しかし「子猷尋戴」説話受容では「乗興」という点が重要であり、その原因は二次的な問題だったのではないだろうか。この状況は、前項の「老馬之智」説話の原因に「大雪」の要素が付加され、「夕闇」によって迷う説話に変容されて行く過程と同じである。

院政期を迎えると、「子猷尋戴」説話が「月」と結び付いて行く傾向はいっそう強まる。『中右記部類紙背漢詩集』から引用したい。

『中右記部類紙背漢詩集』巻第七[14]

三十　某年某月某日「雪裏勧盃酒」通家左京大夫

屢酌蘭樽花白処　頻傾桂醑月寒程　誰尋剡県入郷思　豈訪袁門論戸情。

月の前に眼を送り、華樽を尽くし風の後に望を寄せ玉盞を傾く、管馬卿へ帰る道を尋る処、玉船戸に添ふ門に造る程、老いて詩席に陪す、道をいかんせん遥に羽林に献ず。しばしば酌む蘭樽花頻りに桂醑《けいしよ》を傾く月寒き程、誰ぞ剡県を尋ねて郷に入る思ひ

この詩会と天永二（一一一一）年の詩会は、題や場面に共通性がみられる。両者の内容を見ていくと、永久元年と五年の詩会では十七首中七首、天永二年の詩会では十九首中八首が「子猷尋戴」の故事を使っている。つまり、「雪」の題が与えられた時、詩人達はまず「子猷尋戴」故事を思い出し、それから「月」が附随的に、或いは、月の光に雪が浮かぶという場面を詠むことが慣習となり、やがては「雪」を離れ、「月」のみで「興」を催す説話として受容されたと思われる。特に日本においては、「感興」が起きる最も一般的な対象であった「月」と、この説話が結びつき易かったのではないかと想像される。

これは伝える側の問題ではなく受容する側の問題と思われる。つまり「子猷尋戴」の故事を風雅の話として受容した際、受容する側の心に「月」が無意識のうちに用意されて存在していたためではないだろうか。深夜、あたり一面が白く輝いて、感興を催す原因は、本文では「雪」であっても、故事を受容する側の意識の上では「月」を附加して受容し、特に日本文学では、どちらかといえばむしろ月の方に重要性を感じ受容していったように思われる。

三　「詞託微波雖且遣、心期片月欲為媒」（和漢朗詠集・七夕・217・菅原輔昭）の「破鏡」説話受容について

前項までにとりあげた「雪中放馬朝尋跡、雲外聞鴻夜射声」（和漢朗詠集・将軍・682・羅虬）と「翅似得群棲浦鶴、心応乗興棹舟人」（和漢朗詠集・雪・378・邑上天皇御製）とは、おのおの「老馬之智」説話と「子猷尋戴」説話を本説とすることが従来からすでに指摘されてきた。

本項では、まだ漢故事との関連を指摘されていない本朝詩句について私見を述べたい。次に引用する菅原輔昭の詩句は、『和漢朗詠集』「七夕」項目に収められている。

「七夕」

217　詞託微波雖且遣　　詞は微波に託《つ》けてかつかつ遣《や》るといへども

心期片月欲為媒　　心は片月を期して媒《なかだち》とせんとす　　輔昭

輔昭が織女に成り代わり、牽牛との再会を待ちわびる気持ちを詠んだ詩句である。この詩句の原典は未詳であるが、『和漢朗詠私注』には「代牛女待夜」という題が注されている。このうち「心期片月欲為媒」という詩句は、片割れ月が逢瀬の仲立ちとなるというものである。本項では、片割れ月、つまり半月が二星の仲立ちになるという発想の背景に「破鏡」説話があることを考察して行きたい。「破鏡」説話とは、『神異経』にある次のようなものである。

神異経曰、昔有夫婦、将別破鏡、人執半以為信、其妻与人通、其鏡化鵲飛至夫前、其夫乃知之、後人因鋳鏡為鏡、
安背上自此始也。（神異経）(15)

夫婦が離れ離れになってしまう時、鏡を半分に割って互いに身につける風習があった。その妻に他の男性が通おうとする際、鏡は鵲に変化して、夫のところに飛んで行き、夫にそれを知らせた。以来鏡の裏には鵲を鋳するようになった、というものである。また鵲は七夕には欠かせない鳥であった。というのは、七夕の夜、織女は鵲によって牽牛に再会するからである。『歳華紀麗』や『白孔六帖』に、鵲が天の川に身を埋め、翼を広げて橋を作り、織女を向こう岸へ渡すという記事がある。

『歳華紀麗』巻三「七夕」(16)

鵲橋已成、織姫将渡（風俗通云、織女七夕、当渡河、使鵲為橋。）

『白孔六帖』「鵲部」(17)

淮南子　烏鵲塡河成橋、渡織女

また、平安人が多く利用した『李嶠百詠』にも、「鵲の橋」が詠まれている。

『李嶠百詠』「橋」(18)

烏鵲塡応満　烏鵲塡めて　まさに満つべし
黄公去不帰　黄公去りて　帰らず

『李嶠百詠』「鵲」

危巣畏風急　巣を危くして　風の急なることを畏《おそ》れ
遶樹覚星稀　樹を遶《めぐ》りて　星の稀《まれ》なることを覚《さと》る
喜逐行人至　喜ぶらくは　行人を逐《お》ひて至ることを

愁随織姫帰　　愁ふらくは　織姫に随ひて帰ることを
黛遊明鏡裏　　黛《も》し　明鏡の裏《うち》に遊《あそ》ばば
朝夕生光暉　　朝夕に　光暉を生《な》さむ

「烏鵲塡めてまさに満つべし」(橋)や「愁ふらくは織姫に随ひて帰る」(鵲)の詩句が「七夕」伝説の「鵲の橋」を表現している。そして同じ「鵲」項目に「黛《も》し　明鏡の裏《うち》に遊《あそ》ばば、朝夕に　光暉を生《な》さむ」という表現がある。この詩句は、先に引用した半分の鏡が鵲に変化したという「破鏡」説話を踏まえている。

『李嶠百詠』には「月」部にも「破鏡」説話の表現が見られ、実際の月を詠む際にも「破鏡」は使われたことがうかがわれる。

『李嶠百詠』「月」
分暉度鵲鏡　　暉《ひかり》を分《わか》ちては　鵲鏡《じやくきやう》度《わた》る
流影入蛾眉　　影を流しては　蛾眉に入る

「分暉度鵲鏡」が「破鏡」説話に因んだ表現である。「暉《ひかり》を分《わか》ちて」は、半月を意味する。日本の月の詩にも「破鏡」の表現が用いられている。

『本朝文粋』巻一天象「繊月賦《せんげつ》」　源　英明
飛鵲猶慵　　喘牛何在　　飛鵲猶ほ慵《ものう》し　喘牛《ぜんぎう》何《いづ》くにか在る
疎於破鏡之姿　寧見如珪之彩　破鏡の姿より疎にして　寧《いづく》んぞ珪の如きの彩を見む

「繊月」とは細い月のことである。「飛鵲猶慵、喘牛何在」とは、『初学記』「月」の「事対」にある「呉牛喘、魏鵲飛」を踏まえた表現である。「飛鵲猶慵」とは『初学記』の「魏鵲飛」に基づくが、この「魏鵲飛」とは魏の武帝の「短歌行」のうち「鵲」と「月」が詠まれている部分「月明星稀、烏鵲南飛。繞樹三匝、何枝可依」の月が明るいために星はよく見えず、月明りの中を鵲が飛んできて、樹を繞《めぐ》るという詩句を示している。英明の「飛鵲猶慵」とは、月が満月でないので、鵲は止るべき枝がなく慵いという内容である。因みに対になっている「喘牛何在」とは、『初学記』の「呉牛喘」を踏まえ、満月には喘ぐ牛も、今は何処にいるかわからないと詠んだものである。「短歌行」の「月」は半月ではなく満月であるが、「月」と「鵲」の組み合わせは、やはり「破鏡」説話の受容としてとらえるべきであろう。先に引いた『李嶠百詠』「鵲」の「樹を遶りて　星の稀なることを覚る」もこの魏の武帝の「短歌行」を受けた表現である。

英明の「疎於破鏡之姿、寧見如珪之彩」の詩句が『李嶠百詠』の「分暉度鵲鏡」に基づく表現である。このように「破鏡」説話が、平安人に知られ、「月」の題で漢詩を詠作する際、文飾として用いられるようになった。ここで、改めて本項の最初に掲げた『和漢朗詠集』の菅原輔昭の詩句を見て行きたい。

「七夕」

217　詞託微波雖且遣　　詞は微波に託《つ》けてかつかつ遣《や》るといへども
　　心期片月欲為媒　　心は片月を期して媒《なかだち》とせんとす　　輔昭

「織女は天の川の岸まで来たけれど、日がまだ暮れず逢う時間でもないので、川のさざ波に託してわが思いを言いやるけれど、夜に入り片割れ月の出るのを待って、これを仲立に逢おうと心では願っている」という内容である。つまり七月七日は、月齢からもともと半月であり、これを「片割れ月」と表現するところに「破鏡」説話に基づく『李嶠百詠』「月」の「分暉度鵲鏡」という表現や、「破鏡」説話自体を想像させる。「片月」が鵲ならば、「片月」つまり鵲が媒とするという発想は、まさしく月が「鵲の橋」となって二星を結び付けることを想定した表現であろう。「破鏡」説話と、「七夕」伝説の「鵲の橋」が結びついている例は、『新撰朗詠集』「七夕」に採られている菅忠貞の詩題にも見られる。

似告前行臨浪夕　前行に告ぐるに似たり浪に臨む夕
欲迷帰路隠雲秋　帰路に迷ひなむとす雲に隠るる秋
（新撰朗詠集・七夕・199・月為渡河媒・菅忠貞）

詩題の「月は渡河の媒と為す」という表現は、輔昭の「心期片月欲為媒」詩句と同じである。これも、七日の月だから半月、半月であるため「破鏡」説話の「飛鵲」と結びつき、鵲といえば「七夕」の「鵲の橋」、だから二星の逢瀬の仲立ちという連想であろう。

一方、和歌も時代が下がるにつれ、両説話を共に踏まえた「鵲」の例が現われてくる。

鵲の雲のかけはしほどやなき夏の夜渡る山の端の月　良経
（秋篠月清集・院第二度百首・夏十五首・826／千五百番歌合・782）

「鵲の雲のかけはし」の良経歌は、次の『後撰集』歌を本歌とする。

鵲の峰飛び越えて鳴きゆけば夏の夜渡る月ぞ隠るる　（後撰集・夏・207／古今六帖・鵲・4490／古今六帖・夏の月・288）

この和歌だけでは、なぜ鵲が飛ぶと月が隠れるかがわかりにくいが、この異文歌である『句題和歌』をみると、「破鏡」説話に基づいて詠んでいることがわかる。

鵲飛山月曙
鵲の峰飛びこえて鳴きゆけばみやま隠るる月かとぞ見る
（千里集・風月・73）

ここでは、鵲が飛ぶ姿を月と詠んでおり、この和歌が「破鏡」説話に基づく表現であることがわかる。よってこの歌を本歌として詠んだ良経の「鵲の雲のかけはし」歌も、「破鏡」説話の影響下にあると言えよう。しかし直接的には、「七夕」伝説の「鵲の橋」の発想の影響を受けている。それは上の句の「鵲の雲のかけはしほどやなき」の「ほどやなき」という表現である。これは、「鵲の橋」がかかる秋の七夕の日まで「ほどやなき」という意である。よってこの和歌も、輔昭の詩句や菅忠貞の詩題と同様に「破鏡」説話と七夕伝説の鵲説話を一首の中に詠み込んでいる。
次の和歌も二つの説話を詠み込んでいる。

家十五首歌に、月　　　　　為家

天の原光さしそふ鵲の鏡と見ゆる秋の夜の月　（新拾遺集・秋下・421・為家）

この和歌も「月」という題から、七月七日の秋の月という設定を思いつき、「天の原光さしそふ鵲の鏡」と表現している。これも七月七日が半月の頃であり、半月で破鏡説話の鵲鏡という趣向が成り立たせることを眼目とした和歌である。まさに「七夕」伝説の鵲の橋と破鏡説話がとけあって生まれた表現なのである。

注

（1）引用和歌は、『新編国歌大観』に従ったが、表記に際して適宜漢字に改めた。歌学書は、『日本歌学大系』所収による。『和漢朗詠集』の古注釈関係は伊藤正義・黒田彰・三木雅博三氏校注『和漢朗詠集古注釈集成』（第一巻・平成九年／第二巻・平成六年・大学堂書店）による。『蒙求』は、池田利夫氏編『蒙求古註集成　上巻』（汲古書院、昭和六十三年）による。
（2）『和歌色葉』も同文。
（3）拙著「『和漢朗詠集』とその受容」（和泉書院、平成十八年）第三章一「院政期歌学書の『和漢朗詠集』利用について――『和歌童蒙抄』を中心に――」参照。
（4）『新撰朗詠集』の詩歌のうち、『和漢朗詠集』所収詩歌を多く本歌本説を用いているという指摘が木村初恵氏によってなされている。木村初恵氏「『新撰朗詠集』の和歌について」（『国文学論叢』34、平成元年三月）。
（5）『韓非子』『世説新語』『白氏文集』等、本稿における漢籍は、明治書院の新釈漢文大系による。
（6）拙稿「『和歌童蒙抄』についての一考察――『古注蒙求』との関係――」（『中世文学』35号、平成二年六月）参照。
（7）注（3）参照。
（8）柿村重松氏『和漢朗詠集考証』（目黒書店・パルトス社、平成元年）。
（9）注（6）参照。

(10)『校本唐物語』(笠間書院、昭和五十五年)。
(11) 日本古典文学大系『懐風藻・文華秀麗集・本朝文粋』(岩波書店、昭和三十九年)。
(12) 久保天随氏訳注『李白全詩集』続国訳漢文大系(日本図書センター、昭和五十三年)。
(13)『初学記』(中華書局、平成十六年)(重印)。
(14) 図書寮叢刊『平安鎌倉未刊詩集』(明治書院、昭和四十七年)。
(15) 百部叢書集成漢魏叢書『神異経』(台北・芸文印書館)。
(16) 百部叢書集成秘冊彙函『歳華紀麗』四巻(台北・芸文印書館)。
(17) 四庫類書叢刊『白孔六帖外三種』(上海古籍出版社、平成四年)。
(18) 柳瀬喜代志編『李嶠百二十詠索引』(東方書店、平成三年)。

二　「老馬之智」説話

一

『後撰集』の恋歌に次の詠み人知らず歌がある。

思ひ忘れにける人の許にまかりて
夕闇は道もみえねど古さとはもとこし駒に任せてぞくる　（後撰集・恋五・978）(1)

この歌は次の979と贈答歌の関係にあって、ともに左に掲げる『大和物語』にある歌物語の歌であり、口承世界で受容されたと想像される。

『大和物語』五六段(2)

かねもり兵衛の君といふ人にすみけるをとしころはなれて又いきけりさてよみける
夕されは道もみえねど古さとはもとこし駒に任せてぞゆく　(75)
女かへし
こまにこそまかせたりけれはかなくも心のくるとおもひけるかな　(76)

この歌物語の歌は、単独で院政期の歌学書のほとんどに採り挙げられている。その理由は「夕闇は道もみえねど」の歌の背景に漢故事があると解釈されたためである。具体的に例をあげたい。

『綺語抄』(3)

ゆふやみはみちも見えねどふるさとはもとこしこまにまかせてぞ見る（653）

此歌は、管仲は信馬てゆくといふ事のある也。老馬智などかけり。

『和歌色葉』(4)

夕やみは道も見えねど故郷はもとこしこまにまかせてぞ行く（334）

老馬知道と云事をよめり。昔斉管仲といふ人大雪にあひて道をまどへるに、馬を放ちてその跡にまかせて行きたる事なり。

これら歌学書の「老馬智」或いは「老馬知道」という言葉で表現される漢故事の原典は『韓非子』にある次の説話である。

『韓非子』説林上(5)　第二十二

管仲、隰明従於桓公而、伐孤竹、春往冬反迷惑失道、管仲曰、老馬之智可用也。乃放老馬而随之、遂得道。

管仲・隰明、桓公に従つて孤竹を伐ち、春往きて冬反る。迷惑して道を失ふ。管仲曰く、老馬の智用ふ可し、と。乃ち老馬を放ちて之に随ひ、遂に道を得たり

ここで問題になるのは、和歌と原典では道に迷った理由が相違することである。和歌では「夕闇」のために道に迷ったと解釈され、原典では道に迷った原因が「春往冬反」の「冬」に当ると思われる。「冬」と「闇」の相違は次の可能性を想像させる。

一　原典の漢故事が不正確に享受された。

二　もともとこの和歌は漢故事を意識されてつくられていなかったのに、歌物語の歌として有名歌だったため歌学書に採られたと思われるのだが、歌学書の目的は和歌の制作者の意図を捜るのではなく、有名歌を材料に和歌実

作のための知識を身につけさせるというものであったため、歌学者の意識としては、和歌は漢故事をひきだす機縁にすぎないために、和歌と原典の相違は問題ではなかった。

三　和歌の作者は正しい原典の知識をもちながら、この和歌の状況下では「夕闇」の方がふさわしく、漢故事は「馬に任せて」の部分だけをレトリック上の利用に留めた。

和歌の制作者の意図を証明するものが何もないため、可能性の段階で留めておくことしかできない。和歌の制作者が「老馬之智」という漢故事を知っていたのか、いなかったのか、知っていたとしてもそれはどのような形でか、どのように利用しようとしたのかがわからない。又、この三つの可能性は互いに相関関係にあり、隔絶しているものではなく、一つの可能性を考えることは同時に他の二つの可能性を考慮することにもなる。例えば、一の可能性は和歌の制作者が原典の「春往冬反」を「夕闇」として受容したというものだが、それが実際には、和歌の制作者が誤って受容したのか、後世の人が誤ったのか判断できない。また本当に誤ったのか、三の可能性のように和歌の制作者は漢故事を正確に知っていながら、翻案するという受容ではなく、一部分を文飾として利用するという受容の形をとったためあえて変えたのかもわからない。但し、一番自然な解釈は、三つめの可能性だと思える。もう一度この和歌が受容された状況、歌物語の歌という観点から考えてみたい。『大和物語』の世界、贈答歌としての「夕闇は」の歌の意味について詞書等から見直すと、この歌は「かねもり」が「兵衛の君」という「としころはなれて」いた女に対し、自分はさして積極的な意志はないのだが、馬が勝手に通い慣れた道を覚えていて辿り、それに身を任せていたら結果としてあなたのところに着いたにすぎませんよ、と解釈される歌物語である。男女の恋心のかけひきを「老馬之智」という漢故事で飾って楽しんでいるのである。この歌にとって必要なのは大勢の生命を一頭の老馬の勘だけに頼ったという原典の切迫感ではなく、漢故事の雰囲気を漂わせる「馬に任せて」という語句をレトリックとして使うということである。平たく述べるならば、間遠だった女の許へ向う男が自分の姿を漢故事の香りのする言葉で飾ったにすぎない。これは翻案とはまったく違う漢籍利用態度であり、当時は柔軟性のある受容が行なわれたと考えてもよいかと思う。従って、道に迷った理由がこの歌では「暗さ」のためと解釈されるのに対し、原典では「冬」となっていて矛盾するなどというのはまったく問題にならないことになる。女の許に通うのだから、時間帯は夜であろうし、従って「夕闇」或いは「夕されば」という設定は必然のもので、馬に身を任せるという状態の中で有名な漢故事がふと思い出されてつくった歌と解釈するのが一番自然であろう。この歌物語には、本来の漢故事の重さはもう関係ない。それは和歌の作者の漢故事利用意識が故事全体を翻案することではなく、文飾として一部を使っているところにあるからである。

このように漢故事の一部をレトリックとして利用することは日本の場合に限ったことではない。

『全唐詩』巻二百二十五　杜甫、

「観安西兵過赴関中待命二首（李嗣業以鎮西北庭兵同郭子儀討安慶緒安西即鎮西旧名也。）

四（一作西）鎮富精鋭。擢鋒皆絶倫。還聞献（一作就）士卒。足以静風塵。老馬夜知道。蒼鷹飢（一作秋）著人。―略―」

『大和物語』が杜甫の詩の影響を受けて「夕闇は」の歌が生まれた可能性がまったくないとは言い切れない。『日本国見在書目録』には杜甫の名はない。杜甫の集の初見は『江談抄』であるが、黒川洋一氏によって、『文華秀麗集』の菅原清公の詩が明らかに杜甫の七律詩の影響がみられるとされており、(6)『漢籍解題』等で従来考えられてきた南北朝頃というよりは遥かに遡りそうであるが、やはり平安期に圧倒的な影響力をもったのは言うまでもなく白楽天であり、この物語も杜甫の詩からの直接影響下にあるものではなく、前述のとおり恋歌物語という場で「夜」となったと見るべきであろう。私としては、中国本国でも漢故事を逐語的に使うだけでなく、レトリックとして利用している例もあるという意味でこの詩を位置づけたい。

以上三番目の可能性が最もあり得ることとして、論をすすめてきた。まとめると、和歌の制作者が「老馬之智」の漢故事をレトリックとして使ったのだとしたら、十世紀前半の漢故事の受容態度は逐語翻案するような書承的な厳格かつ硬質なものではなく、原典に束縛されない、臨機応変に変容できる柔軟なものを想像させる。しかしこの事はこれ以上主張できない。そのためには平安時代の漢故事の受容状態総てを網羅した上で判断すべきなので他日に譲らせて頂きたく、本稿では可能性が高いと思われるという点に留めたい。

この和歌に関して今までのところでわかった事実をあげてみたい。

一　この和歌は「夕闇」のために「道がみえない」という内容の和歌である。

二　この和歌の受容状態は『大和物語』に採られている歌物語の歌であり、口承世界で親しまれた有名歌であったと思われる。

三　この和歌は『古今六帖』巻一「夕闇」の題で採られているように「夕闇」の歌として知られた歌である。

四　和歌制作時の事実はともかく院政期の歌学書は、「老馬之智」という漢故事と結びつけてこの和歌を採り挙げていた。

もともと私がこの和歌に注目したきっかけも、この和歌の背景には一つの漢故事があるとして院政期の歌学書のほとんどのものに採り挙げられていたためである。歌学書に採り挙げられるということは、この和歌の背景には漢故事があるのだということを確認する必要がその当時あったということを意味する。漢文衰退期(7)と和歌の新境地を漢籍に求める時機が符合するためである。

私は漢故事の受容の変遷を考える際、歌学書を変遷の物差しとして考えたいと思う。というのは、和歌制作時、或いは中世の人々の原典の理解度に関しては結局憶測になってしまうのに対し、少くとも歌学書の時点では、このような形で原典が漢故事を扱っているということが、文章という動かせない証拠として残っているからである。以上のことから、本稿では、和歌制作時の原典理解の問題は前述のところでひとまず留め、歌学書の注文にひかれている漢故事の受容の様子をひとつの出発点として、漢故事が日本文学の中でどのように変容されて受容されたかを考えて行きたい。

二

『綺語抄』『和歌色葉』は前に引用したのでそれらは時代順の中での位置を指摘するのみとし、他の歌学書を列記して行きたい。

1　源俊頼の『俊頼髄脳』(8) 永久二（一一一四）年

冬さればみちもみえねどふるさとはもとこし駒にまかせてぞゆく（355）

これは管仲といへる人の、夜みちをゆくに、我は、くらさに道も見えねど、馬にまかせてゆく、といふ事のあるを詠めるなり。老馬智といへる事は、これより申すとぞうけたまはる。

2　藤原仲実の『綺語抄』元永元（一一一八）年。引用済み。

3　藤原範兼の『和歌童蒙抄』(9) 仁平三（一一五三）年

ゆふさればみちもみえねどわれはただもとこしこまにまかせてぞゆく（805）

こまにまかすとは、韓子曰、桓公伐孤竹。春行て秋帰る。まどひて道を失ふ。管仲曰、老馬の智もちゐるべし。即馬を放て従ひて帰ぬと云々。

4　藤原清輔の『奥義抄』(10) 平治元（一一五九）年中巻

「後撰歌」三十一　駒にまかせてゆく

ゆふやみはみちもみえねど故郷はもとこしこまにまかせてぞくる（318）

老馬知道といふ事のある也。むかし斉の管仲大雪にあひて道をまどへるに、馬にまかせてゆきたること也。
裏書云、韓子曰、管仲事斉垣公、為上身。桓公北征孤竹国。于時大雪、人皆失路。仲曰、可用老馬智。於是放老馬随其路得帰本国。見蒙求。

5　上覚の『和歌色葉』建久元（一一九〇）年~建久八（一一九七）年、引用済み。

6　『色葉和難集』(11) 仁治元（一二四〇）年巻九「みちしれる駒」

夕されば道も見えねど古郷はもとこし駒に任せてぞゆく（856）

奥義抄云、老馬知道といふことのあるなり。昔管仲大雪にあひて道を違へるに、馬を放ちて其跡に任て行きたりき。

各歌学書の特徴について詳しく論ずる紙幅の余裕はないが、問題のある箇所のみいくつか指摘したい。『俊頼髄脳』では初句が「冬されば」となっている。これは定家系(12)の『俊頼髄脳』であり、顕昭系の『俊頼髄脳』はここが「ゆふされは」となっている(13)。この点に関して小峯和明氏は書写過程で「ゆふ」が転倒し「ふゆ」となったと解釈されている(14)。しかし私はここにもうひとつの可能性を考えたい。定家系『俊頼髄脳』の「ふゆ」は単なる転倒ではなく、そこに定家の意識をよみとる可能性である。つまり定家は原典あるいはそれに準ずる漢籍をみて、迷った原因は「夜」ではなく「冬」と知り、その知識によって歌を改めたのではないかという可能性である。橋本不美男氏は改めたのを俊頼の意図が働いているのではないかと考えられておられるが(15)、『俊頼髄脳』全般に正しい漢籍の知識とは思えない箇所が散見するので、この場合だけ、原典にあわせて改めるとは思えず、それよりはむしろ定家の手によって改められた可能性の方が高いのではないだろうか(16)。勿論これは『俊頼髄脳』だけでなく、定家系諸本すべてを調査し定家は原典を正すという傾向があるか否かを判断してから考えるべきことで、ここでは単なる可能性の指摘としてとどめておきたいが、論の展開として『俊頼髄脳』原典の和歌は「ゆふされば」が初句であったとして論をすすめて行きたい。

『奥義抄』の裏書、追勘については久曾神昇氏によって原初のものか否かはわからないと指摘されている（『日本歌学大系』第一巻解題）ので『奥義抄』注文としては「馬にまかせてゆきたること也」までとして考えたい。

『和歌色葉』の「老馬知道と云事をよめり—略—」は『奥義抄』の裏書前までと同文であり、『色葉和難集』は、注本文自体に「奥義抄云」とあるので、両書は『奥義抄』の影響下にあるのは明白である。『綺語抄』の注文には「道もみえねど」の理由付けの箇所がないので漢故事受容の変遷を考える対象にするには材料不足と言えよう。従って歌学書の注文を整理すると、『俊頼髄脳』の「管仲といへる人の、夜みちをゆくに、我は、くらさに道も見えねど、馬にまかせてゆく、といふ事のあるを—略—」と、『奥義抄』の「—略—むかし斉の管仲大雪にあひて道をまどへるに、馬にまかせてゆきたること也」という注文を『和歌色葉』『色葉和難集』を含めての代表としたい。更にこれらとは全く別系統の注文として『和歌童蒙抄』の注文を考えたい。

—略—韓子曰、桓公伐孤竹。春行て秋帰る。まどひて道を失ふ。管仲曰、老馬の智もちゐるべし。即馬を放て従ひて帰ぬと云々。

以下この三つのタイプの注文について考えて行きたい。

『俊頼髄脳』の本文については、前述のとおり、「夕されば」として論をすすめていく。従って俊頼は「夕されば」という初句を持つ歌に対して「これは管仲といへる人の、夜みちをゆくに、我は、くらさに道も見えねど、馬にまかせてゆく、といふ事のあるを詠めるなり。」と注釈している。「これは……詠める」という表現から俊頼は「老馬之智」という漢故事をこの和歌の参考としての扱いではなく歌の解釈自体にとり入れて「管仲といへる人の、夜みちをゆくに、我は、くらさに道も見えねど……」と考えている。つまり、俊頼は、「老馬之智」がこの和歌のレトリックとなっているととらえているのではなく、この和歌は「老馬之智」の翻案歌と考えていると思えるのである。しかも翻案といっても、原典である『韓非子』を知っていたならば「管仲」が「我は、くらさに道もみえねど」と「暗さ」を原因にするはずがない。繰り返すが、ここはもはやこの和歌の作者がどう思っていたかは問題ではない。問題なのは俊頼がどう思っていたかである。『俊頼髄脳』全体からみて、正しい漢故事の知識を持ちながら、あえて和歌にあわせて変容させたとは考えにくい。ここで考えられる可能性は次の二つである。

一　俊頼自身がこの漢故事を「管仲」が「夜みちをゆく」と理解していた。

二　俊頼の時代には、「老馬之智」の漢故事は一般にこのような理解のされ方だった。

先程引用させて頂いた小峯和明氏は、「俊頼語り」という言葉を使用されておられるが、おそらくこの場合で考えれば一のようなことを意識にのぼせておられると察するが、私は二の可能性をとりたいと思う。前述したとおり、この和歌は『古今六帖』に「夕闇」という題で採られており、「夕闇」の歌として人口に膾炙していたと思われそれは歌語り的場で受容されたと思われる。その場合、歌のイメージが強すぎた結果、漢故事原典が歌のイメージにひきずられて誤解されて受容されたのではないだろうかと考えるからである。この和歌は口承レベルという場で受容されたと思われる歌物語の歌であり、その場合、有名な漢故事も和習化された形で口承の場で楽しまれたのではないだろうか。その場合は和歌受容の方が先行されるため、和歌の言葉「夕闇」にひきずられ、その当時の人々が口承によって知っていた漢故事「老馬之智」が変容されたのではないだろうか。この和歌が非常に著名だったことは次の『枕草子』からも想像できる。

『枕草子』三巻本　二七六段

月の明き見るばかり、ものの遠く思ひやられて、過ぎにし事の憂かりしも、をかしとおぼえしも、ただ今のやうにおほゆる折やはある。こま野の物語は、なにばかりをかしき事もなく、言葉も古めき、見所多からぬも、月に昔を思出でて、むしばみたる蝙蝠取り出でて、「もとみしこまに」と言ひて尋ねたるが、あはれなるなり。

（前田本「もとみしこま」能因本「もとこしこま」）

この「こま野の物語」とは散逸物語で物語全貌はわからないが、とにかく「月」がでているのだから、「もとみしこま」と呟いているのは夜であり、原典の漢故事として享受しているのではなく「夕闇は」の和歌の世界の方を受容していると想像される。これも口承世界での受容といえよう。

三

次に『奥義抄』に代表される歌学書の注文から考えられることを述べたい。「老馬知道といふ事のある也」という表現から『俊頼髄脳』と違って、この和歌を「老馬之智」の漢故事の翻案歌としてとらえているのではなく、和歌を理解する上の参考知識としてこの漢故事を引用しているという態度がうかがえる。しかし、「むかし斉の管仲大雪にあひて道をまどへるに、馬にまかせてゆきたること也」という表現も『韓非子』原典そのままではない。ここでは道に迷った理由が「大雪」となっている。この「大雪」の言葉の源流を辿ってみたい。

『和歌色葉』『色葉和難集』は前述したように『奥義抄』の影響下にある。後世のものかと考えられている『奥義抄』の裏書にも「大雪」を理由付けにしている。

韓子曰、管仲事斉桓公、為上身。桓公北征孤竹国。于時大雪、人皆失路。仲曰、可用老馬智。於是放老馬随其路得帰本国。見蒙求。

ここで末尾に「見蒙求」とあるが、院政期に使われたと思われる真福寺本古注『蒙求』(17)も、鎌倉末以降の準古注『蒙求』にも「大雪」という言葉はでてこない。

真福寺本古注『蒙求』「管仲随馬」

韓子管仲事斉桓公為上卿桓公北征孤竹国迷失道仲曰老馬之智可用也、於是放老馬随之遂得帰国也。

亀田鵬斎校『舊注蒙求』刊本「管仲随馬」

韓非子管仲従斉桓公伐孤竹国春行冬還迷失道管仲曰老馬之智可用乃放老馬而随之遂得帰国也。

これでわかるとおり『蒙求』自体には道に迷った理由がのべられていない。ところが、『蒙求』の影響の下、『色葉和難集』の成立以前かと思われる（『色葉和難集』自体の成立が不明のため）承元元（一二〇七）年成立の源光行の『蒙求和歌』には「雪」のためとされている。

管仲随馬

管仲ハ斉ノ桓公ニツカヘテ上卿タリキ桓公孤竹ト云トコロヲユクトキヲキニ雪フリテミチニマトヒニケリ時ニ管仲カ云ク老馬智ヲモチキルヘシト云リココニ老馬ヲハナチテソノアトヲユクニ馬モトコシミチヲハスレ子ハツイニシルシトナリニケリ

この『蒙求和歌』には、諸本によって二種の和歌がつけられている。「国立国会図書館本」には「マヨハマシ雪ニイヘチヲユクコマノシルヘヲシレル人ナカリセハ」のみだが、「群書類従本」には「是も猶人の心のしるへかなこまの跡とふ雪のふる道」の和歌も載っている。『蒙求和歌』の諸本については、池田利夫氏が詳細にふれられている。[18]「馬モトコシミチ」という文脈から何となく「夕闇は」の和歌の姿が思い浮かぶが、それはともかく、『蒙求』にも『韓非子』原典にもない「大雪」という言葉はどこから生まれてきたのか。「孤竹」とは今の地名でいうならば河北省から熱河省にかけての比較的狭い地域で、北京の東、北緯四十度前後に位置し、春秋戦国時代でいうところの燕の国の一部に当る。気候上「雪」が降るのは当然だが、このようなことまで考えて「大雪」という言葉がでてきたとは思えない。「冬」だから「雪」と安易に思ったのであろうか。「老馬之智」の故事として「雪」がでてくる最も古いものは、『世俗諺文』[19]寛弘四（一〇〇七）年である。

老馬智

韓子云。管仲字夷吾。事齊桓公為上卿也。時桓公北征孤竹。山行値雪迷失路。於是軍衆莫知。管仲曰。可用老馬於前。而後随之。遂馬於道而帰。

『世俗諺文』は源為憲が十九歳の藤原頼通のために、当時基礎的知識として必要だと判断した有名漢故事を集めた書であり、直接文章が一致するものはみられない。故に「山行値雪迷失路」も文献上これ以上遡ることができない。ただ、この漢故事を「雪」と結びつける流れがもうひとつある。その最上限は延長三（九二五）年成立、大江維時編の『千載佳句』所収の次の羅虬の漢詩である。

雪中放馬朝尋跡　雲外聞鴻夜射声

（千載佳句・将軍・羅虬和扶風老人詩）

この詩は『和漢朗詠集』下巻「将軍」にも採られている。平安歌人に影響を与えたのは『和漢朗詠集』に採られた故であろう。羅虬は柿村重松氏『和漢朗詠集考証』によると、「作者羅虬は台州の人。羅隠・羅鄴と共に詩を善くし三羅と称せらる」と説明されているが、『全唐詩』に見えず、『千載佳句』以前に遡れないので、この詩の詠作事情は明らかではないが、『和漢朗詠私注』（応保元（一一六一）年頃、信阿作）には、次のようにある。

韓子云、管仲事斉桓公為上卿。桓公北征孤竹。

大雪迷而失路。仲曰、老馬之智可用也。於是放老馬随跡皈本国。

（「東大本和漢朗詠集私注」伊藤正義・黒田彰・三木雅博諸氏『和漢朗詠集古注釈集成』第一巻、大学堂書店、平成九年）

この詩は「老馬之智」を詠んだものと解釈されていたことがわかる。ここでひく「韓子云」以下の文は、先程引用した『奥義抄』の裏書でひいてある「韓子云」と似ていることに気づく。ともに「大雪」である。『奥義抄』の裏書のつけられた年代がわからないため、成立年の前後関係は明らかではないが、「雪」のために道に迷ったという形で受容された「老馬之智」あったことは明らかである。その原因は、この羅虬の詩の影響力にあったと思う。羅虬の詩は、前述の柿村氏の口語訳によると「雪に道を失ひたりとては、朝に馬を放ち其の跡をたづねて知り」となっている。

鎌倉初期とされる[20]『和漢朗詠集永済注』のこの詩の注は次のとおりである。

此詩モ、武士ノコトヲツクレリ。上句ハ、周ノ代ニ、管仲、字夷吾ト云人アリキ。潁川ト云処ノ人也。斉ノ桓公ニツカヘテ上卿トナレリ。桓公、北ノカタ、孤竹山トイフ山ニユクニ、管仲アヒシタカヘリ。コノヒ、大ニユキフリテ、ミチヲウシナヒテケリ。オホクノイクサトモ、ユクスヘ、イツチトモシレルモノナシ。桓公大ニウレフ。コ、ニ管仲、コ、ロカシコキモノニテ、ソレカユカムカタヘユクヘシト云ナリ。ヲシヘケルマ、ニ、ハナチタリケレハ、フルサトノミチヲ、ヘテケリ。韓子記ニミヘタリ。

「老馬之智」の漢故事をこの詩の注としてある。この場合、「大ニユキフリテ」は、『奥義抄』『和漢朗詠私注』と同じ流れであり、「山ニユクニ」は『世俗諺文』の「山行」と呼応するように思われる。

このように羅虬の詩と「老馬之智」の漢故事は当然のように結びつけられて説明されてきた。しかし改めて、原典と羅虬の詩を比べてみるとそっくり翻案されたものとは言い難い。しかも、『和漢朗詠集』の詩は実は二つの漢故事をふまえている。上の句「雪中放馬朝尋跡」が「老馬之智」『韓非子』であり、下の句「雲外聞鴻夜射声」は『戦国策』の次の部分の説話を踏まえているとされている。

『戦国策』巻第五「天下合従」

―略―加曰、異日者、更羸與魏王、処京台之下仰見飛鳥。更羸謂魏王曰、臣為君引弓、虚発而下鳥。魏王曰、然則射可至此乎。更羸曰、可。有間、鴈従東方来。更羸以虚発而下之。魏王曰、然則射可至此乎。更羸曰、此孼也。王曰、先生何以知之。対曰、其飛徐而鳴悲。飛徐者、故瘡痛也。鳴悲者、久失羣也。故瘡未息、而驚心未去也。聞弦〔者〕音、烈而高飛、故瘡隕也。今臨武君、嘗為秦孼。不可為拒秦之将也。

加曰く、異日者、更羸、魏王と京台の下に処り、仰いで飛鳥を見る。更羸、魏王に謂つて曰く、臣、君の為に弓を引いて、虚發して鳥を下さん、と。魏王曰く、然らば則ち射は此に至る可きか、と。更羸曰く、可なり、と。閒有り、鴈、東方より来る。更羸、虚發を以て之を下す。魏王曰く、然らば則ち射は此に至る可きかと、更羸曰く、此れ孽《げつ》なり、と。王曰く、先生、何を以てか之を知る、と。対へて曰く、其の飛ぶこと徐にして鳴くこと悲し。飛ぶこと徐なる者は、故瘡痛めばなり。鳴くこと悲しき者は、久しく羣を失へばなり。故瘡未だ息えずして、驚心未だ去らざるなり。弦〔者〕音を聞き、引いて高く飛ばんとし、故瘡のために隕ちたるなり[21]、と。今、臨武君は、嘗て秦の孽たり。秦を拒ぐの将と為す可からざるなり、と。

読んでわかるとおり、原典の『戦国策』では手負いの雁が、弓を弾く音だけで、驚いて落ちたとなっているのに、「雲外聞鴻夜射声」という句では、鴻の声を雲のかなたに聞いて、その声だけをたよりに弓を弾く真似でなく、実際に弓を弾いてこれを射落したと解釈される。その上、原典にはない要素を持ち込んでいる。それは時間設定である。その時間は「夜」である。漢詩の世界の方で考えるならば声を頼りに弓を放つのだから、日中では、声がしたとたん、姿を見てしまうので、弓矢の技術の自慢にはならなくなり、「夜」であってこそ、はじめて、声はすれども姿はみえずの中にあって射落とすという自慢になるので、「夜」という時間設定を加えたのは当然と見るべきであろう。この詩は『韓非子』の「老馬之智」と『戦国策』のこの説話を背景にした句が対句の形になっている。対句のうち一方が「夜」と設定したのならば、それに対応するのは「朝」であろうから、「老馬之智」の「雪中放馬朝尋跡」の方も、馬の跡を追うのが「朝」という、原典にない時間という要素を持ち込んでいる。「朝」と「夜」だけではなく、上句と下句は見事な対句となっている。「雪中」に対し「雲外」、「馬」に対し「鴻」、「尋」に対し「聞」、「放」と「射」。これらは原典の漢故事に忠実であろうということはともかく、より文学性の高い詩をつくろうという芸術的欲求が原典の漢籍を変容させたのではないだろうか。勿論、羅虬の時代の「老馬之智」や『戦国策』が既に変容されていたという可能性がまったくないわけではないが、やはり、前述の杜甫の詩でも述べたとおり、羅虬が漢故事を己れの芸術のレトリックとしたとみてよいのではなかろうか。しかし羅虹によって変容されたか否かはともかく、この原典が変容されている詩は『和漢朗詠集』に採られ、人口に膾炙して和歌の材料になって行く。「雪中放馬朝尋跡」の句自体を翻案した和歌が『後拾遺集』にある。

としごろしり侍けるむまきのうれへある事ありて宇治前太政大臣にいひ侍ける頃、雪降りたるあした為仲朝臣のもとにいひつかはしける

たづねつる雪のあしたのはなれごま君ばかりこそあとをしるらめ　（後拾遺集・雑三・989・源兼俊母）

ところでこの歌自体も歌学書に採られている。

『奥義抄』中巻　後拾遺　雑三[22]

二十　雪のあしたのこま

たづねつる雪のあしたのはなれごま君ばかりこそあとをしるらめ

雪中放馬朝尋跡といふ詩の心なり。

これは『和歌色葉』[23]も同文で載っている。

まずこの和歌をみると「たづねつる」が「尋」、「雪のあした」が「雪中」「朝」、「はなれごま」が「放馬」と、完全に翻案の意識がうかがえる。ところが、ここで問題なのは、第三句目が「はなれごま」となっている点である。「放馬」に対しての言葉なのだが、これでは、自動詞で馬が自ら逃げたことになり、「老馬之智」の漢故事の、馬をわざわざ放ったというものとはまったく異質なものになってしまう。従って、この和歌の作者は、『和漢朗詠集』の「雪中放馬朝尋跡」は確かに意識していたが、この詩がさらに『韓非子』の「老馬之智」に遡るとは知らなかったのかもしれないという可能性が感じられる。ここで、「老馬之智」の漢故事の受容に大きな変化が起きたことになる。そしてさらに、この和歌は『奥義抄』『和歌色葉』という歌学書に採られていることから想像されるように、後世に

影響を与えた歌であることから、「老馬之智」を口承レベルで知っていた人が、この和歌に出会い『和漢朗詠集』所収の「雪中放馬朝尋跡」を介在として接点を見出だそうとした場合、原典『韓非子』所収の「老馬之智」からさらに変容される可能性が大きい。この和歌が後世に影響を与えた例として『宴曲集』延慶三（一三一〇）年巻一「雪」をあげたい。そこには「朝に跡を尋ねしは雪の中のつながぬ駒とかや」とある。

ここには「放馬」〈「放れ馬」〉「つながぬ馬」と変化して行った構図が読み取れよう。以上縷述してきたように、この和歌の流れで大事な語は「雪」「朝」であり、それが「老馬之智」の漢故事原典にはない要素であり、変容のきっかけは羅虬の詩であり、この変容の共通性は「雪」である。

これに対して、先程の『後撰集』歌「夕闇は」の「老馬之智」故事受容の流れの中での大切な要素は、馬が道を覚えていることである。このことが象徴的にあらわれているのが『八雲御抄』である。『八雲御抄』の著者は順徳天皇であり、それ以前の歌学書の資料集成的性格の本である。その『八雲御抄』巻三・下・獣・馬の項に「道しれるといふは老馬智なり」という文があり、「老馬之智」という漢故事をきいてまっ先に浮かぶ要素は「道しれる」ことだった事がわかる。この場合は道に迷った理由が「雪」であろうと「夜」であろうと「冬」であろうと問題にならなかったことは前述のとおりである。

四

今まで口承レベル、いわば「漢故事語り」とも言えそうな受容とについて述べてきたが、もうひとつの漢故事の受容の流れについて考えたい。その代表は前に引用した藤原範兼著『和歌童蒙抄』である。

『和歌童蒙抄』巻九　馬

夕去れば道も見えねどわれはただもとこし駒に任せてぞゆく

駒にまかすとは韓子曰、桓公伐孤竹。春行て秋帰る。まどひて道を失ふ。管仲曰、老馬の智もちゐるべし。即馬を放て従ひて帰ぬと云々。

この注文は今までの歌学書とはまったく違って極めて原典に忠実である。特に「春行て秋帰る」（『童蒙抄』諸本は「秋」だが文脈から当然「春往冬反」の影響下にあるものと考える）があることから、著者である範兼は、簡便な類書である『蒙求』や、先程述べてきた口承レベルでの受容のあり方が想像される『世俗諺文』、『奥義抄』裏書とは、まったく別の資料を使っていることがわかる。前述のとおり、『蒙求』には道に迷った理由がかかれておらず。『世俗諺文』等は「雪」となっているからである。「春往冬反」があるものは原典の『韓非子』の他には、『芸文類聚』『事類賦』『太平御覧』等の類書である。

『芸文類聚』巻九十三　獣部上　馬

韓子曰管仲隰朋従桓公而伐孤竹春往而冬返迷惑失道管仲曰老馬之智可用也乃放老馬而随之遂得道焉

『事類賦』巻二十一「放孤竹而知道」

韓子曰斉桓伐孤竹春往冬還迷惑失道管仲曰老馬之智可用也乃放老馬而随之遂得道焉

『太平御覧』[24]巻八百九十六　獣部八　馬四

又曰桓公伐孤竹春往冬還迷惑失道管仲曰老馬之智可用乃放老馬而随之遂得道

しかしこのような原典書承的漢故事受容は院政期から鎌倉初期にかけての受容の主流としては稀といえよう。当時の「たづねつる」で代表される「雪中放馬朝尋跡」の詩の影響下にあるものか、「もとこし駒」をキーワードとする「夕闇は」に代表される「老馬之智」の口承的受容かのどちらかであるからである。では次にその両者がどのように錯綜するかを具体的に追ってみたい。

五

『韓非子』所収「老馬之智」という漢故事に源を発しながら、「たづねつる雪の朝の」は「雪中放馬朝尋跡」の翻案歌として変容し、「夕闇は道もみえねど」は「老馬之智」を文飾として使った歌として歌物語の場で受容されてきたことをのべてきた。この二つの和歌は、歌学者の間で注目されており、中世和歌に影響を与えている。原典の漢故事をも意識しながらいくつか追ってみたい。

久安四（一一四八）年、又は、久安六（一一五〇）年十二月顕輔卿家歌合　冬月[25]

太宰大弐重家　判者藤原実行

冬の夜の月の光を雪かとて手馴れの駒を放ちつるかな

此歌判者八条入道大相国云、右歌、月を雪と見て手馴れの駒を放つとよまれたるは何事にか。もし雪中放馬朝尋跡と云ふ詩にや。それは事の起こりあることなり。昔、管仲といふもの有りき。斉桓公臣也。桓公孤竹といふ国を討ちて帰る時、道に惑へり。管仲云、老馬之智可用。これによりて老馬を放ちて其跡にしたがひて本国に帰る事を得たりとなむいへり。道を知らむためにこそ馬を放つなどもいはまほしけれ。ただ雪降らば馬を放たむこといかが云々。

判者藤原実行は永久四（一一一六）年六月四日参議実行歌合などを行ったほか、歌合に参加、『袋草紙』にエピソードが載っており、歌人として『金葉集』以下十三首入集の実力者であったらしい[26]。ここにひかれているのは『和漢朗詠集』所収羅虬の前述の詩である。しかしこの和歌の作者は、この漢詩というより前述の『後拾遺集』の源兼俊母の

「たづねつる」の和歌の方を創作の直接の参考としているように思える。漢詩の方ならば「朝」の語があるべきと思うからである。又、さらに実行のひく「老馬之智」の「昔、管仲といふもの有りき。—略—」は道に迷った理由として「冬」も「雪」もないところから最も近いのは『古注蒙求』の「老馬之智」であると思う。

韓子管仲事斉桓公為上卿桓公北征孤竹因《ママ》迷失道仲云老馬之智可用也—略—

判者実行の「老馬之智」の知識の出所は『古注蒙求』のそれだったのではないだろうか。次に「老馬之智」を歌合の判詞に使っている例をあげてみたい。

中宮亮重家朝臣歌合、仁安二（一一六六）年四月六日、雪三番　右弁　判者俊成

みちもなく雪ふりつもる古郷はもとこしこまもいかがとぞみる

—略—右、歌ざまはいときよげに見ゆ、もとこしこまもいかがとぞ見るといへるぞ心えずおもうたまふる、これは管仲が老馬の智もちゐたりしことをいふことなり、それは斉桓公征孤竹時、雪にあひて道をうしなひて、軍衆みなしることなかりしに、管仲老いたる馬をはなちて、それにしたがひて、みかへりたりしなり、されば、道もなく雪ふりたらむふる里に、むねともとこしこまはきたるべきなり、いかがとはおもふべくもなきことなり、これはただ、道見えねどもふる里はもとこしこまにまかせてぞくる、といへる歌ばかりにつきてよまれたるにこそ、その歌も本体はこのことをよめるなり、されば、歌のほど同科なり、これも持と申すべし

まずここで気づくことは「老馬の智」という名で『韓非子』に原典のある漢故事「老馬之智」を喚起させうる状況が歌合という晴の場で行われていたということである。また、この歌の本歌として「道見えねどもふる里はもとこしこまにまかせてぞくる」の「夕闇は」をあげているのだが、意識的か否かはわからないが、道がわからない理由としてあげられている「夕闇は」の初句が引用されていない。しかも、この和歌の方は「雪ふりつもる古郷は」と「雪」が要素として入っている。そして判者である俊成が知識として知っている「老馬之智」の漢故事は、次のような形で

ある。

斉桓公征孤竹時、雪にあひて道をうしなひて、軍衆みなしることなかりしに、管仲老いたる馬をはなちて、それにしたがひて、みかへりたりしなり。

これは前述の『世俗諺文』の「老馬智」の「時桓公北征孤竹。山行値雪迷失路。於是軍衆莫知。管仲曰。─略─」の記事に似ている。

当代の知識人であったはずの俊成でさえ、幼学書の『蒙求』よりさらに便利な書である『世俗諺文』によって漢故事の知識を得ていたということは、平安末かなり漢籍理解力が衰えていたことの一つの証明になりはしないだろうか。「老馬之智」の漢故事が「雪」と結びつけられるのが最もポピュラーだったとみえ、『宴曲集』「馬徳」にも「竹馬は幼稚のたはぶれ老馬は雪にも迷はず胡馬北風に嘶なるも」とある。しかしこうしてみていくと、前に引用した藤原範兼の『和歌童蒙抄』の中で、原典或いは『芸文類聚』『事類賦』等から「老馬之智」の漢故事の知識を得ていたということは当時としては極めて高級な知識の持ち主といえよう。但しやや例外的な存在として『源平盛衰記』の記述がある。それは、『源平盛衰記』の巻十四の「老馬智」に於いてであって。準古注『蒙求』か或いは類書のどれかをベースに、語り系『平家物語』巻九から取り入れたと考えられる巻卅六の記述を取り合わせてできた記事である。(27)

六

最後に歌の実作から「老馬之智」(28)の漢故事が感じられる和歌を列記してみたい。

心をばをばながそでにとどめおきてこまにまかする野辺のゆふぐれ　（建礼門院右京大夫集・夕にすぐる野の花・22）

山桜雪とふりつつあとたえて家路を駒にまかせてぞゆく　（守覚法親王・北院御室御集・羈中落花・28）

ふる雪にたづぬるこまの跡なくはけふもやいもにあはでくれまし　（小侍従集・雪中遇友・83）

すぎぬなりもとこし道をわすれねばあゆみとどまる駒をはやめて　（小侍従集・かどをすぐるにいらぬ恋・111）

今朝の雪に誰かはとはん駒の跡をたづぬる人の音ばかりして　（式子内親王集・前小斎院御百首・冬・170）

建礼門院右京大夫の歌の第四句「こまにまかする」、守覚法親王の歌の結句「駒にまかせてぞゆく」は『後撰集』の「夕闇は道もみえねど古さとはもとこし駒に任せてぞくる」の影響下にあると思われ、典雅な雰囲気は、到底『韓非子』の戦争の殺伐たる空気は感じとれない。「夕闇は」という和歌を介在させることで、「こまにまかする」「駒にまかせてぞゆく」という言葉がそれ自体だけではなく、これらの言葉の奥には何らかのもう一つの意味をつくり手も感じ、よみ手も感じているといった共有する知識のレベルで「老馬之智」の漢故事が受容されている形と考えたいと思う。このような形での受容は『小侍従集』の「すぎぬなりもとこし道をわすれねば」も同様と思う。

同じ『小侍従集』の「ふる雪にたづぬるこまの跡なくは」の方は明らかに「たづねつる雪の朝の放れ駒」の影響下にある。この場合、小侍従が羅虬の詩まで創作の際考えていたのか、「夕闇は」の歌物語をふまえ、恋歌としてつかったのか、さらにこれらの源流に「老馬之智」の漢故事があることを意識していたかどうか、すべて推測の域を出ない。それは次の、式子内親王の「今朝の雪に誰かはとはん駒の跡を」の和歌に関しても同様である。歌の意を拙い私の力で考えるならば「今朝の大雪ではどなたもこないでしょう。きこえるのはどこかにいってしまった馬のあとをさがす声ばかり……。（でも本来なら馬のあとを追ってきてくれる人がいるはずなのに）」というものである。これは、レトリック的には「朝」、「雪」、「駒」、「跡」、「尋」と羅虬の詩を使っているのが明らかなのだが、詠んでいる心情面では「もと来し」がほしい気持ちがくみとれると思う。一流歌人式子内親王ならば、このように複雑な詠み込み方も可能だったと思える。

和歌の世界だけでなく、謡曲の世界でも「老馬之智」がレトリックとして使われている例をあげたい。「遊行柳」[29]の一ふしに次のような文言がある。

(地)こなたへ入らせ給へとて、老いたる馬にはあらねども、道知るべ申すなり。

これなどは「老いたる馬」という言葉を使っていることから「夕闇は」や「たづねつる」や羅虬の詩ではなく直接「老馬之智」の漢故事に結びつく。但しそれが原典や『芸文類聚』か、或いは『蒙求』『世俗諺文』かはわからない。そのような書承的受容ではなく、漢故事語りとでもよぶような、有名な漢故事を口承レベルで楽しむという受容の形が感じられる。

七

以上『韓非子』所収「老馬之智」の漢故事の受容を平安時代以降の和歌を中心に追ってきた。受容を考える基準にした和歌は『後撰集』の「夕闇は」と、『後拾遺集』の「たづねつる」であり、これらが院政期の歌学書で「老馬之智」、羅虬の漢詩と学問的に結びつけられ、その時代に漢故事の雰囲気を漂わせる和歌として意識され、それ以降それらの影響下にある和歌があらわれていく。

漢籍としての「老馬之智」の変容をみていくと、原典である『韓非子』から、それをかなり忠実に引いている中国の類書『芸文類聚』『事類賦』『太平御覧』、これらの影響をうけているのが『和歌童蒙抄』、原典を簡略化した『蒙求』、これから「老馬之智」の漢故事を理解したと思われる藤原実行、『蒙求』を敷衍化した感がある『世俗諺文』、これと受容系列が同じように思われる『奥義抄』に代表されるほとんどの歌学書、俊成の判詞と並行的に変容していったことがわかった。

これらのことから何がいえるかと問われれば今の私には次のようなことしかいえない。

一　一つの漢故事が受容される場合、その影響を受けた和歌・漢詩が有名になると、そちらにひきずられて元の漢故事自体が変容されて理解されていく。

二　漢故事の受容形態としては、書物から書物へという書承の形ばかりではなく、歌語りのような口承レベルの受容の形もあったと思われる。

これらの仮説を、「老馬之智」という一つの漢故事だけではなく、『唐物語』『漢故事和歌集』に採られているような有名漢故事について今後も変遷を辿っていきたい。

注

（1）宮内庁書陵部蔵伝堀河具世筆本では、「ゆふやみのみちはみえねと」雲州本では、「ゆふやみのみちは見えねどふるさとはもとこしこまにまかせてぞこし」となっている。

（2）阿部俊子氏著『校本大和物語とその研究』（三省堂、昭和二十九年）。

（3）『日本歌学大系』別巻一（風間書房、昭和三十四年）。

（4）『日本歌学大系』巻三（風間書房、昭和三十一年）。静嘉堂本も異同なし。

（5）新釈漢文大系11・12『韓非子』（明治書院、昭和三十五年、三十九年）。

（6）岩波文庫『杜詩』解説（昭和三十八年）。

（7）岡田正之氏著『日本漢文学史』（吉川弘文館、昭和二十九年）。

（8）『歌論集』日本古典全集（小学館、昭和五十年）。

（9）『日本歌学大系』別巻一。注（3）参照。宮内庁本同じ。前田家本第三句右に「フルサ」あり。

（10）『日本歌学大系』巻一（風間書房、昭和二十三年）。書陵部本（写本三冊）「斉の」なし「や」なし「智」が「知」。豊橋市立図書館本。「斉の」なし「智」が「知」。

（11）『日本歌学大系』別巻二（風間書房、昭和三十三年）。

(12)『俊頼髄脳』諸本研究については赤瀬知子氏によって定家系・顕昭系に分けられて研究されている（『国語国文』51巻8号、昭和五十七年八月）。
(13)顕昭本系で管見に入ったものは島原松平文庫俊頼口伝・俊秘抄である。
(14)「『俊頼髄脳』と中国故事」（『中世文学研究』9号、昭和五十七年八月）。
(15)注（8）の頭注。
(16)例えば『土佐日記』の定家筆本は「女もこころみんとて」とあって原文に忠実といわれる為家本「女もしてみむとて」とは異なり定家が改篇していると思われる。このことから定家が写本を作成する場合、原典に忠実というより、より優れたと定家が判断した本文に書き改めることもあったことが想定される。書陵部本（写本一冊）「道をまとへるに」の次が「馬をはなちてそのあとに」が補入。裏書なし。琴平本　裏書なし。内閣文庫本（写本一冊）裏書なし。三手文庫本「大雪に。」右に「あひて」あり。「馬にまかせて」右に「をはなちて其跡」あり。裏書なし。内閣文庫本（写本三冊）「まとへるに」が「まとへるなり」続けて「むまをはなちてあとに」が補入。裏書なし。
(17)古注蒙求最善本は『国立故宮博物館院蔵上巻古鈔本』であるが、この部分は欠けているので、この本の同系統の鎌倉時代写本「真福寺宝生院蔵下巻古鈔本」を使用する（池田利夫氏『蒙求古註集成　上巻』汲古書院、昭和六十三年）。
(18)池田利夫氏『日中比較文学の基礎研究―翻訳説話とその典拠』（笠間叢書、昭和四十九年）。但し「管仲随馬」に関しては特別にふれておられない。
(19)続群書類従30輯下。
(20)伊藤正義・黒田彰両氏共編『和漢朗詠集古注集成』巻三（大学堂書店、平成元年）。
(21)注（5）と同じ新釈漢文大系『戦国策』（明治書院、昭和五十六年）。
(22)注（16）と同じ諸本管見。異同なし。
(23)『和歌色葉』下巻　難歌会釈『後拾遺集』十九「雪朝馬」静嘉堂本異同なし。注（4）参照。
(24)『太平御覧』の日本への輸入は『山槐記』の記事によって一一七五年以降であることが明らかなため、俊頼・仲実・清輔・範兼らはこれを見ることはできなかったはずである。拙稿「『和歌童蒙抄』所収「御覧」について」（『史料と研究』18号、札幌大学高橋研究室、昭和六十三年十月）参照。
(25)萩谷朴氏著『平安朝歌合大成』（同朋舎、昭和五十四年）。
(26)『和歌大辞典』明治書院。

(27) 拙稿「『源平盛衰記』における漢故事「老馬智」の受容について」(『史料と研究』21号、札幌大学高橋研究室刊、平成二年十月）参照。

(28) 寛永版本第三句「とくおきて」。

(29) 岩波古典文学大系『謡曲集』下（岩波書店、昭和三十八年）。

三　「子猷尋戴」説話

一

王子猷という人物が雪明りの晩、興のままに、友の戴安道に逢いに舟で出かけたが、門前まで着きながら突然、「興が尽きた」として結局逢わずに帰ったという日本でもよく知られてきた故事がある。例えば『蒙求』の中にも次のように採られている。

子猷尋戴　世説、王子猷、居山陰而隠、夜大雪、眠覚開屋室酌酒、四望皎然、因起仿偟、詠左思招隠詩、忽憶戴安道、時戴在剡縣、便乗一小舩、経宿方至、造門不前返、人問其故也、王曰、乗興而返、何必見戴也

世説、王子猷、山陰に隠れ居りし時、夜、大雪し、眠り覚めて屋室を開き、酒を酌し、四望皓然たり。因つて起き仿偟し、左思の招隠の詩を詠じ、忽ち戴安道を憶ふ。時に戴は剡縣に在り。便ち一小船に乗り、宿を経て方《まさ》に至る。門に造《いた》りて前《すす》まずして反《かへ》る。人、其の故を問ふ。王曰く、興に乗じて返る。何ぞ必ずしも戴を見んや。[1]

（宮内庁書陵部蔵上巻影鈔本）

『蒙求』の標題である「子猷尋戴」を借り、以下この故事を「子猷尋戴」説話と称し論をすすめて行きたい。

『蒙求』が典拠としている「世説」とはこの場合『世説新語』を指す。この書は、『日本国見在書目録』「小説家」

に記載されており、早くからわが国でも受容されてきた書物である。[2]『世説新語』は、後漢から東晋の代表的人物の逸事瑣語を気の利いた短文形式で表わしたもので『隋書経籍志』にも小説の項に記載が見られる。『世説新語』の作品舞台の東晋王朝で最も有力な貴族が琅琊の王氏であり、「子猷尋戴」説話の主人公の子猷は、一族の文柱的存在で書聖と讃えられた王義之の息子である。『世説新語』所収の彼の説話は十数話にのぼり、自由で奔放な作品世界を形成する一要因となっている。そこから読み取れる子猷は不羈奔放、豪胆な人物である。代表的説話を一つ引用したい。

王子猷作桓車騎兵参軍。桓問曰、卿何署。答曰、不知何署。時見牽馬来、似是馬曹。桓又問、官有幾馬。答曰、不問馬、何由知其数。又問、馬比死多少。答曰、未知生、焉知死。（世説新語校箋[3]）

ここから意に染まない事は平然と怠り、己れの精神の自由は誰にも犯させぬという意志が感じとれる。「子猷尋戴」の故事も『世説新語』の中ではこの故事と同趣旨の話として位置されているように思われる。[4]夜、戴安道の家の前まで来ながら、結局逢わずに帰り、その理由を尋ねた人に対し、「吾本乗興而行、興盡而返、何必見戴」（世説新語）と言い放つ子猷はある意味では不遜とさえ映り、我が心の赴くままを何より尊ぶ姿勢は『世説新語』中一貫している。ところで「子猷尋戴」説話は漢籍としてだけではなく、翻案され日本文学の中にとりこまれ、受容されている。ところがその場合、そこから受ける子猷の印象は漢籍のそれとかなり違ってくる。ひと言で表現するならば線の細い趣味人の典雅な説話となっているのである。そこに至る変遷を追って行きたいというのが本稿の主題である。

二

日本文学の「子猷尋戴」説話の受容を考えていく手掛りとして『唐物語』第一話を引用したい。[5]

むかし王子猷山陰といふ所にすみけり。世中のわたらひにほだされずして、たゞ春の花秋の月にのみ心をすましつゝ、おほくのとしつきを、くりけり。ことにふれてなさけふかき人なりければ、かき曇ふる雪初て晴、月のひかりきよくすさまじきよ、ひとりおきゐてなぐさめがたくやおぼえけん、たかせぶねにさほさしつゝ、心にまかせて、戴安道をたづねゆくに、みちの程はるかにてよもあけつきもかたぶきぬるを、ほいならずやおもひけむ、かくともいはでかどのもとよりたちかへりけるを、いかにと、ふひとありければ、答て云月面白ければ月に乗てあくかれ出ぬ月入ぬれば吾又帰ざらめやと云て

もろともにつきみんとこそいそぎつれかならず人にあはむものかは

とばかりいひてつひにかへりぬ。心のすきたる程はこれにておもひしるべし。戴安道は剡県といふ所にすみけり。この人のとしごろのとも也。おなじさまに心をすましたる人にてなん侍ける。（唐物語・一話）

『唐物語』は平安末藤原成範が著したと考えられる中国故事二十七条を翻案した歌物語集である。この話の典拠については清水浜臣が『唐物語提要』で『晋書』としている。『晋書』列伝五十には「徽之字子猷性卓犖不羈」ではじまる一連の子猷説話が著されている。まず引用した「未知生焉知死」の任務怠慢の話であり、続いて同趣向の「西山朝来致有爽気耳」(6)、そして有名な「此君」の説話(7)、その次に「子猷尋戴」説話が位置する『晋書』の編者は末尾にこれらの説話をふまえ子猷を「雅性放誕。好声色」と評している。最後に、愛する弟の死を激しく悼む姿が描かれている。ここに現われる子猷は、秩序社会の枠を超越し、激しい感情の揺れに身を投じており、『世説新語』から受ける印象と違わない。

ところが『唐物語』ではかなり違った色彩に変容されている。例えば「性卓犖不羈」が「世中のわたらひにほだされずして、たゞ春の花秋の月にのみ心をすましつゝ」となり、「乗興而来興盡而友何必見安道邪」と言い放ち終っているところが「もろもろにつきみん」と歌を詠み「心のすきたる程はこれにておもひしるべし」と作者の意向を表し、

子猷を「心をすましたる人」と評している。これについて池田利夫氏は「唐物語作者の価値観が教訓的でありながら、情的なものを重視している」と論じておられる。[8] 又、小峯和明氏は「わたらひ」「なぐさめがたく」「たかせぶね」「もろとも」等歌語に注目し、成範はこの故事を風雅な歌物語として受容したと指摘されておられる。[9]

子猷をこのように油気を抜きとった恬淡とした趣味人とする解釈は『唐物語』だけではなく、この故事を翻案したほとんどの作品にみられる。例えば、『蒙求抄』の「風雅集ニ帰歟」[10]、『歌林良林集』の「誠ニ深情ナルベシ」[11]、『ささめごと』の「情けふかく覚え侍れ」[12]のようにこの故事を受けとめている。この批評は『世説新語』の劉孝標の注にある、当時の人は子猷の才を誉めたが行いは批難したという記事とはかなりの隔りが感じられる。[13] そこで隔りの原因を考えて行きたい。

三

まず注意すべき点は、「子猷尋戴」説話が『世説新語』や『晋書』の王子猷説話全体の中の一つとしてではなく、類書によって単独で受容されやすい状態にあった事である。即ち、冒頭に引用した『蒙求』を始めとする『芸文類聚』[14]『初学記』[15]『事類賦』[16]『太平御覧』[17]等の類書にみられる記事である。これらは日本文学に新しい材料の提供源として大きな影響を与えたと思われる。[18] しかし、類書はあくまでも知識の集約であり、文学作品と同等には扱いにくい。ただ編集のしかたをみると、編者のこの故事への受容の姿勢を窺えるように思われる。次に『蒙求』の例をあげて考察して行きたい。

『蒙求』は本文が対句形式になっている。「子猷尋戴」と対になっているものが同じく『世説新語』を典拠とする次の「呂安題鳳」という故事である。

呂安題鳳　世説、呂安字仲悌、與嵇康友善、嘗詣康不在、康兄喜出、苦迎之、不入、題門上作鳳字而去、喜不覚、猶以為欣、鳳字凡鳥也[19]

呂安題鳳　世説、呂安字仲悌、嵇康と友善する。嘗て康を詣づれど在らず。康の兄喜出て、苦《ねんごろ》に之を迎ふ。入らずして、門上に題して、鳳の字を作りて去る。喜、覚《さと》らず、猶以つて欣《よろこ》びとなす。鳳の字は、凡鳥なり。

（宮内庁書陵部蔵上巻影鈔本）

呂安が親友嵇康を訪ねていったが、嵇康は不在であり、代わって嵇康の兄嵇喜が鄭重に迎えた。しかし、呂安は家に入らず、門の上に「鳳」の文字を書いて去った。喜は、本当の意味には気づかず、呂安は自分に好感を持ったと思った。実は、呂安が書き残した「鳳」の文字は、嵇喜を「凡」と「鳥」つまり「凡人」と評したものであった。『蒙求』の対偶は、事を類するものがほとんどなので、『蒙求』編者李瀚は二つの故事に共通性を感じていたことが考えられる。『世説新語』の特徴の一つである鈍い者に対する容赦ない辛辣な揶揄の故事といえよう。この故事と「子猷尋戴」の故事を対偶させたということは『蒙求』編者李瀚は、門前まで着きながらひき返した故を問うた人に対し、「自分は興のままにきたのだ。その興が尽きた今、なぜ戴安道に逢う必要があるのか」という子猷の言葉を、感興を理解しない勘の鈍い人への罵倒と解釈したのかもしれない。とするならば、尚更この故事を風雅を愛する人の一挿話とは解せなくなる。

それに対し、この『蒙求』を意訳、和訳した『蒙求和歌』では「琴詩酒ノアソヒニハムシロヲヒトツニシ雪月花ノナカメニソテヲツラネシト云コトナシ[20]」と『唐物語』同様典雅な話として受容している。そして両者とも和歌をめぐる説話という扱いをしているのである。その和歌に注意してみたい。『唐物語』では、「もろともにつきみんとこそいそぎつれかならず人にあはむものかは」『蒙求和歌』では、「ナニカマタアハテカヘルトヲモフヘキ月ト雪トハトモナラヌカハ」と詠まれている。前述の小峯和明氏[21]は、『唐物語』の「もろともに」の和歌は『堀河百首』「月」の藤原仲実の「もろともにみる人なしにゆきかへり月にさをさすふなぢなりけり」を踏まえていると指摘されている。この和歌は『和歌色葉』下巻・類聚百首の「月にさをさす」の頃にとられ、そこには次のように説明されている。

この歌の心は、王子猷、戴安道は月を愛する友也。雪夜、王子猷家を出でて見るに四方如明月なりければ、棹小船為尋戴安道到剡縣。然而不尋王子猷還。人問其故。雪月の興によりて来れり。然るに月入雪消ぬ。依て還る也。何心してか戴安道に遇むやといへりけり。この歌はその心をよめり。（和歌色葉・下・類聚百首・月にさをさす）

この「雪月の興」という表現が日本文学の「子猷尋戴」説話の受けとり方の基調とみてよいと思われる。ここに至る経過を「雪」「月」に注目して考えて行きたい。

四

この故事は漢詩の世界では「雪」と「月」の故事として受容されてきた。まずこの故事によって連想された「雪」のいくつかの例を見て行きたいと思う。まずよくしられている『和漢朗詠集』冬、「雪」所収の村上天皇御製の次の詩を引きたい。

378　翅似得群棲浦鶴　　翅《つばさ》は群を得たるに似たり　浦に栖《す》む鶴
心応乗興棹舟人　　心は応《まさ》に興に乗るべし　舟に棹さす人
（雪・邑上天皇御製）

これは『日本紀略』（新訂増補国史大系）に「村上天皇応和元年十一月九日己巳、今日、御製、池辺初雪」とある詩であろうと柿村重松氏は考証されている。[22]「池辺初雪」という題で、この故事が使われているのである。この漢詩が「子猷尋戴」を踏まえているということは『和漢朗詠集』受容史の上でも常識だったことは『和漢朗詠集私注』[23]『和漢朗詠永済注』[24]の注文からも明らかである。この他にも『中右記部類紙背漢詩集』『本朝無題詩』『本朝麗藻』『江吏部集』の中にいくつか、「雪」の題で「子猷尋戴」の故事を文飾として使用している漢詩が見られる。このうち『中右記部類紙背漢詩集』「巻第七」「某年某月某日雪裏勧盃酒二十二首」と「天永二（一一一一）年十一月二十五日対雪唯斟酒十九首」とを見て行きたい。(25)

前者は「某年某月某日」となっているが、官職名から延久元（一〇六九）年から五（一〇七三）年の成立であることがわかった。(26)但し表題二十二首のうちの三首は『平安鎌倉未刊詩集』の解題にあるとおり錯簡のための混入であり、更に二首が作者名のみで詩が附されていないのではずすと「雪裏勧盃酒」の題でつくられた詩は十七首ということになる。この詩会と天永二（一一一一）年の詩会は題や場面に共通性がみられる。両者の内容をみていくと、永久元年と五年の詩会は十七首中七首、天永二年の詩会十九首中八首が「子猷尋戴」の故事を使っている。これらにより「雪」といえば、まず「子猷尋戴」の故事が浮かんだと思われる。

五

しかしこの故事は「雪」と同様に、時にはそれ以上「月」を連想させる故事でもあった。例えば李白の次の詩句にも用例が見られる。

『李太白集』巻十二　秋山寄衛尉張卿及王徴君

何以折相贈　白花青桂枝　　何を以て、折つて相ひ贈らむ、白花青桂の枝。
月華若夜雪　見此令人思　　月華、夜雪の若く、これを見れば、人をして思はしむ。
雖然剡渓興　不異山陰時　　然かくして剡渓の興と雖も、山陰の時に異ならず。
明発懐二子　空吟招隠詩　　明発、二子を懐はば、空しく吟ぜむ招隠の詩。

李白にはこの他かなり多く「子猷尋戴」説話を「雪」の詩に使い、その際「月」によって照らされている状態を詠んでいる。このような唐詩は日本の詩人達に当然影響を与えたと思われる。例えば、『懐風藻』の藤原宇合の詩にも次のような一節が見られる。

在常陸贈倭判官留在京　並序

無由何見李将郭　由も無ければいかにかあはむ李と郭と
有別何逢逵與猷　別れあればいかにか逢はむ逵と猷と
馳心悵望白雲天　心を馳せてながむ白雲の天
寄語徘徊明月前　語を寄せて徘徊する明月の前

（懐風藻・89）

ここで故事の舞台に登場するのは「月」であって、「白雲」はあるが「雪」はない。その他にも『菅家文草』巻第三、「新月二十韻」でも「王生命駕徐」（王徽之も乗物を用意させることに急がない。満月ならば居ても立っても居られないでかけたが新月だから別にあわてないのです）や「属思江舟棹」（心を舟の棹に寄せる）、「触事高乗興」のように「子猷尋戴」の故事を「月」を詠む詩の典拠として使っている。ここには「雪」の要素はまったく見られない。

先程引用した延久元（一〇六九）年〜延久五（一〇七三）年の「雪裏勧盃酒」、天永二（一一一一）年の「対雪唯斟酒」の詩会においても、前者は「子猷尋戴」を使っている七首のうち二首、同様に後者は八首の中で六首が「月」とともにつくられている。これらは「雪」の題が与えられた時、詩人達はまず「子猷尋戴」故事が浮かび、その際「月」が附随的に、或いは、月の光に雪が浮かぶという場面を詠むことが慣習となっていたのではないだろうか。そのような例を見てみると、例えば『江吏部集』の中にも「月夜遇雪以閑遊。輕棹容輿。王子猷之舟移影。」の文が見られる。『類聚句題抄』に次のような用例がある。

「疑」月光疑夜雪　　源　順

当砌無蹤東郭履、過橋有意子猷舟、皚皚豈為寒風積、皎皎唯緑夜景流　（類聚句題抄・46）

この題などは「月の光を夜の雪とみまちがえる」というものである。むしろ「雪」よりも「月」が主眼になっている。むしろ「雪」よりも「月」が主眼になっている。和文の世界ではもっと「月」への加重がかかって行く。

六

例えば前述の『唐物語』では「月面白ければ月に乗てあくかれ出ぬ。月入ぬれは吾又帰ざらめや」という子猷の発言と「もろともにつきみんとこそ」という和歌が続いている。他にも数多く例をあげられるのだが『浜松中納言物語』(27)では「そのころ二位の中納言、昔この所に住みけるわうしゆといふ人の、月のあかゝりける夜、船に乗りつゝ遊びし文作りける所に」とあり、又『無名草子』(28)でも「ただこの月に向かひてのみこそあれ。されば王子猷は戴安道をたづね(29)」とあり『十訓抄』も「子猷は雪の夜月にあくがれてはるかに剡縣の安道を尋ね」、さらに歌学書『散木奇歌注』でも次のとおりである。

こよひもやぬしをもとはで帰りけむ道の空には月のすむらむ（498）

これは、王子猷尋戴安道事也。月入興すぎば不謁空帰事也。委注入堀川百首。

これらの例は、あたかもこの故事にとって大事なのは「月」のみといわんばかりである。なぜこのように受容されていったのだろうか。

七

もう一度「子猷尋戴」の本文を「雪」「月」に注目しふりかえってみたい。「雪」がでてくるのは『世説新語』『初学記』『芸文類聚』『蒙求』等の「夜大雪」、『晋書』の「夜雪初」であり、さらに子猷が口ずさんだ「左思招隠詩」の詩も、背景に「雪」がある。(30) それに対して「月」の要素はどうであろうか。

本文の中で「月」が表現されているのは「月色清朗」の部分であるが、その語句を持つ漢籍は『晋書』のみである。従って「四望皎然」とした主体、子猷が感興を催した対象は「雪」であり、『晋書』以外は「月」を読み取ることができない。しかし特に日本の文学作品においてはその傾向は顕著であるが、今まで見てきたとおり「月」は不可欠であり、むしろ「月」こそが子猷の行動の原因と読み取れるような故事の受容である。

このように受容された理由として『晋書』典拠の「子猷尋戴」のみが流布したというような事、或いは「雪」とともに「月」も故事をよむ材料にした李白の詩が格別に影響を及ぼしたというような事情はあたらないであろう。これは送り手の問題ではなく受けとり手の問題と思われる。つまり「子猷尋戴」の故事を風雅の話として受容した際、受けとり手の心に「月」が無意識のうちに用意されて存在していたためではないだろうか。深夜、あたり一面が白く輝いて、感興を起す原因は、本文では「雪」でも、故事を受容する側の意識の上では「月」を附加して受容し、日本文学ではどちらかといえば、むしろ月の方に重要性を感じ受容していったように思われる。但し、この受容の場を考える際「雪」と「月」との組み合わせについて考えていく必要があると思う。

八

日本文学における「雪」と「月」との取り合わせを考えるにあたって「冬の月」を愛でるという環境がいつ整っていったかということを解決への糸口にしたい。

三木雅博氏は、漢詩の世界で普通に詠まれていた「冬の夜」の世界が、和歌にとっては詠むのが困難な題材であり、『拾遺集』以降徐々に詠まれるようになっていった過程を論じられた[31]。又丹羽博之氏は、平安和歌が「冬夜の詠」を獲得して行った要因の一つが、漢詩世界でなされた氷に譬えた月の修辞にあると論ぜられた[32]。そこで「冬の月」という漢詩的素材が和歌の世界にとり入れられつつあった時代の代表的作品『源氏物語』に見られる「冬の月」の受容の例として有名なものは『源氏物語』の朝顔巻の次の箇所である。

花紅葉の盛よりも、冬の夜のすめる月に雪の光りあひたる空こそ、あやしう色なきものの身にしみて、この世のほかの事まで思ひ流され、面白さもあはれさも残らぬ折なれ、すさまじき例に言ひ置きけむ人の心浅さよ
（大島本）

特に「すさまじき例に言ひ置きけむ人の心浅さよ」に対し、『源氏物語奥入』[33]では「世俗しはすのつきよといふ」と注している。この「しはすのつきよ」とは、現存しない『枕草子』の堺本系の諸本の一つにあった記事らしいが[34]、歌学の世界、古注の世界では有名だったらしい。『紫明抄』[35]でも、「清少納言枕草子云　すさましき物しはすの月よおうなのけしやう（粥）」とあり、同様のものが『河海抄』[36]にもとられている。

又『花鳥余情』[37]ではこの部分、次のとおりに述べている。

清少納言と紫式部とは同時の人にていとみあらそふ心もありしにや。しはす月夜少納言はすさましき物といひし

を式部は色なき物の身にしむといへり。　心々のかはれるにや。

『源氏物語』はこの部分の他に総角の巻にも同趣向の箇所がある。

雪のかきくらし降る日、ひねもすにながめ暮らして、世の人のすさまじき事に言ふなる十二月の月夜の曇りなくさし出でたるを　（大島本）

これらは「十二月の月夜」つまり「冬の月」を紫式部は先駆けて美の対象としたと受けとめる事も可能だが、むしろ丁度この頃時代の欲求として漢詩の世界の「冬の月」の美を和文に持ち込みかけていた、その一つの象徴とよむべきであろう。その大きな役割になったのが、『和漢朗詠集』である。

九

「子猷尋戴」故事をふまえた村上天皇御製の「心応乗興棹舟人」の句は『和漢朗詠集』「雪」(374)に収められていたが、同じ項目で次のような詩句が採られている。

「雪」

374　暁入梁王之苑　雪満群山　　暁梁王の苑に入れば　雪群山《くんさん》に満てり

夜登庾公之楼　月明千里　　夜庾公が楼に登れば　月千里に明らかなり　　白賦

『和漢朗詠集私注』に「白賦　謝観」とある。謝観は、生没年未詳ではっきりしたことがわからない人物であるが『和漢朗詠集』に七句採られており、日本人の嗜好に叶っていたと想像される。ここでは「雪」「月」が取り合わせられている。又、『和漢朗詠集』巻末に「白」という項目が設けられている。そこには源順の詩が四句とられている。ここの素材は「銀河」「白露」「白亀」「白菊」「月」「雲」「雪」であり、公任作かといわれる巻末歌は次のようには

「雪」「月」「花」すべてよみこんでおり、基調は「白」である。

「白」

803　しらしらし白けたる年月かげに雪かき分けて梅の花折る[38]

このような「雪月花」の概念は白楽天が詠み、このうち二句は『和漢朗詠集』「交友」(733)にも所収されている。

「交友」

733　琴詩酒友皆抛我　琴詩酒の友は皆我を抛《なげう》つ
　　雪月花時最憶君　雪月花の時最も君を憶ふ

但しこの詩が即「雪月花ノナカメニソテヲツラネス□ト云コトナシ」(蒙求和歌)「春の花秋の月にのみ心をすましつゝ、おほくのとしつきをゝくりけり」(唐物語)「雪月花ニハタヅ子ヌ」(歌林良材集)のような表現を生んだのではない。白楽天の詩から『唐物語』『蒙求和歌』に至るまでにはいくつかの階段が必要である。

まず漢詩が日本に引用され、その中で特に白楽天や謝観が好まれ、彼らの詩に共感、感銘を受けた日本の詩人達が類似世界の漢詩を詠んだ。そしてこの漢詩世界で常識となった美意識を、新しい題材を求めていた和文の世界が積極的に吸収しようとしていった顕われの一つが『源氏物語』の表現や『和漢朗詠集』の分類項目なのではないだろうか。そしてその美意識の流れの中に「子猷尋戴」の故事を組み入れて受容されていったと考えられる。つまり、風雅な素材として欠かせない「月」の舞台として冬が受け入れられる状況になっていた時、「子猷尋戴」説話は風流の極みの説話として受容されたのではないだろうか。ここに「雪」「月」という組み合わせが登場し、その結果、美意識を示す象徴的な言葉「雪月花」の話として評されていったと思われる。

白を基調とし、さびしく寒々としたものに美しさを見出した中世の歌人たちは、この故事にもう一つ魅力的な要素を見出した。それは「山陰」である。

十

「子猷尋戴」の説話を和歌に詠む場合、院政期頃までは『散木奇歌集』の「こよひもや」の和歌、『堀河百首』の「月」で詠まれた仲実の「もろともに」、それをふまえた『唐物語』の「もろともに」、さらに『蒙求和歌』や次の行宗の和歌は、専ら「雪」「月」のとりあわせでこの故事を詠んでいた。(39)

月前遠情

つきよにはおもひぞいづるもろこしにともをたづねし人の心を　（行宗集・286）

ここに俊成が「やまかけ」の要素を持ち込んだのである。『右大臣家歌合』の「雪」の題で俊成は次のように詠み、判じている。

たづぬべき友こそなけれ山かげや雪と月とをひとり見れども　(29)

心は山居の雪をみて、彼の王子猷が山陰の雪夜戴安道をおもへる事をいへるにやとは見え侍れど、歌の面に雪の事すくなく侍らむ

これは本来、子猷の故郷、会稽山の北部、今の紹興にあたる固有名詞「山陰」を「ヤマカゲ」という普通名詞に置き換えて受容していることになる。だがこれは必ずしも日本独自のものとはいえないかもしれない。というのは『全唐詩』巻二百三十七の銭起の「宿遠上人蘭若」という詩の中に「子猷尋戴」が文飾として使われているが、そこにかかれている「山陰」が普通名詞のように思われるためである。それは次の部分である。

「宿遠上人蘭若」　　　　　銭起
楚筵清水月　　禅坐涼山陰
更説東渓好　　明朝乗興尋(40)

このような例もあるが、「山陰」を「やまかげ」と詠むに到ったのは、おそらく俊成の心の中に「子猷尋戴」の故事の舞台を山里として受容しやすい嗜好があったためと考える方が適切ではないだろうか。その結果、王子猷はますます、脱世俗の人、山里にひっそり生き、「雪、月、花」を愛した友、優雅な人物として受容されて行ったと思われる。その現われが『治承題百首』の次の和歌である。

山かげやはなのゆきちるあけぼののこのまの月にたれをたづねむ（月清・413）

『老若歌合五十首』の次の和歌も同様である。

さと人のうのはなかこふやまかげに月と雪とのむかしとぞとふ（月清・911）

このような「子猷尋戴」説話の受容の結果、前述のとおり『唐物語』『蒙求和歌』等にみえるように、「雪月花」を愛する人として「子猷尋戴」説話は表現されたのではないだろうか。

注

（1）池田利夫氏編『蒙求古註集成　上巻』（汲古書院、昭和六十三年）所載。
（2）『世説新語』の解説を、新釈漢文大系『世説新語』上（明治書院、昭和五十年）解題から抄出したい。
「隋書経籍志」（子部小説類）に「世説八巻。宋臨川王義慶撰。世説十巻、梁劉孝標注」とあり、初めはただ世説とよばれた。しかし、南宋の汪藻の世説叙録（前田本世説新語附刊）によれば既に梁・陳の頃までには、世説新書と改題したものがあり、唐の段成式の酉陽雑俎にも、世説新書の名が見え、叉敦煌本唐写本残巻にも世説新書と題されている。なぜ新書の字を加えたかについて四庫全書総目提要に黄伯思の東観余論を引いて、漢の劉向にも、世説という書物があって、已に佚したが、このために義慶の集めたものを世説新書と名付けたのだとしている。ところが劉知幾の「史通」に、劉義慶の世説新語の書名があるのを見ると、唐代に入っては、世説新語とも呼ばれており、それが宋以後になると、もっぱら世説新語といわれるようになったのである。

よって『初学記』『芸文類聚』『事類賦』等類書に出典として引かれる『世説』は、『世説新語』と解釈してよいと思われる。

(3) 徐震愕著『世説新語校箋』全二冊（中国古典文学基本叢書、中華書局出版、昭和五十九年）。

(4) 『世説新語』の中で「子猷尋戴」の故事は、「任誕篇」（世俗にとらわれぬ自由な生き方、態度）に収められており、「未知生、焉知死」の故事は「簡傲篇」（「任誕篇」より更に激しく拘束されることを拒絶している話）に収められている。

(5) 池田利夫氏編『校本唐物語』（笠間書院、昭和五十五年）、古典文庫『唐物語』では底本が尊経閣本を底本にしているが、欠落箇所がかなりあるので、『校本唐物語』で対校本として使用されている書陵部本を本稿に使用した。

(6) 「嘗従沖行、値暴雨徽之因下馬排入車中謂曰公豈得獨擅一車沖嘗謂徽之曰卿在府日久比當相料理徽之初不酬答直高視以手版拄頬云西山朝来致有爽気耳」（『晋書』列伝五十）。

(7) 「時呉中一士大夫家有好竹、欲観之便出坐輿造竹下諷嘯良久主人洒掃請坐徽之不顧将出主人乃閉門徽之便以此賞之尽懽而去」「嘗寄居空宅中便令種竹或問其故徽之但嘯詠指竹曰何可一日無此君邪」（『晋書』列伝五十）。「此君」の説話については、『和漢朗詠集』「竹」の藤原篤茂の「晋騎兵参軍王子猷、栽称此君、唐太子賓客白楽天、愛為吾友」(432)等の漢詩の受容が知られている。

(8) 池田利夫氏『日中比較文学の基礎研究―翻訳説話とその研究―』第四章「唐物語と古蒙求の伝本」（笠間書院、昭和四十九年）。

(9) 小峯和明氏「唐物語小考」（『中世文学研究』12号、昭和六十一年）。

(10) 『蒙求抄』「風雅集ニ帰歟」は意味がとりにくいところだが、「風雅」の点に注目して考えたいと思う。

子猷―晋書五十卓犖ハ韵會ニ超絶也人ニスクレタ超越シタ貌ソ不覊ハ、ツナニ馬ノホタサレヌ―略―肯居―雪二月カアツタマコトニ禄山ノ如クナソ招隠ノ詩ハ文選ニノッテ候ハツタトアケテ吟シタリ事文類聚ノ前集ノ三十二ニ有リ雪ノ面白ト云コトハ詩中ニハ無ソ何事ニ此詩ヲ今吟スルソナレハ隠居シタ者ノ面白コトヲ作タホトニ其感シヲ吟シタソ子猷モイマタ隠居セヌホトニ招隠ノ詩ニ云タ如ク隠居シタ山中ノ軆ホト面白コトハナイホトニ戴安道ニアウテ雑談ヲセイテト思テ剡ト云処ヘイタソ一夜ハカリシテヤウヤウ行ツイタソ戸ヒラキハマテ行テ物申サウ共イワイテ帰タソ安道ハ清候ソヤレミイテト思フテ来タレトモ酒モサムル夜モ明テ月モナシチヤホトニ帰タソ経宿ハ一夜ヲ路テスコイタソ風雅集ニ帰歟—略—。

(11)『歌林良材集』「尋友」
王子猷山陰ト云処ニアリ山陰ハ王義之以来王氏人居処也或時大ニ雪フレリ四望皓然タリ月サヘ出テ面白カリケレバ屋ヲ開テ猶酒ヲ酌其比載安道ト云友タチ剡ト云処ニアリ川上ナリコノ月雪ノ興ニ乗小船ニ棹安道ヲ尋テハルバルトサシノボル既ニ安道ガ門ニ至夜明月入カクトモ云入ズシテサシテ皈ルトモ云入ズシテサシテ皈ル其故ヲ問ニ答興ニ乗ジテ来興ツキテ皈ルト云々誠ニ深情ナルベシ歌ニ「山かけや友を尋し跡ふりて」「只いにしへの雪の夜の月　後京極」「山かけや花の雪ちる明ほのの木のまの月に誰を尋ん」—略—此等ニテ其古事ヲ木《ママ》トシテ付出ス句也「月雪に友をたつねぬ都かな」
都ノ感也雪月花ニハタヅ子ヌ友ノ多心也

(12)『ささめごと』「さては友を尋ね人を知るべきにや。—略—子猷は安道を尋ねて遥かに棹をさす。興に乗じて来たり、興つきて帰るとて、安道にあはざりしこそ、情けふかく覚え侍れ」。

(13)『世説新語』の劉孝標の注では「中興書曰、徽之卓犖不羈、欲為傲達、放肆声色頗過度。時人欽其才、穢其行也。」と評されている。

(14)『芸文類聚』巻二、天部下「語林曰王子猷居山陰大雪夜眠覚開室酌酒四望皎然因起彷徨詠左思招隠詩忽憶戴安道在剡渓即便夜乗軽舩就載経宿方至既造門不前便返人問其故王曰吾本乗興而行興尽而返何必見戴」。『幼学指南抄』「子猷乗興」がこれとまったく同文。恐らく『芸文類聚』を藍本としたためであろう。

(15)『初学記』巻二、雪第二「映雪乗興」「語林曰。王子猷居山陰。大雪。夜開室命酌。四望皎然、因詠招隠詩。忽憶戴安道。時在剡。乗興棹舟。経宿方至。既造門而返。或問之。対曰。乗興而来。興尽而返。何必見戴」。

(16)『事類賦』巻三、天部「訪戴逵而乗興」注(15)と同文。

(17)『太平御覧』巻十二、天部「雪」注(15)と同文。

(18)『蒙求』は『世説新語』を典拠としていることは冒頭で述べた。その『世説新語』の取材源が「語林」であり、この「子猷尋戴」の類書の典拠もすべて「語林」となっている。同じ「語林」を典拠としている類書の本文を比較してみると二系統に分けられる。つまり、日本で編集された『幼学指南鈔』は『芸文類聚』の本文を使用し、『事類賦』『太平御覧』は『初学記』を藍本としている。従って『初学記』と『芸文類聚』は同じ資料を別々に引いたか、或いは多少異同のある「語林」の本文を使った可能性が考えられる。そこで「語林」について多少考えてみたい。

「語林」は『隋書経籍志』「小説家」に「語林十巻東晋悲啓撰、亡」とあることから佚書であったことがわかる。『旧唐書経籍志』『唐書芸文志』にも記されていない。「語林」の成立は東晋の亡びた年、四二〇年以前の成立であるのに、『隋書経籍志』成立の六五六年の段階では既に亡くなっていることになる。『隋書経籍志』の記事を信ずるならば、七二七年成立の『初学記』は「語林」はみられないことになる。それに対して、『芸文類聚』の成立は六二四年であるため、この時点においての「語林」存在の有無はわからないが、『芸文類聚』の記事が『初学記』を総て覆えない以上、『初学記』は何か別な取材源があったと考えなければならない。それは恐らく梁の緩安令、徐僧権等の撰である『華林遍略』六百二十巻か『修文殿御覧』三百六十巻等の類書だったと思われる。

一方、『芸文類聚』は『初学記』よりも記事の量が多く、冒頭で引用した『国立故宮博物院蔵上巻古鈔本蒙求』の「子猷尋戴」と非常によく一致する。『蒙求』そのものの成立は七四六年で、早川光三郎氏「蒙求の影響ノート(2)」(『滋賀大学学芸学部研究紀要』19号、昭和四十五年二月、新釈漢文大系『蒙求』明治書院、昭和四十八年)によると「古注蒙求」の自注本の可能性が高く、七六四年かそれ程経ない成立と思われる。

日本の中古・中世の文学作品に関係するのは専ら『国立故宮博物院蔵古鈔本蒙求』『真福寺蔵本蒙求』等の古注蒙求であり、その書誌的問題については池田利夫氏編『蒙求古註集成』下巻に詳しい(注1)参照)。その『蒙求』のこの故事に関しての典拠が四四四年成立の『世説』となっている。現存最古の『世説』である金沢文庫旧蔵本尊経閣文庫蔵『世説新語』と『芸文類聚』の記事とに共通性が見られ、『世説』は『語林』を取材源にしていることから、あくまでも推測にすぎないが、少なくとも「子猷尋戴」説話に関しては『芸文類聚』はさほど省略せずに『語林』を引用していることが予想される。

(19)『蒙求古註集成』所載。注(1)参照。

(20)『蒙求和歌』(国会図書館本)「晋ノ王義之カ第四子王子猷戴安道トハ多年ノトモナリ琴詩酒ノアソヒニハムシロヲヒトツニシ雪月花ノナカメニソテヲツラネス□ト云コトナシ、子山陰ニコモリ井タルニヨルヲホキニ雪フレリケリ子猷ネフサメテ酒ヲクミテ四望スルニ景気皎然タリヒトリ心ヲスマシツツ左思カ松隠ノ詩詠シヲ剡縣ノ戴安道ヲ思ヘリ即一小舩ニサホサシテ剡縣ニヲモムク沙堤雪白クシテ水面ニ月浮舩ノウチノナカメ浪ノ上ノアハレヒトツトシテ心ヲクタカスト云事ナシアクカレ上クホトニ敷安道カ家ノ門ノホトリニイタリヌ五夜マサニアケムトシテ万感ステニツキニケレハムナシクコキカヘリシヲアハテハイカ、トキコユレトモ雪月ノ興ニノリテキタリキ興ツキテカヘリヌナムソカナラスシモ戴安道ニアハムトソコタヘケル「ナニカマタアハテカヘルトヲモフヘキ月ト雪トハトモナラヌカハ」」。

(21)注(9)参照。

(22) 柿村重松氏『和漢朗詠集考証』(パルトス社、平成元年)。

(23) 『和漢朗詠集私注』(新典社叢書10)「世説曰王子猷居山陰夜大雪眠覚開屋酌酒四望皓然因起彷徨詠左思招隠託《ママ》忽憶戴安道時戴安道在剡渓便乗一小船就戴経宿方造門不前便還人問《ママ》其故王曰乗興而来興尽而返何必見戴也」。

(24) 『和漢朗詠永済注』(『和漢朗詠古註釈集成　巻三』大学堂書店、平成元年)。「此詩ハ、天暦御時、神泉ノ池ニミユキアリテ、御覧シケルニツクラセタマヘル御製也。―略―雪ノフル時ハ、船ニサヲサシテコキユク人モ、興ヲモヨヲスヘシト云也。此ハ本文也」。

(25) 一例引用してみたい。『中右記部類紙背漢詩集』巻七「某年某月某日雪裏勧盃酒二十二首」「雪裏勧盃酒性字、掃部頭大江佐国序者。雪裏佳遊及暁更、勧盃置酒各呼平。紅螺頻酌雲黄後、緑醑猶携岸白程。剡県夜深尋友思、梁園歳暮今賓情」。

(26) この詩会については、『平安鎌倉未刊詩集』(明治書院、昭和四十七年)解題で寛治年間(一〇八九〜一〇九三)年とされている。しかし、『弁官補任』によると匡房の官職がここで右少弁となっているので、この詩会が催されたのかが、延久元年から五年であることがわかる。ちなみに寛治年間は匡房は左大弁になっている。この時期に催された詩会が『中右記部類紙背』「巻九」三七某年春月某日と推測される。

(27) 今井源衛氏『王朝の物語と漢詩文』(笠間書院、平成二年)によるとこの部分「もとより朗詠から引いたとは見えず、また原典や、蒙求から引いたとするのも、「船に乗りつつ、遊びし文作りしける」とあるところに、かなりの異和感があって、どうももとの故事をよく知らなかったかとの疑があるだろう」と述べておられる。

(28) 『無名草子』「花・紅葉をもてあそび、月・雪にたはぶるるにつけてもこの世は捨てがたきものなり。情なきをも、あるをもきらはず、心なきをも、数ならぬをもわかぬは、かやうの道ばかりにこそはべらめ。それにとりて夕月夜ほのかなるより有明の心ぼそき、折もきらはずところもわかぬものは、月の光ばかりこそはべらめ。春夏も、まして、秋冬など月明き夜は、そぞろに心なき心も澄み、情なき姿も忘られて、知らぬ昔・今・行くさきも、まだ見ぬ高麗・唐土も、残るところなく、はるかに思ひやらるることは、ただこの月に向かひてのみこそあれ。されば王子猷は戴安道をたづね、簫史が妻の月に心を澄まして雲に入りけむもことわりとぞおぼえはべる。この世にも月に心を深くしめたるためし、昔も今も多くはべるめり」。

(29) 新日本古典文学全集『十訓抄』第五(小学館、平成九年)。

(30) 「招隠詩二首　五言」冒頭が「杖策招隠士」で始まり、五句目が「白雪停陰岡」で「白い雪が山北の丘に消え残っている」とある。

(31) 三木雅博氏「「冬夜の詠」―平安時代における「夜」の展開と貫之―」(和漢比較文学叢書第三巻『中古文学と漢文学Ⅰ』

汲古書院、昭和六十一年）。

（32）丹羽博之氏「「弓張月攷」―「照る月を弓はりとしもいふことは」の周辺―」注（31）と同書所収論文。

（33）在九州国文資料影印叢書11『源氏物語奥入』。

（34）池田亀鑑氏『全講枕草子』（至文堂、昭和四十二年）七五段の項に「しはすの月夜」について「現存する枕草子のどの伝本にも見えないのであるが、河海抄の本文から堺本の本文が推定され枕草子の成立・伝来に関する重要な資料を提供する」とのべられている。

（35）源氏物語大系『紫明抄』（角川書店、昭和四十三年）ノートルダム清心女子大学古典叢書『異本紫明抄』同文。

（36）『河海抄』巻九（35）と同書。「〔真本初メニ清少納言枕草子トアリ〕すさましきためしにいひをきけん十列冷物　十二月々夜　十二月扇　十二月蓼水　老女仮借―略―」。

（37）源氏物語古註釈叢刊第二巻『花鳥余情』第十一（武蔵野書院、昭和五十三年）。

（38）『撰集抄』第八話所収。（岩波古典文庫、昭和四十五年）。

（39）この他に『長方集』（127）「海路雪」「雪のうちに友をたつねし心ちしてあはてのうらにかへる舟人（書陵部蔵本）」、『源師光集』（70・71）「中将隆房朝臣、雪のいみしなふりたるに月おもしろかりしに、内女房あまたくして、法勝寺へなむとてたちよりていさなひ侍しかは、まかりてよもすからあそひてかへりてかれより申つかはしたりし、隆房朝臣」「あはてこそむかしの人はかへりけれ月と雪とをともにみてしか」返し「月さゆるゆきかきわけてとふにこそふるきかひある宿としりぬれ」。

（40）注（39）両注の詩歌の用例は本間洋一氏が御教示下さいました。

四　「鵲」をめぐる説話

一

漢詩文と和歌との関わりについて考える上で、左の歌にみられるように鵲の歌は素材として適当なものと思われる。蔵中スミ氏は、漢詩と和歌に詠まれた「鵲」を「月」と組み合わされた例と、「七夕」伝説の鵲の橋として詠まれた例という二つの流れがあると分類された[1]。

鵲の峰飛び越えて鳴きゆけば夏の夜渡る月ぞ隠るる　（後撰集・夏・207）

鵲の渡せる橋に置く霜の白きを見れば夜ぞ更けにける　（新古今集・冬・620）

本説では、蔵中氏の分類を基にして、平安時代の詩歌に詠まれた「鵲」を見直し検討してみた。その結果は次のようにまとめられる。

Ⅰ　「月」と「鵲」が組み合わされる背景には、二つの漢籍がある。

〔1〕「破鏡」説話

〔2〕魏武帝「短歌行」

Ⅱ　「七夕」伝説の「鵲の橋」の受容の様子は、次の三つの特徴がある。

〔1〕天上世界と賛美する比喩として詠まれる

［2］白さが特徴として詠まれる

［3］「霜」と組み合わされて詠まれる(2)

「鵲」は「月」「七夕」という別々の主題の許で詠まれ、やがて同じ詩歌の中で詠まれて行く。具体的に「鵲」が詠まれている作品を読解して行きながら、Ⅰ・Ⅱのまとめに至った過程を述べて行きたい。

二

まずⅠについて考える。「鵲」が「月」と組み合わされる背景には、「破鏡」説話と魏武帝「短歌行」という二つの流れがあると思われる。しかしこの二つは源流を異にしているのではない。魏武帝「短歌行」は「破鏡」説話の受容の一つのあり方なのである。「短歌行」は、やがてそれ自体が、鵲の詩歌の典拠となって行く。「破鏡」説話は、蔵中論文では採り上げていないが、「短歌行」の源流も「破鏡」説話であり、「鵲」と「月」の組み合わせを考える出発点として「破鏡」説話はどうしても必要な漢籍である。まず「破鏡」説話の受容について考えて行きたい。「破鏡」説話とは次のようなものである。

1　『神異経』

神異経曰、昔有夫婦、将別破鏡、人執半以為信、其妻与人通、其鏡化鵲飛至夫前、其夫乃知之、後人因鋳鏡為鏡、安背上自此始也。（太平御覧・717・服用部19・鏡）

概要は、夫婦が離れ離れになってしまう時、鏡を半分に割って互いに身につける、その妻に他の男性が通ようとする際、思い出の鏡は、鵲と変化し、夫の前に飛んでいき、それを知らせた。以来鏡の背には鵲を鋳するようになった、というものである。(3)この夫婦愛の破鏡説話をふまえた著名な「古絶句」がある。

2　「古絶句四首」其一「藁砧今何在」

藁砧今何在　藁砧《かうちん》今何《いづ》くにか在る
山上復有山　山上復た山有り
何当大刀頭　何か当に大刀の頭なるべき
破鏡飛上天　破鏡飛んで天に上る

（玉台新詠・下・巻十）

これは謎解きのようになっている。第一句「砧」は「趺《ふ》」と同義で、その趺は「夫」と同音である。よって第一句は「夫」を表わす。第二句は、山の上にまた山があって「出」を表わす。第三句は、大刀の頭の上にある「環」で、同じ音でかえるの意の「還」を表わす。よって第三句までで、夫が出かけたのを、いつ還るのかと妻が待ち侘びている内容となる。そしてその答えが第四句めの「破鏡」である。これは「破鏡」説話の、半分にした鏡、鏡は月に喩えられるものであることから、「月」が半分、つまり月の半ば過ぎという意である。ここで「破鏡」説話が用いられているのは、単に月を鏡に喩えるという表現上の理由からではなく、『神異経』の「破鏡」説話の夫婦愛の心も含んだ表現である。この「古絶句」が平安人に受容されたことは、小野篁の詩からもうかがえる。

3　「和沈卅感故郷応得同時見寄之作」　小野篁

査客来如昨　査客《さかく》来ること　昨《きのふ》の如し
寒蟾再遇円　寒蟾《かんせん》再び　円かなるに遇ふ
三冬難曙夜　三冬　曙け難き夜
万里不陰天　万里　陰《くも》らざる天
漫遣刀環満　漫《すずろ》に　刀環をして満たしむ
空経破鏡懸　空しく　破鏡が懸かるを経たり

ここでの「空しく破鏡が懸かるを経たり」という表現は、帰る時をむかえたのに帰れず、半月が経ったというものである。「破鏡」説話は『李嶠百詠』にも見られる。

4　『李嶠百詠』「鵲」

危巣畏風急　巣を危くして　風の急なることを畏《おそ》れ
遶樹覚星稀　樹を遶《めぐ》りて　星の稀《まれ》なることを覚《さと》る
喜逐行人至　喜ぶらくは　行人を逐《お》ひて至ることを
愁随織姫帰　愁ふらくは　織姫に随ひて帰ることを
儻遊明鏡裏　儻《も》し　明鏡の裏《うち》に遊《あそ》ばば
朝夕生光暉　朝夕に　光輝を生《な》さむ(4)

このうち「儻《も》し　明鏡の裏《うち》に遊《あそ》ばば、朝夕に　光輝を生《な》さむ」という表現が、「鵲」を題として詠まれていくことから「破鏡」説話を踏まえていることがわかる。『李嶠百詠』には「月」にも「破鏡」説話の表現が見られ、実際の月を詠む際にも「破鏡」は使われたことがうかがわれる。

5　『李嶠百詠』「月」

分暉度鵲鏡　暉《ひかり》を分《わか》ちては　鵲鏡《じやくきやう》度《わた》る
流影入蛾眉　影を流しては　蛾眉に入る

「分暉度鵲鏡」が「破鏡」説話に因んだ表現である。「暉《ひかり》を分《わか》ちて」は、半月を意味する。日本の月の詩にも「破鏡」の表現が用いられている。

6　『本朝文粋』巻一天象「繊月賦《せんげつ》」　源英明

飛鵲猶慵　喘牛何在　飛鵲猶ほ慵《ものう》し　喘牛《ぜんぎう》何《いづ》くにか在る

疎於破鏡之姿　寧見如珪之彩　破鏡の姿より疎にして　寧《いづく》んぞ珪の如きの彩を見む

「纖月」とは細い月のことである。「飛鵲猶慵、喘牛何在」とは、『初学記』「月」の「事対」の「呉牛喘、魏鵲飛」を踏まえた表現である。「呉牛喘」とは暑さのために呉の牛は、満月を見ても太陽を連想し喘ぐ、という説話を指す。一方、「魏鵲飛」とは、満月の中を飛ぶ鵲のことであり、次項で引用する魏武帝『短歌行』の詩を指す。英明は、この満月の説話と詩を踏まえ、月が細いから、鵲も慵いし、満月には喘ぐ牛も今は、何処にいるかわからない、と詠んでいる。そしてそのような細い月に対し、半月の「破鏡」の姿よりさらに「疎か」と表現している。(5)

和歌にも「破鏡」説話が背景となっている作品がある。冒頭で引用した次の和歌である。

7　鵲飛山月曙

鵲の峰飛びこえて鳴きゆけばみやま隠るる月かとぞ見る　（千里集・風月・73）

この歌とよく似たものが、『新撰万葉集』「夏」にみられる。

8　鵲之《かささぎの》　嶺飛越斗《みねとびこえて》　鳴往者《なきゆけば》　夏之夜度《なつのよわたる》　月曾隠留《つぎぞかくるる》(6)

鵲鏡飛度嶺無留　鳳彩千里跡不見

蒼波一葉舟陋遊　蕩子曾不憚遮暮　（新撰万葉集・夏・289）

この和歌は『後撰集』「夏」、『古今六帖』「鵲」にとられている。(7)

9　鵲の峰飛び越えて鳴きゆけば夏の夜渡る月ぞ隠るる　（後撰集・夏・207／古今六帖・夏の月／288・同鵲・4490）

『千里集』本文には様々な問題があるが、本稿では9の『後撰集』歌は、7の『句題和歌』と同一であるという金子彦二郎氏の判断に従いたい。(8) よって次の二つの和歌は「鵲飛山月曙」という題で詠まれた異文であるとみなす。

7　鵲の峰飛びこえて鳴きゆけばみやま隠るる月かとぞ見る

9　鵲の峰飛びこえて鳴きゆけば夏の夜渡る月ぞ隠るる

この「鵲飛山月曙」という句題は、次の上官儀の詩の中の一句である。

10「入朝洛堤歩月」　上官儀

脈脈広川流　駆馬歴長洲　鵲飛山月曙　蟬去野風秋(9)

句題となった「鵲飛山月曙」の詩句の中で、重要なのは「曙」である。「曙」の文字から、大江千里は7の「みやま隠るる月」、或いは9の「月ぞ隠るる」という表現を思いついたと思われる。その点では7と9の和歌は同じであるが、両者における「鵲」と「月」との関係については、表現に多少の違いが見られる。この二首の下の句の異同を比較したい。7では、飛んでいる鵲を月と見立てているので文字通り受け取ると、この和歌の表面には月は表われないことになる。しかし、「月かと見た鵲」とは「破鏡」説話の「其鏡化鵲飛」という鏡が変化した鵲、さらにこれを踏まえた「古絶句」の「破鏡飛上天」の「破鏡」は半月の意とした表現趣向を踏まえた表現である。飛んでいる鵲を月と見立てる趣向は「破鏡」説話が基となっていたことがわかる。

これに対し、9の和歌は、「鵲が鳴き渡ると月が隠れる」というものであるから、「鵲」は直接には「月」に喩えられていない。しかし、この和歌は、8の『新撰万葉集』にも採られているのだが、その漢訳が「鵲鏡」という表現であることから、この和歌が「破鏡」説話に基づく歌として当時理解されていたことがわかる(10)。

9の和歌は「夏の夜」の語句に特徴がある。原拠の10の上官儀の詩は「蟬去野風秋」と風だけが秋であると詠んでいることから「夏の夜」と表現したようにも思えるが、理由はそれが全てとは思えない。「夏の夜」は短い。上官儀の句には格別月が早く隠れる印象はないが、「夏の夜渡る月ぞ隠るる」という和歌には夏の夜の短さ、月の動きの早さが感じ取れる。この月が沈む早さの印象は、「破鏡」説話の鏡から変化した鵲が一路主人の元に飛んでいく疾走感と重なる。「破鏡」説話は「破鏡」が「鵲」となって飛び、2の「古絶句」ではこれを「半月」と受容した。5の『李嶠百詠』「月」の「暉を分かちては鵲鏡渡る」も「破鏡」説話を半月として受容した表現であった。9の和歌も

「破鏡」説話を踏まえているから、この月は満月よりは夜が早く明ける半月であると考えたい。しかしもう一つの詠みの可能性として、この歌にでている月は満月で、それが沈もうとするに従って山の端にかかり、月が部分的にしか見えなくなる状態を「破鏡」説話に基づいて詠んだという指摘もある。(11)

ともかく、以上から大江千里は上官儀の「曙」から夏の夜があけることを連想して、それを「破鏡」説話と結びつけた和歌を詠んだと見るべきである。

三

冒頭のⅠに明記したように、詩歌における「月」と「鵲」の組み合わせの流れのもう一つの柱として、魏武帝「短歌行」がある。

11　「短歌行」　　魏武帝

対酒当歌　人生幾何　譬如朝露　去日苦多　慨当以慷　憂思難忘　以何解憂　唯有杜康
青青子衿　悠悠我心　呦呦鹿鳴　食野之苹　我有嘉賓　鼓瑟吹笙　明明如月　何時可輟
憂従中来　不可断絶　越陌度阡　枉用相存　契闊談讌　心念旧恩　月明星稀　烏鵲南飛
繞樹三匝　何枝可依　山不厭高　海不厭深　周公吐哺　天下帰心

右の「鵲」と「月」が詠まれて部分「月明星稀、烏鵲南飛。繞樹三匝、何枝可依」の月が明るいために星はよく見えず、月明りの中を南に鵲が飛んで三回、樹を繞るが、止るべき枝がなくまた飛び去って行くという内容が、以後の「鵲」の詩歌に影響を与えて行く。「短歌行」の「月」は「破鏡」説話と違い、満月であるが、「月」と「鵲」の組み合わせの発想の源には、やはり「破鏡」説話の受容としてとらえるべきであろう。「短歌行」は、やがてそれ自体が、鵲の詩歌の典拠となって行く程大きな影響力を持つようになる。

『初学記』「鵲」に「南飛月夜」として魏武帝「短歌行」が引かれ、先にあげた4の『李嶠百詠』「鵲」にある「樹を繞りて　星の稀なることを覚る」表現も「短歌行」を踏まえた表現である。

「短歌行」は『李嶠百詠』や『初学記』に引用され、これらによって平安人に知られたと思われる。特に『初学記』は「短歌行」受容に大きな影響を与えたようである。後に引用する基俊の判詞「魏鵲之文」という表現も『初学記』の「魏鵲飛」の影響を受けている。ということで『初学記』の「月」を改めて引いて考える。

12　『初学記』「月」「呉牛喘、魏鵲飛」（事対）

『初学記』「短歌行」受容で特徴的なのは、「月」という題で、『世説新語』の月をみて喘ぐ呉の牛の説話と事対になっている点である。この点に注目すると、平安朝の漢詩や賦の「月」を詠んだものの中には、『初学記』の直接の影響下にあるものが見られることがわかる。まず、前節にも引用した英明の詩をもう一度引用したい。

6　『本朝文粋』「繊月賦」　源　英明

飛鵲猶慵　喘牛何在　飛鵲猶ほ慵《ものう》し　喘牛《ぜんぎう》何《いづ》くにか在る
疎於破鏡之姿　寧見如珪之彩　破鏡の姿より疎にして　寧《いづく》んぞ珪の如きの彩を見む

ここに見られる「飛鵲猶慵、喘牛何在」の「飛鵲」、「喘牛」の対の表現は、あきらかに12『初学記』「月」（事対）の「呉牛喘、魏鵲飛」の影響である。この『初学記』の影響は、次の長谷雄の詩の表現にも見られる。

13　『作文大体』「賦月詩」　紀長谷雄

皎々孤懸月　清光万里過　皎々たり孤《ひと》り懸る月　清光万里に過ぐ
映軒添粉壁　臨水起金波　軒に映じて粉壁添へ　水に臨みて金波起つ
魏鵲飛無止　呉牛喘幾多　魏鵲は飛びて止まること無く呉牛は喘ぐこと幾多ならむ

落輝留不得　惆悵仰纖阿　　落輝留め得ず　惆悵として纖阿を仰ぐ(12)

長谷雄は、英明の賦とは逆に月が皎々と照っているから、12『初学記』の「呉牛喘、魏鵲飛」の表現をそのまま踏まえ、「魏鵲は飛びて止まること無く、呉牛は喘ぐこと幾多ならむ」と詠んでいる。英明の賦や長谷雄の詩は、「短歌行」からというより、『初学記』を直接の典拠と考える方が適切と思われる。このような類書に頼った表面的な受容に較べ、菅原道真の受容は「短歌行」の詩句の内容を理解した上で自分の作品に生かしている。

14「賦葉落庭柯空」(13)

遇境幽人意　境に遇ふ　幽人の意
乗閑卒歳冬　閑に乗じて　歳の冬を卒ふ
―略―
遂使軽紅滅　遂に軽紅を滅《た》たしむ
何教砕錦縫　何ぞ砕錦を縫はしめむ
破残寒月鏡　破れて残る　寒月の鏡
来迫暁霜鋒　来りて迫む　暁霜の鋒
―略―
星稀雖繞鵲　星稀にして　鵲を遶《めぐ》らせども
花嬾未期蜂　花嬾くして　蜂を期せず(14)
触感孤心苦　感《いた》びに触れて　孤心苦しぶ
傷懐四面攻　懐ひを傷《やぶ》りて　四面より攻む
欲催春管律　春管の律を催さむことを欲《ねが》ひて(15)

頻待夜更鐘　頻に夜更の鐘を待つ　（菅家文草・373）

「星稀にして鵲を遶《めぐ》らせども」という表現は、4の『李嶠百詠』「鵲」の「樹を遶《めぐ》りて、星の稀《まれ》なることを覚《さと》る」の表現を使っている。しかしこれは『李嶠百詠』から単に借りたのではない。道真は「葉が落ちて庭の枝空し」という題から、「短歌行」の「何枝可依」（止まる枝のない鵲）という詩句を連想したのであろう。その時この「短歌行」の詩句を踏まえている『李嶠百詠』の「樹を遶《めぐ》りて、星の稀《まれ》なることを覚《さと》る」という表現を思い遣り、「星」と「花」という美しい対ができたのであろう。このような「短歌行」を充分消化し自分のものとした道真の受容がある一方、そのまま翻案したような例もある。

15　『和歌童蒙抄』天「月」

月清み木ずゑを繞《めぐ》る鵲のよるべを知らぬ身をいかにせむ　(22)

古歌也。よるべもしらぬとは、魏武帝短歌行曰く、月明星稀、烏鵲南飛、繞樹三匝、何枝可依といへる心成べし。

『和歌童蒙抄』の「古歌」については、出典未詳であるが、[16] この和歌は、蔵中論文でも指摘されているように、短歌行の内容と極めて類似し、和訳したかのような和歌である。[17] 次に日本の受容の例として歌合の判詞に用いられた例をあげたい。

16　『中宮亮顕輔家歌合』「月」七番　右　宮内大輔忠季

隈もなき月の光のさすからになど鵲のまだきたつらむ　(14)

是依何書文被詠哉。依分暉度鵲鏡詠者、全非月。本文已為百詠文、被歌歟。若又依魏鵲之文被詠者、又已乖本文之意。倩于案文意此二文之外無別奥事歟。未聞正説之間推以左為勝。

この歌合は、長承三（一一三四）年九月十三日に行われたもので、判者は藤原基俊である。基俊は、この和歌を負けとした。その理由は、忠季が「鵲」の漢籍を正しく理解していないというものである。基俊は「分暉度鵲鏡」、「魏鵲之文」の二つを「鵲」の典拠の漢籍としている。このうち「分暉度鵲鏡」とは、先の項の5で引用した『李嶠百詠』「月」の「暉を分ちては、鵲鏡度る」という「破鏡」説話に因んだ表現で、半月を意味する。基俊の判断とは、この「百詠文」は「全き月」ではないのに、和歌は「隈もなき月」と満月のことを詠んでいる、だから忠季は漢籍を誤読している、という判断である。しかし稿者は、忠季ではなく、基俊の漢籍理解の方が誤っているように思える。

問題は、「魏鵲之文」の内容である。魏の鵲の文といえば「短歌行」の「月明星稀、烏鵲南飛。繞樹三匝、何枝可依」を指す。「短歌行」は、先に述べたように「月明星稀」、つまり月が明るいために星はよく見えないというわけであるから満月であり、忠季の「隅もなき月」という表現と齟齬しない。

基俊が指摘した誤解どころか、むしろ忠季の和歌は「短歌行」の詩句をよく知っていたと思われる。「短歌行」の「鵲」は、樹を繞ってもよるべき枝がないと詠まれ、この「よるべがない」という点が、「短歌行」全体の中でも根幹となっている。忠季はこの「よるべがないから飛び去る」という内容をよく理解し、発想の典拠として、明るい月の光がさしているのに鵲は、なぜ飛び立ってしまうのだろうと詠んだのである。こうして千里歌における「破鏡」説話の受容を見てきた上で、改めて1の忠季の和歌を見直すと、忠季歌は7やその異文と考えられる9の千里歌の表現を踏まえて詠んでいることがわかる。つまり千里歌の「月ぞ隠るる」に見られる月が沈むという表現を認めた上で、忠季は「など鵲のまだきたつらむ」、つまりまだ月が沈みもせず皎々と照らしているのになぜ鵲は早くも飛びたつのだろうと詠んだと解釈できる。

結果としては、16の歌は9の千里歌を通し、間接的に10の曙に飛び立つ上官儀の鵲の影響下に生まれた表現と解釈できる。

四

次に冒頭のⅡの「鵲」のもう一つの柱である「七夕」伝説の「鵲の橋」について漢詩の場合を先ず考察して行きたい。「七夕」伝説の「鵲の橋」とは以下のようなものである。

17　『歳華紀麗』「七夕」

鵲橋已成、織姫将渡（風俗通云、織女七夕、当渡河、使鵲為橋。）

『白氏六帖』「鵲」「淮南子　烏鵲塡河成橋、渡織女[18]」。

また『李嶠百詠』にも次のように「鵲の橋」が詠まれている。

18　『李嶠百詠』「橋」

烏鵲塡応満　　烏鵲塡《うづ》めて　まさに満つべし
黄公去不帰　　黄公去りて　帰らず

『李嶠百詠』「鵲」

喜逐行人至　　喜ぶらくは　行人を逐《お》ひて至ることを
愁随織姫帰　　愁ふらくは　織姫に随ひて帰ることを

このうち、「烏鵲塡めてまさに満つべし」や「愁ふらくは織姫に随ひて帰ることを」が「七夕」伝説の鵲の橋を表現している。このような「鵲の橋」は数多くの詩歌に詠まれた。代表的なものとして梁の庾肩吾の「七夕詩」を引用したい。

19　「七夕詩」　　梁　庾肩吾

織女逐星移　　織女は　星に逐《したが》ひて移る
離前忿促夜　　離るる前には　促《せわ》しき夜を忿《いか》り
別後対空機　　別るる後には　空しき機に対《むか》ふ
倩語雕陵鵲　　倩《か》りて語げん　雕陵の鵲に
塡河未可飛　　河を塡《うづ》めて　未だ飛ぶべからず

ここでは、「鵲の橋」について「倩《か》りて語げん、雕陵の鵲に、河を塡《うづ》めて未だ飛ぶべからず」と詠んでいる。「鵲の橋」として、一般に思い描く場面は、たくさんの鵲が一列になって羽根を互い違いにして橋となっているものだが、ここでの「雕陵鵲」とは、次の『荘子』にある巨大な鵲のことである。(19)

20『荘子』「山木篇」第二十

荘周遊乎雕陵之樊、覩一異鵲自南方来者、翼広七尺、目大運寸。

荘周、雕陵の樊に遊ぶ、一異鵲の南方より来る者を覩る。翼の広さは七尺、目の大きさ運寸。(20)

直接典拠としてこの巨大な鵲が七夕の橋を作るという庾肩吾の鵲の表現が直接何によったかはわからないが、『身延文庫本和漢朗詠註抄』には次の記事が見られる。(21)

21『身延文庫本和漢朗詠註抄』

有所云、七月七日鵲一双来、嘴指交、為漢河橋、渡二星也。

有云、多鵲飛列並羽為橋也。私云、鵲一双為橋者、其鳥以外大鳥歟、如何。

ここには、「有所云」として、一対の巨大な鵲が天の川の橋となる説が引用されている。但し注者も、一双の鵲では大きすぎるのではないかと疑問を呈している。ただ19の庾肩吾の鵲は、『荘子』の「異鵲」をかりて天の河を塡《うづ》めたいという内容なので、巨大な一対の鵲の橋という発想も在り得ることになる。

「七夕」伝説の渡河場面については、小島憲之氏によって、漢詩では専ら織姫が「鵲の橋」の上を麗々しい千乗の輦を飾りたてて渡るというような壮麗な場面として詠まれたのに対し、『万葉』歌では徒歩だけでなく、小舟や機のふみ木によって打渡すなどの現実的手段を用いたものが多く、また渡っていくのも、和歌では彦星の方が逢いに行き、織姫が訪れをひたすら待つという用例もある等、生活感に根ざすような男女の逢瀬の場面として詠まれるという違いが見られることが指摘されている。[22]この小島氏の指摘に基づき、吉川栄治氏が、平安歌では「雲」や「紅葉」の橋が詠まれていることを指摘されている。[23]また蔵中論文でも「七夕」伝説の「鵲の橋」は、「月」と組み合わされる実景的な「鵲」とは対照的に伝説の「鵲」として位置付けられている。[24]

これら先行研究を踏まえた上で、次節で「七夕」伝説の「鵲の橋」を捉え直してみたい。

五

「鵲の橋」については冒頭にまとめた次の三つの特徴がある。

［1］　天上世界として賛美

［2］　白さ

［3］　「霜」との組み合わせ

天上世界の「鵲の橋」としてまず、『大和物語』の次の用例をみたい。

22　『大和物語』一二五段[25]

壬生忠岑、御ともにあり。御階《みはし》のもとに、松ともしながらひざまづきて、御消息申す。

「鵲の渡せる橋の霜の上を夜半に踏みわけことさらにこそとなむのたまふ」と申す。

これは、酔にまかせて深夜の訪問をし、大臣を不機嫌にさせてしまった主人の苦境を忠岑が当意即妙の和歌によって救ったという説話である。忠岑は、大臣家の実在の橋を「鵲の渡せる橋」と天上の橋に喩えることで、大臣に敬意を表わし、大臣の機嫌を取り結んだのである。この場合「鵲の橋」が持つ天上の橋という意が強調されている。故に喩えられた方が悦ばしい気分になるのである。初唐の蘇頲の詩にこれと同じ手法が見られる。

23「奉和初春幸太平公主南荘、応制」　蘇頲

主第山門起灞川　主第の山門　灞川《はせん》に起《た》ち
宸遊風景入初年　宸遊の風景　初年に入る
鳳皇楼下交天杖　鳳皇楼下　天杖を交《まじ》へ
烏鵲橋頭敞御筵　烏鵲橋頭　御筵《えん》を敞《ひら》く
往往花間逢綵石　往往　花間に　綵石《さいせき》に逢ひ
時時竹裏見紅泉　時時　竹裏に　紅泉を見る
今朝扈蹕平陽館　今朝扈蹕《こひつ》す　平陽館
不羨乗槎雲漢辺　羨まず槎《いかだ》に乗りて雲漢の辺《あたり》なるを

中宗が太平公主の南荘へ行幸する際、具された喜びを「羨まず槎《いかだ》に乗りて雲漢の辺《あたり》なるを」と天の河にいるよりもすばらしいと表現している。太平公主への讃美は、秦の穆《ぼく》公の女が楼上にいて鳳皇が来た故事をふまえた「鳳皇楼」という比喩に込められている。この「鳳皇楼」の対が「烏鵲橋」であり、よって「烏鵲」と喩えることが賛美となっていることがわかる。天上世界に匹敵するという賛美なのである。また白楽天は実際に「烏鵲橋」と名付けられた橋について詠んでいる。(26)

24「登閶門閑望」

闔閭城碧鋪秋草　闔閭城碧にして秋草を鋪き
烏鵲橋紅帯夕陽　烏鵲橋紅にして夕陽を帯ぶ（白氏文集・2425）

25「送蘇州李使君赴郡二絶句」
館娃宮深春日長　館娃宮深くして春日長し
烏鵲橋高秋夜涼　烏鵲橋高くして秋夜涼し（白氏文集・3406）

これらは風光明媚な所にある実在の橋を「烏鵲橋」と名付けられた用例である。天上のような美しさという思いを込めて名付けられたのであろう。「鵲の橋」は「天上の橋」という意から、平安人も高貴な場所と敬意を表する意味で「鵲の橋」を用いた。

26　暮を待つ雲居のほどもおぼつかな踏み見まほしき鵲の橋（栄華物語・輝く藤壺・39）

さらに「鵲の橋」が天上という意から、恋しいあまりに相手を尊び、天上にいるような思いがし、或いは自分との間を果てしない距離と感じて「鵲の橋」を使う場合もある。

27　心のみ雲居の程に通ひつつ恋こそまされ鵲の橋（伊勢集・423）

28　雲居にて雲井に見ゆる鵲の橋を渡ると夢に見るかな
夢なれば見ゆるなるらむ鵲はこの世の人の越ゆる橋かは（敦忠集・6・7・やむごとなき人に）

六

次に、「鵲の橋」の要素のうち「白さ」に重点が置かれた受容を考察したい。

29　一品宮のうちに奉り給ふ扇入るるれうに、銀の透箱《すきばこ》に、白き薄物を心葉に敷き、また白き糸して、鶴の形を

縫はせ給て、葦手に縫はむ歌、と召すに

雲居なる鶴と見しかど鵲の橋のたよりに通ふなりけり　（能宣集・331）

この和歌は、資子内親王が、円融帝と乱碁遊びをして負け、その負態《まけわざ》として扇合わせがなされ、その贈り物の扇に添えられた歌である。この負態の日が七月七日であったので、和歌に「鵲の橋」が詠まれたと思われる(27)。

この場面で、能宣に期待されていることは、帝に対する敬意を表現することである。能宣は、その敬意を「鵲の橋」と喩えることで表わした。「鵲の橋」という表現を生んだものは、七月七日という日付とともに、「白」である。能宣の和歌は、贅を尽くした白づくめ箱に入れられた扇に添えられた歌である。

白さと「鵲の橋」が結びつくのは、鵲が黒地に白が印象的な鳥であるためもあろうかと思われるが、何より天の河が白い川であることに由来すると思われる。或いは、天の河の白さから白さに特徴のある鵲が橋となるという発想が生まれたのかもしれない。天の河については、白気があるとされていた。

30　『芸文類聚』「七夕」

崔寔四民月令―略―或云、見天漢中有奕々正白気如地河之波(28)

また『和漢朗詠集』「雪」にも収められている、白楽天の、次の詩句も「雪」をみて「天の河」を連想するというもので、「天の河」が白いという前提に立っての表現である。

31　「雪中即事寄微之」

銀河沙張三千里　　銀河沙《いさごみなぎ》張る三千里

梅嶺花排一万株　　梅嶺花排《ひら》く一万株　（白氏文集・2322）

日本の漢詩にも「天の河」が白いと表現されている詩がある。同じく『和漢朗詠集』「白」に収められている源順の詩句も同様である。

32 「白」

銀河澄朗素秋天　　銀河澄朗たり　素秋の天
又見林園白露円　　また見る　林園に白露の円かなるを　　　　順　（和漢朗詠集・799）

白さと結び付く「天の河」は、「鵲の橋」がかかる河であった。従って白さは「鵲の橋」とも結びついていく。さきに引いた22の『大和物語』の「鵲の渡せる橋の霜の上を夜半に踏みわけことさらにこそ」の例も「白さ」が「鵲の橋」の表現を生み出す一因になっている。大臣の不興を買った主人の危機に、忠岑の目に映ったのは、橋に降りた真っ白い「霜」だった。忠岑は霜の白さから「鵲の橋」を連想し、天上の橋の意である「鵲の橋」に喩えることで大臣に敬意を表わしたのである。

しかし「霜の白さ」と「鵲の橋」の組み合わせで最も知られている歌は、家持の作として知られている次の和歌である。

33　鵲の渡せる橋に置く霜の白きを見れば夜ぞ更けにける　　家持　（新古今集・冬・620）

この和歌は『新古今集』に収められた歌であるが、この時代は、白さや冬を題材に和歌が詠まれることが多い。次の家隆の和歌も同様である。

34　『建保五年内裏歌合』「冬山霜」
鵲の渡すやいづこ夕霜の雲居に白き峯のかけ橋　　家隆　（壬二集・2599）

この和歌も「白さ」が印象的な歌である。「白さ」と「鵲の橋」の結び付きを見て気づくことは、白さのほとんどが「霜」によることである。

七

次は、「霜」に注目し「鵲の橋」を考えたい。33や34は「白さ」の例としての和歌の引用であったが、これらは、同時に「霜」によって「鵲の橋」を詠んでいる例である。以下、「鵲の橋」と「霜」の組み合わせについて考察したい。

35　夜や寒き衣や薄き鵲の行き合ひの橋に霜や置くらむ(29)　（古今六帖・鵲・4489）
36　鵲の雲の梯《かけはし》秋くれて夜半には霜やさえ渡るらむ　（新古今集・秋下・522・寂蓮）
37　鵲の羽に霜ふり寒き夜を一人ぞ寝ぬる君を待ちかね(30)　（人麻呂集・Ⅱ381・Ⅲ553）
38　鵲の違ふる橋の間遠にて隔つる中に霜や降るらむ　（好忠集・308・はじめの冬十月のはて）
39　鵲のゆきあはぬつまの程寒みあかで別れし中ぞ悲しき　（好忠集・363・くれの冬十二月をはり）

これらの「霜」は、白という色彩のためというより、冷たさが印象的である。34の家隆、36の寂蓮等も新古今時代の歌人であり、この時代には「霜」と「鵲」の取り合わせの和歌が多い。これは先に述べたように新古今歌風が、「冬」および「白」を高く評価するものであったためであろう。「霜」と「鵲の橋」の結びつきそのものは33の伝家持歌、35の『古今六帖』、37の『人麻呂集』、38、39の『好忠集』のように新古今以前から見られる。

ところで、38、39の『好忠集』の詞書「十月のはて」「十二月のをはり」に象徴されるように、「七月七日」にかかる「鵲の橋」が、なぜ初冬や晩冬の「霜」とともに詠まれるのだろうか。

このことについて考えて行く手立てとして、まず詩人や歌人が「七夕」伝説をどの部分に心惹かれ、どう受容したかを改めて考えてみたい。典型的なものとして『懐風藻』の藤原不比等（史）の詩を引用したい。

40「七夕」　藤原　史

鳳蓋随風転　鳳蓋風に随《したが》ひて転《うご》き
鵲影逐波浮　鵲影波に逐《したが》ひて浮かぶ
面前開短楽　面前短楽開けども
別後悲長愁　別後長愁を悲しぶ(31)
（懐風藻・33）

七夕の逢瀬という楽しい時の短かさと共に、その後の別れを愁える時の長さを詠んでいる。平安朝の人々が最も心打たれたのは、二人が思いを残しながら非情にも別れなければならないという惜別の場面である。菅原道真と島田忠臣は別れに焦点を当て、その場面で鵲を効果的に用いている。

41「七月七日、代牛女惜暁更。各分一字応製」

恐結橋思傷鵲翅　橋を結ばむこと恐《おそ》りては　鵲の翅を傷《やぶ》らむことを思ふ
嫌催駕欲啞鶏声　駕を催さむことを嫌ひては　鶏の声を啞《おし》ならしめまく欲りす
（菅家文草・346）

42「七月七日、代牛女惜暁更。各分一字応製」

銀河夜鵲塡毛晩　銀河の夜鵲は　毛を塡《うづ》むること晩《おそ》し
禁樹晨鶏拍翅頻　禁樹の晨鶏は　翅を拍つこと頻りなり
（田氏家集・212）

別れの場面での「鵲」と「鶏」の組み合わせでは、特に道真の表現は、平安末の周光の詩に影響を与えた。

43（七夕付後朝）　藤原周光

駕催還妬鶏声急　駕催して還《ま》た妬む　鶏声の急なるを
橋断猶猜鵲毳分　橋断れて猶猜《そね》む　鵲毳の分れたるを
（本朝無題詩・195）

このように一年に一度の逢瀬の別れの場面で「鵲」と「鶏」が組み合わされて用いられる背景には、『遊仙窟』の次の詩句が影響を与えていると思われる。

44　『遊仙窟』　　　　　張文成

詎知　　　　　詎《なん》ぞ知らむ
可憎病鵲　夜半驚人　　憎むべき病鵲　夜半に人を驚かし
薄媚狂鶏　三更唱暁　　薄媚の狂鶏　三更暁を唱はんとは

これは『新撰朗詠集』「恋」(732)(「夜半」が「半夜」となっている)にも収められているよく知られた詩句である。『遊仙窟』の内容と「七夕」伝説とは勿論違いがあり、蔵中論文ではその関係を否定しておられる。しかし麗しい女性との別れの無念さを表現する際の「鵲」と「鶏」の組み合わせは、やはり道真や忠臣に発想のきっかけを与えたように思われる。朝を告げる明け烏である「病鵲」と、「鵲の橋」の「鵲」とは本来違うものである。しかし44の「憎むべき病鵲、夜半に人を驚かし」という別れの辛さを「病鵲」への憎しみとして表現することは、道真の41の「橋を結ばむこと恐りては、鵲の翅を傷らむことを思ふ」という別れたくないばかりに、「鵲」の羽根が折れればよいと、別れの時を意識させる「鵲」に対する激しい表現に通じる。

このように平安人の「七夕」伝説の受容は、主に別れの際の緊迫した感情を詠もうとするものであった。それによって別れの辛い思いを詠むということが主な姿勢だったことを押えた上で、もう一度前述の「霜」と「鵲」を組み合わせた和歌を見ていきたい。

35　夜や寒き衣や薄き鵲の行き合ひの橋に霜や置くらむ
36　鵲の雲の梯《かけはし》秋くれて夜半には霜やさえ渡るらむ
37　鵲の羽に霜ふり寒き夜を一人ぞ寝ぬる君を待ちかね
38　鵲の違ふる橋の間遠にて隔つる中に霜や降るらむ

39　鵲のゆきあはぬつまの程寒みあかで別れし中ぞ悲しき

例えば37の「霜ふり寒き夜を一人ぞ寝ぬる君を待ちかね」や『好忠集』38の「間遠にて隔つる中に霜や降るらむ」や39の「鵲のゆきあはぬつまの程寒み」等の表現から、独り寝の寒さが伝わってくる。「七夕」は恋人達の束の間逢瀬は、逢う喜びの次には確実に非情な別れが待っている。その後は来年の次に逢える日まで長い独り寝が続く。

38、39の好忠の和歌の詠まれているのは、逢う瀬は、瞬く間に過ぎ去り、天の河を塡めつくして橋となっていた鵲は一羽去り、二羽去り、鵲の羽根を互い違いにして作った橋が絶えだえとなり、その間から白い天の河の見えている様子である。「つまの程寒み」とは、七月七日が過ぎて鵲がぽつりぽつりと去り、鵲と鵲の羽先と羽先の間が寒いと詠んでいる。あるいは、先に考察した「異鵲」の一対による橋ならば、二羽の羽先の端《つま》の間があくことはより自然に思い描ける光景である。ともかくこれら一年にただ一夜の逢う瀬の七月七日が過ぎ、深まり行く秋に長い孤り寝を歎く場面に平安人は美を見出した。

これらの和歌に直接影響を与えたかどうかはわからないが、「七夕」伝説に対して類似発想をしているといえる李白の詩を引用したい。

45「擬古詩」　李白

青天何歴々　明星如白石　　青天何ぞ歴々たる　明星白きこと石の如し
黄姑与織女　相去不盈尺　　黄姑と織女と　相去ること尺に盈《み》たず
銀河無鵲橋　非時将安適　　銀河に鵲橋無し　時に非ずして将に安《いづ》くにか適《ゆ》かむとする
閨人理紈素　遊子悲行役　　閨人紈《ぐわん》素を理め　遊子行役を悲しむ
瓶氷知冬寒　霜露欺遠客　　瓶氷冬寒を知り　霜露遠客を欺く
客似秋葉飛　飄颻不言帰　　客は秋葉の飛ぶに似て　飄颻《よう》として帰るを言はず

別後羅帯長　愁寛去時衣　　別後羅帯長し　去時の衣を寛《かん》にせむことを愁ふ
乗月託宵夢　因之寄金微　　月に乗じて宵夢に託す　これに因つて金微に寄す

二人を隔つ冷たい白石のような銀河はただ一尺に満たないのに、許される逢う瀬の時は過ぎ、鵲の橋も無くなり、もう逢うことは叶わない。その織姫と同じ独り寝をせねばならぬ妻は旅行く夫のために衣を縫い、旅立たなければいけない夫は別れを悲しむ。瓶の水の凍れるのを見て来たらんとする寒さを知り、霜露の寒さの厳しさに圧倒される。(32)

ところで霜置く寒き夜、独り寝を歎きながら七夕の逢瀬を思い出しているという設定で、まず思い浮かべるのは「長恨歌」である。

46　「長恨歌(33)」

夕殿蛍飛思悄然　　夕殿に蛍飛んで思ひ悄然たり
秋燈挑尽未能眠　　秋の燈挑げ尽して未だ眠ること能はず
遅遅鐘漏初長夜　　遅遅たる鐘漏の初めて長き夜
耿耿星河欲曙天　　耿耿たる星河の曙けむとする天
鴛鴦瓦冷霜花重　　鴛鴦の瓦冷やかにして霜花重し
旧枕故衾誰与共　　旧き枕故き衾誰と共にかせむ

——略——

七月七日長生殿　　七月七日長生殿に
夜半無人私語時　　夜半に人無くして私語《ささやきごと》せし時
在天願作比翼鳥　　天に在らば願はくは比翼の鳥作《た》らむ
在地願為連理枝　　地に在らば願はくは連理の枝為《た》らむ

小島憲之氏は、平安人が「長恨歌」を受容する際には、独りになった玄宗が、七夕の比翼連理の誓いを、七夕の日に思い出す、という理解をしていたと述べられておられる(34)。

47　七月七日(35)

鳥にとも木にとも昔契りしは今宵な星の逢う瀬思へば　（散木奇歌集・383）

この歌は玄宗の立場で詠まれている。七夕に交わした比翼連理の誓いを、同じ七月七日に思い出したとして受容している。

48　耿耿星河欲曙天

七夕もしばしやすらへ天の河あくるもおのがかげならぬかは　（土御門院御集・秋・147）

この和歌の意は、曙のように明るいのは、二星の愛で星が輝き曙のごとく明るいからであり、本当の夜明けではない、だからまだ充分二人だけの時間があるから安心せよ、というものであろう。これらは、比翼連理の誓いをした七夕の夜を思い出し、どちらかが亡くなれば残された方が死ぬという相思相愛の鳥「鴛鴦」に心を遣り(36)、その鴛鴦の「瓦冷やかにいて霜花重し」と独り寝の寒さを意識し、思わず「旧き枕故き衾誰と共にかせむ」と口ずさむ玄宗の心のあり様を、平安人は美しく切ない恋として受容したのだろう。

この場面を最も効果的に用いたのは、『源氏物語』であろう。既に水野平次氏が指摘されているように、『源氏物語』には幾箇所も「長恨歌」が使われている(37)。

「幻」では、紫の上を亡くし、夏蛍が飛び交うのを見て、光源氏が「長恨歌」を口ずさみ、続いて七月七日にかつての七夕の逢瀬と現在独りの我が身を思い比べるという「長恨歌」の玄宗と同じ趣向をとっている場面が続く。

49　『源氏物語』「幻」

蛍のいと多く飛び交ふも、「夕殿に蛍飛んで」と、例の、古言もかかる筋にのみ口馴れ給へり。

　夜を知る蛍を見てもかなしきは時ぞともなき思ひなりけり

七月七日も、例に変りたること多く、御遊びなどもしたまはで、つれづれにながめ暮らしたまひて、星合見る人もなし。まだ夜深う、一所起きたまひて、妻戸押しあけたまへるに、前栽の露いとしげく、渡殿の戸よりとほりて見わたさるれば、出でたまひて、

　七夕の逢瀬は雲のよそに見て別れの庭に露ぞおきそふ

「葵」では、光源氏は亡き葵の上を思い出し「長恨歌」を句題とした和歌を書き散らす。

50　『源氏物語』[38]「葵」

「旧き枕旧き衾、誰とともにか」とある所に

　亡き魂ぞいとど悲しき寝し床のあくがれがたき心ならひに

また「霜の花白し」とある所に

　君なくて塵つもりぬるとこ夏の露うち払ひいく夜寝ぬらむ

この時光源氏が書き散らした「長恨歌」は、「鴛鴦の瓦冷やかにして霜花重し」の「重し」を「白し」となっている。これは、「長恨歌」の本文に「霜花白し」という異文があった可能性を示しているが、一方では、紫式部が独り寝の寒さと天の河にかかる橋となっていた鵲が間遠になる38や39のような和歌を背景に「白し」と積極的に改めた可能性もあると思う。

「長恨歌」そのものは、思い出している日を七夕と規定していない。また先の和歌の例も、七夕の日ではなく、七夕以後の日に七夕を思いだすという設定になっていた。「長恨歌」にも『源氏物語』にも「鵲の橋」の語句そのものは出てこない。しかし誓を立てた日も、独りになって思い出している日も七夕と解釈していたなら、その日は「鵲」が橋をかける日であるという意識はあったと思う。

「七夕」説話は逢瀬の後、七夕の日を思い出し、逢えないことを侘ぶるという設定が好まれ、「鵲の橋」もその設定の中で受容されてきた。

八

時代が下がるにつれ、冒頭にⅠとⅡとして分類した「鵲」の詩歌はともに影響し合うようになって行く。次の『和漢朗詠集』「七夕」詩句を引用したい。

51　「七夕」
　詞託微波雖且遣　　詞は微波に託《つ》けてかつかつ遣《や》るといへども
　心期片月欲為媒　　心は片月を期して媒《なかだち》とせんとす　　輔昭
　　　　　　　　　　　　　　　　　　　　　　　　　　　　（和漢朗詠集・217）

従来からの解釈は、片割れ月が、今日が待ち望んでいた七夕の日である事を教えるために逢瀬の仲立ちとなるというものである。だがもう一歩踏み込んで、片割れ月、つまり半月という表現から「破鏡」説話として解釈したいと思う。つまり七月七日は、月齢からもともと半月であり、これを「片割れ月」と表現す点から「飛鵲」を想像させる。従って「片月」を鵲の喩えとすると、これを媒《なかだち》と解釈する発想は、半月が「鵲の橋」となって二星を結び付けるという表現であろう。

『新撰朗詠集』「七夕」に採られている菅忠貞の詩題も同様に「破鏡」説話と、「七夕」伝説の「鵲の橋」が結びついている例である。

52　似告前行臨浪夕　　前行を告ぐるに似たり浪に臨む夕
　欲迷帰路隠雲秋　　帰路に迷ひなむとす雲に隠るる秋　　菅　忠貞
　　　　　　　　　　　　　　　　　　　　　　　　　（新撰朗詠集・七夕・199・月為渡河媒）

この「月は渡河の媒《なかだち》と為す」という表現は、51の例と同じである。これも、七日の月だから半月、半月であるため「破鏡」説話の「飛鵲」と結び付き、鵲といえば「七夕」の「鵲の橋」、だから二星の逢瀬の仲立ちという連想であろう。また詩句の「雲に隠るる」という表現も飛んでいる鵲を感じさせる。一方、和歌も時代が下がるにつれ、Ⅰ・Ⅱ共に踏まえた「鵲」の例が現われてくる。

53　鵲の雲のかけはしほどやなき夏の夜渡る山の端の月　（秋篠月清集・826）

54　天の原光さしそふ鵲の鏡と見ゆる秋の夜の月　為家　（新拾遺集・秋下・421・家十五首歌に、月）

良経の53の和歌は下の句の「夏の夜渡る山の端の月」から、9の千里歌の「鵲の峰飛び越えて鳴きゆけば夏の夜渡る月ぞ隠るる」の影響下にあることがわかる。しかし53の和歌では、「短歌行」や「破鏡」説話だけではなく、「七夕」伝説の「鵲の橋」の発想も用いられている。それは上の句の「鵲の雲のかけはしほどやなき」の「ほどやなき」という表現からわかる。これは、「鵲の橋」がかかる秋の七夕の日まで「ほどやなき」という意である。よってこの和歌はⅠ・Ⅱの二つの分類の「鵲」の受容を一首の中に詠み込んでいるのである。

54の和歌も「月」という題から、七月七日の秋の月という設定を思いつき、「天の原光さしそふ鵲の鏡」と表現している。これも七月七日が半月の頃であり、半月で「破鏡」説話の「鵲鏡」と結び付くという趣向を眼目とした和歌である。まさに「七夕」伝説の「鵲の橋」と「破鏡」説話が影響しあって生まれた表現なのである。

以上、平安詩歌を中心に表現された「鵲」については、冒頭でまとめたように月と組み合わされる場合と、「七夕」伝説の「鵲の橋」という二つの観点から源流に遡り、受容の変遷を辿ってきた。月については「短歌行」と「破鏡」説話が典拠であり、『李嶠百詠』『初学記』等によって受容された点、「七夕」伝説の「鵲の橋」については、特に「霜」とともに詠まれることに注目し、その背景に「七夕」伝説の日本的受容があることを考察してきた。

「鵲」は、これらの説話を背景に、和漢問わず多くの詩人歌人達の創作意欲を刺激し数多くの詩や歌の中に詠まれていったのである。

注

（1）蔵中スミ氏「「かささぎの橋」―詩語から歌語へ―」（『帝塚山学院短期大学研究年報』23号、昭和五十年十二月）。

（2）注（1）の蔵中論文では、これらの観点のうち「月」と「鵲」の組み合わせの典拠の一つとして、魏武帝「短歌行」を引用され、また「鵲の渡せる橋に置く霜の白きを見れば夜ぞ更けにける」という家持歌に注目され、「鵲」が「霜」と結び付く特徴を持つことに言及されている。

（3）「破鏡」説話については、新間一美氏が、「大和物語蘆刈説話の原拠について―本事詩と両京新記―」（『甲南大学紀要　文学編80　国文学特集』平成三年三月）の中で「本詩辭」の例を含め、引用されておられるので、参照されたい。

（4）柳瀬喜代志氏編著『李嶠百二十詠索引』（東方書店、平成三年）。

（5）新間氏は、注（4）の中で源英明の「纖月賦」の「飛鵲猶慵」の「飛鵲」を、柿村重松氏『本朝文粋註釈』では、「七夕」伝説の鵲とされていることに触れられ、「破鏡」説話を典拠とする方が適切かとされている。

（6）『新撰万葉集』では第二句「嶺飛越斗」となっている。下巻の漢詩は、従来から問題点が、多々指摘されており、「斗」の表記にも疑問を感じるが、『新編国歌大観』で「みねとびこえて」と訓が付されているのに従いたいと思う。

（7）同歌は更に、『赤人集』に「かぜのふく」の題で「鵲の峰飛び分けて飛びゆけばみやま隠るる月かとぞ見る」という異文がある。

（8）金子彦二郎氏『平安時代文学と白氏文集―句題和歌、千載佳句編―』（培風館、昭和十八年）。

（9）『句題和歌』には同じ「入朝洛堤歩月」詩から「蟬去野風秋」の詩句を題とした「なく蟬の声高くのみ聞こゆるは（類従本句題和歌）秋すむ虫の秋ぞしるらし（宮内庁図書寮御本大江千里集）野にふく風の秋ぞしらるる」がある。

（10）但し、注（6）でも述べたように『新撰万葉集』下巻の漢詩句には疑問があるので、ここで「鵲鏡」と表現されたことが、直ちに当時の解釈とは言い難い。

（11）この月が満月であるという読みは、第十四回和漢比較学会大会において佐藤道生氏に御教示して頂いたものである。

（12）三木雅博氏編『紀長谷雄漢詩文集並び漢字索引』（和泉書院、平成四年）所収。

(13)『菅家文草』の引用については、日本古典文学大系本による。

(14)「星稀にして、鵲を繞せども、花爛くして、蜂を期せず」は、英明の「飛鵲猶ほ慵し」に影響を与えたかと思われるが、この「爛」という表現は白詩に特徴的に見られる表現である。小島憲之氏『古今集以前―詩と歌の交流―』（塙書房、昭和五十一年）。

(15)川口久雄氏は、「春管」を「春の笛の音律」と解釈されているが、ここでの意は、易経の気を候う法の管律を指すと思われる。四方を巡らした中で案の上に管を並べそこに灰を置き、その灰が散じれば気の到来を告げるというものであり、この場合は、少しでも早い春の到来を願う表現と解釈すべきであろう。

(16)『和歌童蒙抄』の「古歌」については、山田洋嗣氏が著者範兼が、典拠にあわせて和歌を自身で創作し、古歌としたという説をあげておられる（「『和歌童蒙抄』の注釈―「古歌」の問題を中心として―」『和歌文学研究』49号、昭和五十九年九月）。

(17)注（1）参照。

(18)この淮南子は逸文である。

(19)この指摘は、松浦友久氏もなされている（松浦友久氏『中国名詩集―美の歳月―』朝日文庫、平成四年）。

(20)運寸とは、一尺のことである。

(21)山崎誠氏「身延文庫本和漢朗詠註抄影印並びに翻刻」（『鎌倉時代語研究』第五輯、武蔵野書院、昭和五十七年）。なお、『身延文庫本和漢朗詠註抄』の存在については、三木雅博氏が御教え下さった。

(22)小島憲之氏「七夕をめぐる詩と歌」『上代日本文学と中国文学　中巻』第九章（塙書房、昭和三十九年）。

(23)吉川栄治氏「平安朝七夕考説―詩と歌のあいだ―」（和漢比較文学叢書3『中古文学と漢文学Ⅰ』汲古書院、昭和六十一年）。

(24)注（1）参照。

(25)『大和物語』新潮日本古典集成本。

(26)『白氏文集』の番号については第一章の一、注（11）参照。

(27)能宣は「鵲」と「鶴」の取り合わせでこの他にも和歌を詠んでいる。「七月七日、人々よみはべりしに、鵲の橋のみならず天の川雲居に渡す鶴も住むめり」なお、この例及び本稿の15の和歌の「たつ」に対し、注（24）の吉川論文では、『神仙伝』等の「七月七日」の項の「五龍」の記事を引き、「たつ」は「龍」の意とされたが、言葉の後ろにその意も込められている可能性はあるが、29の例等は、特に詞書に「鶴」と示されているため「鶴」と表記した。
(28)『身延文庫蔵和漢朗詠註抄』「七夕」部にも「風土記―略―或云見、天漢中有蚕々白気以此為」の記事が見られる。
(29)この和歌の異文が、『新古今集』に採られている。「夜や寒き衣や薄きかたそぎの行き合ひの間より霜や置くらむ」。
(30)この和歌は新編国歌大観本「人麻呂集」には所載されていない。本稿は、『私家集大成』Ⅱによる。Ⅲは四・五句が「一人かねる君を待ちかね」となっている。
(31)この他にも『懐風藻』(56)には出雲吉智首の「七夕」詩「―略―、仙車渡鵲橋、神駕越清流、天庭陳相喜、華閣釋離愁、河横天欲曙、更歎後期悠」という同じ趣向の詩が詠まれている。
(32)この李白と同じように妻が独り寝を「七夕」逢瀬の後の織姫に託して詠んだ詩が『経国集』巻十四にある。

七言。秋月夜。一首。　滋貞主

軽簾朗巻夜窓静。孤月閑来泛南端。白兔因蓂雲葉霽。恒娥竊薬仙居寒。渡河未見候輪湿。写鏡徒憐秋扇団。承袖攬之不盈手。為無繊陰通宵看。圓規満輝寰区飛。陰魄生来二八時。長楽鐘声伝漏久。衡陽鴈影下水遅。孤飛夜鵲檐枝怨。暗織昆虫機杼悲。賤妾単居不肯寐。風吹砧杵入双扉。年来歳去容華空。古往今来月影同。上郡良家戎津遠。辺庭蕩子塞途窮。貞筠不変緑窓色。暮柳先疎官路風。明月如非照妾意。那堪秋夜暗閨中。

(33)「長恨歌」本文は新潮古典集成『源氏物語』巻一の巻末に付けられた『金沢本白氏文集』本文に拠った。
(34)注(23)参照。
(35)この詞書の全文は、「七月七日孝清がかつらの山里にて帥中納言基綱をはじめて歌よまれけるに」というものである。
(36)『古今注』「鴛鴦」に「鴛鴦水鳥鳧類、雌雄未嘗相離、人得其一、則一者相思死、故謂之疋鳥」に記事がある。
(37)水野平次氏著、藤井貞和氏編『白楽天と日本文学』(大学堂書店、昭和五十七年)。
(38)本文は、新潮古典集成『源氏物語』による。

五　「王昭君」説話

――「みるからに鏡の影のつらきかな」歌――

一

『和漢朗詠集』において唯一個人名で部立にされた「王昭君」という美女の伝承[1]に注目することによって、「朗詠集」の伝承のあり方の一例としたい。

王昭君は、既に『凌雲集』の詩題に登場し、『源氏物語』では須磨巻の「胡の国に遣はしけむ女」等の表現に見られるだけでなく、絵合巻にも「長恨歌、王昭君などやうなる絵はおもしろく、あはれなれど……」の記述があり、長恨歌と同様に屛風絵の存在も想定され、日本人に馴染み深い女性であったと思われる。院政期にはそれらを採り上げて王昭君との関係を論じた歌学書、漢文を翻案した説話集である『唐物語』、『今昔物語』の震旦篇、『漢故事和歌集』、また『平家物語』『曾我物語』『太平記』等の文飾、そして謡曲「昭君」と、その影響は多岐に亘る。そして、日本文学に広く享受されるうち、王昭君にまつわる話は変容し、更にそれが次の時代の王昭君理解に影響を及ぼし、また新たな王昭君にまつわる文学が生まれて行った。

王昭君の伝承の展開を『新撰朗詠集』「王昭君」(659)に和歌としてただ一首採られた次の懐円作の『後拾遺集』歌を軸に考えたい。

みるからに鏡の影のつらきかなかからざりせばかからましやは　（後拾遺集・雑三・1018・懐円法師）

この和歌を創作する際、発想の基になった白楽天の詩句が『和漢朗詠集』に載っており、『和漢朗詠集』及び『新撰朗詠集』「王昭君」(659)（初句「みるたびに」）の後世の受容を考えるにあたって適当なものと考えられる。またこの歌は『後拾遺集』（雑三・1018）に収められて以降、『新撰朗詠集』他、『俊頼髄脳』『奥義抄』『和歌童蒙抄』『和歌色葉』等の歌学書及び『宝物集』『平家物語（延慶本）』『曾我物語（妙本寺本）』『唐物語』等の説話、軍記物語に引かれ、王昭君を詠んだ和歌の代表とされ、日本における王昭君の理解の基礎の一つとなっている。(2)「みるからに」の和歌が生まれた背景、さらに後の日本文学に及ぼした影響を考察することによって王昭君の伝承の受容と変遷を辿っていきたい。

「みるからに」の和歌を前に述べた関心から考察するにあたって、次の二つの問題点に留意したい。

一　この和歌が前記のように王昭君を詠んだ代表的な歌とされながら、歌の要である「鏡」が中国の王昭君説話（漢詩を含まない。以下同様に使う）及び歴史書にはでてこない要素である点。

二　「鏡」に映っている姿が絶世の美女である説と醜くやつれた果てた姿であるという対照的な両説が存在する点。

二

以下この歌の主題である「鏡」について考察して行きたい。

王昭君の履歴は『漢書』に引用され、『後漢書』を始め多くの書物に少しずつ形を変えて引かれている。しかし『新撰朗詠集』所収の匡衡の詩句「辺雲空く愧づ金を惜しむ名」(3)にもあるように、我が国においては絵師に賄賂を贈らなかったために醜く描かれそれ故に夷の妃にさせられた「悲劇の美女」としての王昭君像が最も一般的である。(4)この物語については『西京雑記』がよく引用されるが、(5)今回は同じ内容を述べながらより具体的な表現がなされている『琱玉集』を引用したい。(6)

王昭、前漢の南郡柿帰の人なり。其の端正なるを以て、選ばれて後宮に入る。漢の元帝の時、宮人美女悉く工をして其の形を図画せしめて、召して之を幸せんとす。昭君自ら美麗なるを以て画師に求めず。画師乃ち昭君を図して拙と為す。昭君是に於て御せらるること甚だ希なり。時に元帝、兇奴と和親し、宮人を嫁して之に与えんと欲す。乃ち画図を看て、其の醜なる者を取る。遂に昭君を召して出して兇奴に嫁せしむ。顔姿婉麗なるを見るに及んで、帝、意に悔いんと欲するも、以て詔を追ふべからず。遂に即ち之を遣はす。昭君発するに臨んで、泣涙して五言詩十二首を作り、漢帝に辞す。文多ければ録さず。前漢書に出づ。

ここには「みるからに」の和歌の重要な要素である「鏡」がでてこない。これは、他の王昭君説話も同様である。この和歌の「鏡」の問題に注目されたのが小林健二氏である。氏は「〝昭君〟考」(7)で、「昭君」全曲のイメージは、〈鏡〉によって大きく支配されている観がある。「鏡の能」という異称を持つのもうなずけよう。このように「昭君」が、〈鏡〉を重要なモチーフとしていることは明らかであるが、それでは、本説である昭君説話と〈鏡〉とは一体どの時点で結びついたのであろうか。

として「鏡」と王昭君の関係に注目し論じられた。その重要な要素である「鏡」が、本説である中国の王昭君に関する物語に見られない事に注目し、次のように考察された。

〈鏡〉というモチーフは中国の王昭君に関する物語や、その影響下にある日本の昭君説話中には見ることができず、我国に話が伝来した後、和歌の世界によって独自に創造され、説話の中に取り込まれていったということが言えそうである。

と、論じられ王昭君にまつわる「鏡」の源泉として、懐円法師の「みるからに鏡の影のつらきかな」の和歌を考えておられる。

しかし王昭君の話に登場する「鏡」は和歌の世界で独自に創造されたものではなく、既に漢詩の世界においては数多く見られる表現素材であった。

楽府題の「王昭君」詩の中で、早くは北周の庾信の詩にそうした例が見られる。以下『楽府詩集』所載の「王昭君」(8)詩から「鏡」の要素を含むものを時代順に抄出する。

1　庾信（北周）

拭啼辞戚里　　涙を拭《ぬぐ》ひて戚里を辞《じ》し
回顧望昭陽　　回顧して昭陽を望む
鏡失菱花影　　鏡は菱花の影を失ひ(9)
釵除却月梁　　釵は却月の梁を除《さ》る
囲腰無一尺　　囲腰は一尺無く
垂涙有千行　　垂涙は千行有り
衫身承馬汗　　衫身《さんしん》は馬の汗を承《う》け
紅袖払秋霜　　紅袖は秋の霜を払ふ
別曲真多恨　　別曲は真に恨み多く
哀絃須更張　　哀絃はすべからく更に張るべし

2　薛道衡（隋）

我本良家子　　我本良家の子
充選入椒庭。　選に充《あ》て椒庭に入る

—略—

自知蓮臉歇　　自ら蓮臉の歇《つ》くるを知り
羞看菱鏡明　　菱鏡の明らかなるを看るを羞づ

—略—

3　駱賓王（初唐）

斂容辞豹尾　　斂容豹尾を辞し
緘怨度龍鱗　　緘怨龍鱗に度《わた》る
金鈿明漢月　　金鈿《きんでん》漢月に明《て》り
玉筯染胡塵　　玉筯胡塵に染む
妝鏡菱花暗　　妝鏡菱花暗く
愁眉柳葉嚬　　愁眉柳葉嚬む
唯有清笳曲　　唯清笳の曲有りて
時聞芳樹春　　時に聞く芳樹の春を

4　董思恭（初唐）

琵琶馬上弾　　琵琶馬上に弾じ
行路曲中難　　行路曲中に難し
漢月正南遠　　漢月は正南に遠く
燕山直北寒　　燕山は直北に寒し
鬌鬘風払散　　鬌鬘は風払ひて散り

眉黛雪沾残　　眉黛は雪沾《うる》ほして残《そこな》ふ
斟酌紅顔尽　　紅顔の尽くるを斟酌すれば
何労鏡裏看　　何ぞ鏡裏に看るを労せん

5　顧朝陽（盛唐）

莫将鉛粉匣　　鉛粉の匣《こう》をも将《もち》ゐること莫く
不用鏡花光　　鏡花の光を用ゐず
一去辺城路　　一たび辺城の路に去れば
何情更画妝　　何の情があつて更に妝《しょう》を画かん
影銷胡地月　　影は胡地の月に銷《き》え
衣尽漢宮香　　衣は漢宮の香尽きたり
妾死非関命　　妾が死は命に関わるに非ず
祇縁怨断腸　　祇《た》だ怨みて腸を断つに縁《よ》る

以上、庾信の詩の「鏡は菱花の影を失ひ」、薛道衡の「菱鏡の明らかなるを看るを羞づ」、駱賓王の「妝鏡菱花暗く」、董思恭の「何ぞ鏡裏に看るを労せん」、顧朝陽の「鏡花の光を用ゐず」等中国詩人の王昭君を詠んだ漢詩に数多く「鏡」が採り上げられ、「鏡」と「王昭君」の取り合わせそのものは漢詩世界では古くからあったことがわかる。

王昭君の「鏡」は中国漢詩のみならず『経国集』においても詠まれており、日本でも受容されていたことがわかる。

6　『経国集』巻十四[10]

七言。奉試賦王昭君　　小野末嗣

一朝辞寵長沙陌　　一朝寵を辞す長沙の陌《まち》

万里愁聞行路難　　万里愁へて聞く行路難
漢地悠々随去尽　　漢地悠々として去るに随つて尽き
燕山迢々猶未殫　　燕山迢々として猶ほ未だ殫《つき》ず
青虫鬢影風吹破　　青虫の鬢影風吹き破り
黄月顔粧雪点残　　黄月の顔粧雪点じ残《そこな》ふ
出塞笛声腸闇絶　　塞を出づる笛声腸闇《あん》に絶ゆ
銷紅羅袖涙無乾　　紅を銷《け》す羅袖涙乾くこと無し
高巌猿叫重煙苦　　高巌猿叫んで重　煙《ちょうえん》苦しみ
遥嶺鴻飛隴水寒　　遥嶺鴻飛んで隴水《ろうすい》寒し
料識腰囲損昔日　　料《はか》り識る腰囲の昔日より損じ
何労毎向鏡中看　　何ぞ毎《つね》に鏡中に向つて看《み》るを労せむ

末句「何ぞ毎《つね》に鏡中に向つて看《み》るを労せむ」に「鏡」は出てくる。従って王昭君にまつわる「鏡」の要素は、懐円法師の「見るからに」の和歌が初出ではなく、平安初期の漢詩に存在したことがわかる。懐円法師の和歌は、むしろこれらの知識を踏まえた上で作られたと考えられる。

三

次にこの和歌に注目した第二の問題点である、この和歌について相反する二つの解釈について考察したい。

みるからに鏡の影のつらきかなかからざりせばかからましやは

上の句は「鏡をみるたび、そこに映ったわが姿が切ないことであるよ」で問題はないが、下の句「かからざりせばかからましやは」が従来別の二通りの解釈がなされてきた。それを各々の解釈のうち最も詳しい表現がなされている口語訳を挙げ、解釈「イ」「ロ」として解釈して引用したい。

イ　鏡を見るたびに鏡にうつったわが姿がせつないことよ。胡国などに来なかったら、こんなに容貌がおとろえることもなかったものをなあ。

藤本一恵氏　『後拾遺集』雑三　1018

川村晃生氏　『後拾遺集』雑三　1018

小泉弘氏　『宝物集』279

ロ　鏡を見るたびに、そこに映った私の顔かたちが堪えがたく思われるよ。こんなに美しくなければ、こんな夷の国で悲しい暮らしをしているだろうか。

橋本不美男氏　『歌論集』『俊頼髄脳[11]』

柿村重松氏　『和漢新撰朗詠集要解』王昭君

小林健二氏　「〝昭君〟考[12]」

「イ」の解釈では「鏡」が映し出したものは、胡国に不本意に連れて来られ、やつれ衰えた王昭君の姿であり、これに対して「ロ」の解釈の「鏡」が映し出したものは、世にも稀な美女王昭君であった。

この相反する二つの解釈について考えると、「こんなに美しくなかったら」という「ロ」の解釈は胡国へきてやつれたという王昭君を詠んだ漢詩と反し、また前に引用した『琱玉集』等からも明らかなように王昭君が胡国へ連れて来られてきた原因は美しかったためではなく、賄賂を贈らなかったことによりわざと醜く描かれたことが原因なので、中国漢文説話の内容ともそぐわないことになる。

では「イ」の解釈を採用してよいのだろうか。ここでは更に「みるからに」の和歌に影響を与えたと思われる漢字の内容を吟味することによって検討していきたい。

改めて王昭君の漢文説話と漢詩の内容を比べると、『琱玉集』等の散文説話は彼女が思いがけず胡国へ連れて行かれるに至った経緯の説明を主とするが、『文選』を始めとして、詩人達の主たる関心は漢宮廷を去った後の王昭君の心境を詠むことに主眼があることがわかる。

花ひとつ咲かない胡国への道すがら心を慰めるために馬上で弾く琵琶の音、遠去かる故国漢の風景、吹き荒ぶ雪や風。詩人達の関心は王昭君の悲劇の説明ではなく、悲劇に打ちひしがれる彼女の心と姿にあった。漢詩では散文には描かれていない殺伐とした旅路や、胡国での孤独に苦しみあえいでいる王昭君の様子が、様々な角度から表現されている。そこに描かれているのは、悲惨な境遇により美貌が損われて行く王昭君像であった。その具体的展開を見て行きたい。

四

胡国での王昭君の詩の原点は『文選』の石季倫の次の詩とされる。

7　「王明君詞」一首　五言幷序　　石季倫(13)

我本漢家子　　我本、漢家の子
将適単于庭　　将に単于の庭に適《とつ》がんとせり
——略——
昔為匣中玉　　昔は匣中の玉為《た》るも

今為糞上英　　今は糞上の英と為る
朝華不足歓　　朝華は歓ぶに足らず
甘与秋草并　　秋草と并せられんことに甘んず
伝語後世人　　後世の人に伝語せん
遠嫁難為情　　遠く嫁いでは情を為し難しと

王昭君の美貌が衰えるという表現の源泉はこの詩の「秋草とともに、しぼみ散ることに甘んじよう」の詩句の表現にみることができる。絶世の美女が衰えたことをどう表現するかという問題は、詩人達の創作意欲を大いに刺激したらしく、後世様々に表現された。初唐の郭元振の次の詩も同様である。

8　郭元振（初唐）(14)

自嫁単于国　　単于の国に嫁してより
長銜漢掖悲　　長く漢掖の悲しみを銜《ふく》む
容顔日憔悴　　容顔は日に憔悴し
有甚画図時　　画図の時より甚しき有り

―略―

ここでは、王昭君の容貌を「憔悴」とはっきり表現している。この系統で出色なものは李白の王昭君詩である。

9　「王昭君」　李白(15)

漢家秦地月　　漢家秦地の月
流影送明妃　　影を流して　明妃を送る
一上玉関道　　一たび玉関の道に上り

天涯去不帰　　　　天涯去つて帰らず
漢月還従東海出　　漢月還た東海より出づ
明妃西嫁無来日　　明妃　西に嫁して来る日なし
燕支長寒雪作花　　燕支長く寒く　雪は花を作す
蛾眉憔悴没胡沙　　蛾眉憔悴して胡沙に没す
生乏黄金枉図画　　生きては黄金に乏しく　枉げて図画せられ
死留青塚使人嗟　　死しては青塚を留めて　人をして嗟《なげ》かしむ

またこれと同じ発想で作られたのが、白楽天の次の詩である。

10「王昭君」　　　白楽天(16)

満面胡沙満鬢風　　面に満つる胡沙　鬢に満つる風
眉銷残黛臉銷紅　　眉は残黛を銷し臉は紅を銷せり
愁苦辛勤憔悴尽　　愁苦辛勤して憔悴し尽き
如今却似図画中　　如今却つて図画の中に似たり

ここには郭元振の詩と同様に、憔悴した王昭君の容貌とかつて偽りに醜く描かれた画図とを比べる趣向がある。王昭君が胡国へ行ったためにやつれたという内容を詠んだ漢詩は我が国にもある。『文華秀麗集』(楽府)所収の次の二首の漢詩である。

11「王昭君」一首　　　嵯峨天皇　御製(17)

弱歳辞漢闕　　弱歳にして漢闕を辞《さ》り
含愁入胡闕　　愁を含みて胡闕に入る

天涯千万里　　天涯千万里
一去更無還　　一たび去れば更に還ることも無し
沙漠壊蟬鬢　　沙漠は蟬鬢を壊《やぶ》り
風霜残玉顔　　風霜は玉顔を残《そこな》ふ
唯余長安月　　唯余《のこ》るは長安の月
照送幾重山　　照し送る幾重の山

12　奉和王昭君　一首　　藤原是雄

含悲向胡塞　　悲を含みて胡塞に向かひ
辞寵別長安　　寵を辞《ことわ》りて長安に別る
馬上関山遠　　馬上関山遠く
愁中行路難　　愁中行路難し
脂粉侵霜減　　脂粉は霜に侵されて減り
花簪冒雪残　　花簪は雪に冒されて残《そこな》はる
琵琶多哀怨　　琵琶に哀怨多し
何意更為弾　　何の意ありてか更に弾くことをなさむ

王昭君の容貌のやつれを詠んだ、11の嵯峨天皇の「沙漠は蟬鬢を壊り、風霜は玉顔を残ふ」藤原是雄の王昭君を主題とした12の「脂粉は霜に侵されて減り、花簪は雪を冒されて残はる」は6の小野末嗣の「青虫の鬢影風吹き破り、黄月の顔粧雪点じ残ふ」或いは「紅を銷す羅袖涙乾くこと無し」の詩句と相通じる。ここで改めて6の小野末嗣の詩に注目したい。この詩については小島憲之氏によって、1北周の庾信や4の初唐の董思恭の詩との関わりが既に指摘されているがここで改めて具体的に見ていきたい(18)。

末嗣の詩の第一、二句「一朝寵を辞す長沙の陌、万里愁へて聞く行路難」は1の庾信の第一、二句「涙を拭ひて戚里を辞し、回顧して昭陽を望む」末嗣の詩の第八句「紅を銷す羅袖涙乾くこと無し」は庾信の詩の第六、八句「垂涙は千行有り」「紅袖は秋の霜を払ふ」を思わせ、末嗣の詩の第十一句「料り識る腰囲の昔日より損じ」は庾信の第五句「囲腰は一尺無く」と同じ発想である。

同様に4の董思恭の詩との類似も見られる。末嗣の詩第三、四、五、六句の「漢地悠々として去るに随つて尽き、燕山迢々として猶ほ未だ殫ず。青虫の鬢影風吹き破り、黄月の顔粧雪点じ残ふ」は董思恭の第二、三、五、六句「行路曲中に難し。漢月は正南に遠く」「髻鬘は風払ひて散り、眉黛は雪沾ほして残ふ」を感じさせ、何より鏡が描かれている末嗣の末句「何ぞ毎に鏡中に向つて看るを労せむ」は董思恭の「何ぞ鏡裏に看るを労せん」とまったく同じ発想である。

このような表現の類似から、小野末嗣の王昭君の6の詩は小島説の通りこれら1の庾信や4の董思恭の中国漢詩を踏まえて作られたと考えられる。また同様に前にあげた『文華秀麗集』所収の11の嵯峨天皇や12の藤原是雄の王昭君を主題とした詩も、庾信や董思恭の詩の表現を充分意識して作られたと想像される。

以上のことから日本でも、中国漢詩に学び王昭君は胡国へ連れていかれたためにやつれ、美貌が衰えたという共通認識がかなり一般化していたことがうかがえる。

これらを踏まえ、問題の出発点に戻って改めて懐円法師の「みるからに鏡の影のつらきかな」の「鏡」が映した王昭君の容貌についても考察し直すと、二つの解釈のうち「イ」の「胡国などに来なかったら、こんなに容貌がおとろえることもなかったものをなあ」という解釈がふさわしく思われる。従って、懐円法師の「みるからに」の和歌の「鏡」はやつれた王昭君を映していることになる。

五

本項では、懐円の「みるからに」の歌の背景、特に白楽天の詩句をも考慮を入れた上で、歌の解釈について更に検討を加えたい。

10の白楽天の詩の第三、四句「愁苦辛勤して憔悴し尽き、如今却つて図画の中に似たり」は『和漢朗詠集』「王昭君」(698・白楽天)に採句されている。先に「イ」の解釈の代表としてあげた川村晃生氏は、この詩句を「みるからに鏡の影のつらきかな」歌の典拠とされ「こんな所に来なかったら、こんなに容貌が衰えることもなかったものを」と解釈されている。筆者も典拠については同意見だが、本稿ではより具体的に白楽天の詩句との関連を検討したい。

白楽天の詩句の特徴は「愁苦辛勤して憔悴し尽き」という「やつれ」の具体的状態を「如今却つて画図の中に似たり」と表現をしている点にある。これを典拠とするならば、王昭君が「鏡」を「みる」と、そこには「やつれ」た彼女が映しだされ、その醜さの程度はかつて偽りに描かれた「画」とよく似ているものであるということになる。つまり「画」の醜さは偽りだったのに、今「鏡」が映す「憔悴」した容貌は真実となった。そこで懐円法師は王昭君の心境を思い計って、その事実を「つらきかな」と詠んだのである。鏡に映ったのは、昔とすっかり面変りしてしまった自身の姿。これは胡国に来る原因となった偽りに醜く描かれた絵姿そのものではないか。この時の彼女の心境を「かからざりせばかからましやは」と表現したと考える。

すなわち第三句「かから」の「かくあり」とは憔悴した醜さを見、それが絵に描かれた偽りの醜い絵姿とそっくりであると彼女自身が気づいたその絶望的状態を表現していると考える。従って「かからざりせば」の仮定の内容を、「もし昔、現在の醜さのような偽りの描かれ方をされなかったならば」と読み取り、更に末句「かから」即ち絵と同じ醜い現実を「ましやは」と反実仮想している。強く望んではいるがそれは絶対にあり得ないという反実仮想の内容とは、昔どおりの美しさが今も変らずにあってほしいという願望と解釈する。まとめると以下のような解釈になる。(19)

今鏡に映し出されている醜い姿とそっくりな絵姿にあの時描かれなかったならば、偽りの絵姿と同じこの様な姿になっただろうか、いや決してならなかっただろう（私は美しいままでいられたのに）。

ところで、前に引用した「ロ」の「鏡を見るたびに、そこに映った私の顔かたちが堪えがたく思われるよ。こんなに美しくなければ、こんな夷の国で悲しい暮らしをしているだろうか」という解釈は王昭君に関する『瑚玉集』に代表される中国説話及び漢詩の内容とは異なるものである。ではなぜこのような解釈が生まれたのだろうか。

その原因を考えるために、この歌に対する『俊頼髄脳』の注釈を引く。

王昭君といふ人の、容姿のまことにすぐれて、めでたかりけるをたのみて、絵師に、物をも、心ざさずして、―略―。かからざりせばと詠めるは、わろからましかばたのまざらまし、とよめるなり。

すなわち、俊頼はこの歌を「鏡が真実を映すということを頼りに思い、その鏡が美しく私を映すので、その美しさを頼りにして賄賂を贈らなかった。もし、鏡の姿をあてにしなかったら、賄賂を贈ったのに。そうすれば、胡国に来ることもなかったろうに。」と解釈しているのである。

やや遅れて『和歌童蒙抄』も末尾に『和漢朗詠集』の詩句を引きながら「王昭君鏡を見るに形世にすぐれたるをみづからたのみて賄をせず」とやはりこの和歌の「鏡」には美貌の王昭君が映っていると解釈している。なぜ、この時代を代表する歌学者達は、王昭君がやつれてしまったという漢詩本来の解釈に反して、王昭君は美しいままであるという解釈をしたのであろうか。

そこで改めて「みるからに」和歌の「鏡」と、前に引用した漢詩に詠まれている「鏡」を比較してみると、そこに「鏡」の使われ方の違いがあるのに気づく。

1の庾信の詩句「鏡は菱花の影を失ひ」、3の駱賓王の「妝鏡菱花暗く」も、5の顧朝陽の「鏡花の光を用ゐず」も漢宮廷を去った今、我が身を映して装う必要がなくなり、その上に胡国の厳しい自然環境や自分の運命に対する絶望によって美貌が損われ、もはや映すべき姿を失ったため映す必要のなくなった鏡、使われなくなったために、鏡が輝きを失い空しい状態になったことを詠んでいる。2の隋の薛道衡の詩の「自ら蓮臉の歇くるを知り、菱鏡の明らかなるを看るを羞づ」の「蓮臉」とは、花顔即ち美しい顔である。それが衰えたために、見ることを恥じたのである。その結果使われなくなった鏡が詠まれたなかで生まれたのが、6の小野末嗣の「何ぞ毎に鏡中に向つて看ることを労せむ」であり、その発想の基になったのが4の董思恭の詩の「何ぞ鏡裏に看るを労せん」である。ここにはやつれ果て美しさを失ったと「斟酌」される自分が、一体なぜわざわざこのやつれた姿を映す鏡を見る労をとらねばならないだろうか、いやもはや鏡に映す必要などないと詠まれている。

それに対しこの懐円法師の和歌の「みるからに」の「鏡」は今まさに見ている鏡なのである。本来懐円法師は、胡国に行き刻々と美貌が衰えて行く彼女の状態を彼女の目を通して表現したのである。しかし、漢詩の表現では前述のようにやつれた姿はわざわざ鏡に映さなかった。ということは、逆に、彼女が見ていると表現されていれば、普通そこに美しい姿が映っていると解釈するのが自然である。つまり俊頼はこの「見る」という表現に引きずられたため、鏡を見ている以上そこには美しい姿が映っていると解釈したのではないだろうか。

この解釈は俊頼独自のものか院政期の一般的な解釈かは明らかではない。しかし「みるからに」の和歌が王昭君を題材とした代表的和歌としてこれ以降伝承されていったのは確かである。その伝承の過程で下の句の漠然とした表現ともあいまって、王昭君詩における「鏡」の詠まれ方が主流ではなくなり、新たな解釈が生まれた。漢詩では使われなくなった「鏡」が新しい解釈では今も使われていることになる。前に述べたように使われる「鏡」なら、それは美女を映しているのだろうという享受者の思いによって、美しい王昭君を映している新たな「鏡」の解釈が現われたと考える。

やがてこの和歌の「鏡」は、本来の王昭君の「鏡」である胡国での憔悴した姿を映している「鏡」ではなくなり、そこに映し出された美貌を頼りにしたばかりに絵師に賄賂を送らず醜く描かれてしまった、という王昭君の悲劇を招いた直接の原因と解釈されて行く。この鏡を胡国で見ていると解釈したか、漢の宮廷で見ていると解釈したかの区別は、歌の中に鏡の影に「たのむ」と表現されていれば、後者の解釈がなされていると判断できる。その一例が「みるからに」の歌を発展させたと考えられる『唐物語』の「うき世ぞとかつはしるしるはかなくも鏡の影をたのみけるかな」という『漢故事和歌集』にも採られている和歌である。「はかなくも鏡の影をたのみける」のだから、この鏡は美しい王昭君を映し出している。これは末文の「この人は鏡の影のくもりなきをのみたのみて、人の心の濁れる知らず」という表現とも符合する。時代は下がるがこの延長線上に謡曲『昭君』の「くもらぬ人の心こそ、まことを映す鏡なれ」という表現があると解釈される。この他には、『平家物語（延慶本）』も同様である。

王昭君と申は朝夕寵愛甚く、容顔美麗の人なりき。鏡の影を憑《たのみ》て黄金を不送故に、あらぬ形に被移《うつされ》て、九重の都を立離れ、万里の越地に赴きし、別の未だ悲き玄城長くとざせり。

そして和歌の世界でもこの解釈の影響を受けて行く。いくつか引用すると、長承三（一一三四）年『為忠初度百首』には、『唐物語』と同じ「鏡」の解釈がなされた次の和歌が詠まれている。

くやしくも鏡の影を頼みつつ千々の黄金をつくさざりける（634）

『俊頼髄脳』の俊頼も『永久四年百首』で「王昭君」の題で次のように詠んでいる。

見えばやなみえばさりとも思ひ出づる鏡に身をもかへてけるかな（730）

この歌の解釈については次章で触れるが、「思い出づる鏡」とは美しかった王昭君を映していた鏡であったことだけは確かである。

このように見てくると、懐円法師の「みるからに」の和歌が『新撰朗詠集』に採られた時代、つまり院政期この和歌の理解は『俊頼髄脳』の解釈のように「こんなに美しくなかったら、鏡の影を頼りにしなかったであろうから、皆と同じく賄賂を贈り、そうすればこのような悲しい境遇にも会わなかったであろうに」というものだったと考えられ、先にあげた「ロ」の解釈が主流であったと考えられる。

六

しかし、王昭君の「鏡」は美しかった王昭君を映していたとばかり理解されてきたわけではない。前に引用した『為忠初度百首』の次の和歌は、懐円法師とまったく同じ手法で白楽天の詩句を踏まえて詠まれている。

　嘆くまに鏡の影ぞかはりゆくこや絵にかける姿なるらん

ここで、王昭君が「鏡」の中に見たものは、かつては偽りだった醜い絵姿とそっくりの変わり果てた容貌であった。さらに漢籍に造詣が深い後京極良経などは、『和漢朗詠集』の白楽天の詩句からだけではなく王昭君のさまざまな漢詩から「鏡」の詠み方を直接学び、自分のものとして、良経なりの和歌をつくっている様子がうかがえる。その成果が『摘題和歌集』にある「昭君昔情」と題した次の三つの和歌である。

　つくづくとなれし昔を思ふにも鏡の影のなほつらきかな

　しらざりつ映せばあらぬ姿にてこしぢにしづむ身とならむとは

　世とともにふりにし里を恋ましや鏡の影にかはらざりせば

これらの「鏡」は王昭君詩における伝統的な「鏡」の詠み方を踏まえ、さらにそこに「昔情」という時の流れも盛り込み、漢の宮廷での華やかな昔を思い出しながら面変りした現在の自分を残酷に映し出す鏡を見ているという趣向をとっている。

藤原定家も若き時の野心的作品である『二見浦百首』の中で、楊貴妃や上陽人、陵園妾、李夫人ら悲劇の美女に関し各々一首ずつ詠んでおり、その中の王昭君についての和歌はやはり「鏡」が詠み込まれている。王昭君の悲劇を最も象徴的に表現しようとする時、定家は「鏡」を選んだのである。

うつすとも曇あらじと頼みこし鏡のかげのまづつらきかな　（拾遺愚草・198）

この和歌には二つの場面での鏡が詠み込まれている。一つはかつて真実を映すことを信じ、自分の美しさを保証してくれることを頼りにしていた昔の「鏡」と、その「鏡」を思い出しながら容貌の衰えた真実の自分を残酷に映し出している現在の「鏡」である。良経の歌にもみられたが、末句の「つらきかな」に懐円歌への意識がみてとれる。そしてこの歌が参考としたのが、先に引いた俊頼の「見えばやなみえばさりとも思ひ出づる鏡に身をもかへてけるかな」の歌ではないだろうか。「見えばや」とは現在やつれてしまった彼女が、もはや鏡に映らないかつての美しい自分を「思い出の鏡」に映しだしてみたい、という絶望ととる。歌の解釈は「もう一度、思い出の中にある美しかった自分を映した鏡に、美しい自分を見てみたいな。でもあの鏡に映った美しさをあてにしたために、それを頼りにしてしまい我が運命が変ってしまったことであるよ。」となる。この「見えばや」の歌に刺激を受け、定家は和歌で受容されてきた美女王昭君を映す「鏡」と、漢詩の伝統の中で詠まれてきた憔悴した王昭君を映し出している「鏡」という二つの「鏡」を見事に一首の中に詠んでいるのである。

以上の『和漢朗詠集』の詩句を基に『後拾遺集』所収「みるからに」（雑三・1018）の和歌を材料として、「鏡」が何を映したかという点を、考察の手がかりにしながら、王昭君説話の中国から日本における伝承の変遷を述べてきた。

王昭君にまつわる伝承は、主に漢文説話よりも主として漢詩の世界で展開されてきた。散文以上に多様な読解を許す韻文であったために、そこから様々な王昭君像が生み出されていったのである。

本稿で取り上げた「鏡」の要素も漢詩によって生まれたものである。だからこそ一つの王昭君理解に強く囚われることなく、「鏡」の詠まれ方を変える解釈をも許し、またそれによって新たな王昭君像が膨らんでいったのである。その新たな「鏡」の解釈の成立に「みるからに」の和歌とそれに対する俊頼の解釈が大きな役割を果たしたと論じてきた。それは王昭君伝承の舞台が主に漢詩文世界から和文世界に広がっていった故とも考えられる。そしてこれは『和漢朗詠集』以前の文学から『新撰朗詠集』頃の時代及びそれ以後の文学の流れとも呼応するように思われるのである。

注

（1）『和漢朗詠集』の「王昭君」の部立があるのは恐らく『千載佳句』の部立を踏襲したためであろう。その『千載佳句』が同じく悲劇の美女である楊貴妃や上陽人、陵園妾、李夫人らではなく、王昭君の部立を設けたのは、白楽天によって文学的生命を得た楊貴妃らと違い、王昭君は『漢書』『後漢書』『文選』に既に記され、また楽府題としても親しまれており、より古典的存在として平安朝には理解されてきたためと思われる。

（2）『後拾遺集』雑三（1018）。他一本初句「みるたびに」。『宝物集』（新日本古典文学大系本では、作者が快円法師となっている。快円法師の伝記についてはその補注に触れられている）。また、『新撰朗詠集』「王昭君」でも、初句が「みるたびに」（659）となっており、作者名が快円となっている。

（3）『新撰朗詠集』「王昭君」（657・658）の中に匡衡の詩聯（『江吏部集』中巻所収）が以下の二聯が採られている。

九重恩薄羅裾去　万里路遥画鼓迎

漢月不知懐土涙　辺雲空愧惜金名

（4）王昭君の話は『漢書』巻九十四、「匈奴伝」第六四下に「王昭君号寧胡閼氏、生一男伊屠智牙師、為右日逐王、呼韓邪立二十八年、建始二年死」と簡単に略歴があり、『後漢書』「南匈奴列伝」第七十九にも採られているが、その内容は『西京雑記』『琱玉集』等とまったく異なり、画工のことには関係がなく、王昭君は宮中に入って数年の間、元帝に召されなかったのを悲しみ憤って、自ら進んで宮廷の長官に請うて、呼韓邪単于に賜わる五人の宮女の数に入ったことになっている（『琴操』もこの系統に属する）。王昭君説話にはこの両説があるが漢詩世界に影響を与えたのは『琱玉集』系の説話である（『世説新語』『西京雑記』もとほぼ同じ内容を伝えている）。

今回の主題の「鏡」は出てこないが、唐代中頃には「王昭君変文」が流布し、王昭君説話は民間に講唱され口承世界でも愛されたことがわかる。川口久雄氏「敦煌変文の素材と日本文学―王昭君変文と我国における王昭君説話―」（『金沢大学法文部論集（文学篇）』（昭和三十九年三月）に詳しい。

（5）劉歆『増訂漢魏叢書　二　西京雑記』

元帝後宮既多、不得常見、乃使画工図形、案図召幸之、諸宮人皆賂画工、多者十万、少者亦不減五万、独王嬙不肯、遂不得見、匈奴入朝、求美人為閼氏、於是上案図、以昭君行、及去召見、貌為後宮第一、善応対挙止閑雅、帝悔之、而名籍已定、帝重信于外国、故不復更人、乃窮案其事、画工皆棄市、籍其家、資皆巨万、画工有杜陵毛延寿、為人形、醜好老少、必得其真、安陵陳敞、新豊劉白龍寛、並工為牛馬飛鳥衆勢人形、好醜不逮延寿、下杜陽望亦善画、尤善布色、樊育亦善布色、同日棄市、京師画工、於是差稀（増訂漢魏叢書二）

（6）柳瀬喜代志・矢作武両氏著『琱玉集注釋』（汲古書院、昭和六十年）。

（7）小林健二氏「〝昭君〟考」（『国文学研究資料館紀要』7号、昭和五十六年三月）謡曲「昭君」の典拠を考察されたもの。

（8）『楽府詩集』第二十九巻　相和歌辞四「王昭君」は、中華書局版を使用し、本文はその校定に従った。以後「鏡」を含む駱賓王、顧朝陽、薛道衡、董思恭、郭元振の王昭君詩は『楽府詩集』第二十九巻　相和歌辞四「王昭君」から採取した。

庾信のこの詩は『先秦漢魏晋南北朝詩』巻二「昭君辞応詔」、『文苑英華』巻二百四「昭君怨」、『庾開府詩集』上、『詩紀』巻百十四にも所収されている。『庾信集』は正倉院文書に既に見られ、日本に早くから伝えられ影響を与えたことは、小島憲之氏著『上代日本文学と中国文学　下』（塙書房、昭和四十年）第七篇「奈良朝文学より平安初頭文学」よって指摘されている。『駱賓王詩集』は『日本国見在書目録』に記録がみられる。

（9）「菱花」は鏡のことである。趙飛燕がその美しい姿を映したとされる七尺の菱の花を型取った鏡に由来し、菱や花とともに使われた鏡は美女を映すものである。

（10）『本朝一人一首』巻二所収。小島憲之氏の（新日本古典文学大系、平成六年）本により引用した。『群書類従』巻百二十五所収の『経国集』では、小野未嗣となっており、また第九句「高巌猿叫重煙苦」の「煙」が「壇」となっている。

（11）『俊頼髄脳』（小学館古典文学全集『歌論集』昭和五十年）の注釈において橋本不美男氏は、この部分を「鏡を見るたびに、正確に映す物の姿に無情を感じる。もしもあの王昭君がたいした容姿でなかったならば、こうも思い悩まなかったものを」と、俊頼がこの歌を元帝が詠んだものと解釈されている。これは王昭君の説話引用の後「みかど、恋しさに、思し召しわづらひて、云々」の王昭君を惜しむ帝の心を想像した文章が書かれ、その後に続けて「この心を詠める歌なり」とあるので、「この心」をその帝の悲嘆と受けとめて解釈されているが、ここは王昭君説話引用の話を一旦区切りをつけたとして考え、全体を受けて「この心を詠める歌なり。」と評したと解釈する。従って「わろからましかばたのまざらまし」を、王昭君自身の述懐とし、この和歌を「もしも鏡に映った私の容姿が悪かったのなら容姿を頼みにはしなかったものを」と俊頼は解釈していたと読み取りたい。これは「王昭君といふ人の、容姿のまことにすぐれて、めでたかりけるをたのみて」の部分とも呼応する。従ってこの和歌の俊頼の解釈によると、鏡は美しい彼女を映している事になる。

(12) 藤本一恵氏『後拾遺和歌集』(講談社学術文庫、昭和五十八年)、川村晃生氏『後拾遺和歌集』(和泉書院、平成三年)、小泉弘・山田昭全両氏『宝物集』(岩波新日本古典文学大系、平成六年)、柿村重松氏『和漢新撰朗詠集要解』王昭君(目黒書店、昭和六年)、橋本不美男氏『歌論集俊頼髄脳』(小学館日本古典文学全集、昭和五十年)、小林健二氏注(7)に既出。

(13) 花房英樹氏『文選』4、全釈漢文大系29(集英社、昭和四十九年)。

(14) 『楽府詩集』第二十九巻　相和歌辞四「王昭君」所収。全唐詩では郭震と表記。

(15) 久保天随氏『李白全詩集』上巻(日本図書センター、昭和五十三年)『続国訳漢文大成』の復刻版。

(16) 『白氏文集』巻十四　律詩 (0805)「王昭君」二首時年十七(新釈漢文大系99『白氏文集　三』明治書院、昭和六十三年)所収。

「王昭君」詩二首のうちもう一首「漢使却回憑寄語、黄金何日贖蛾眉。君主若問妾顔色、莫道不如宮裏時」については、山内春夫氏「「王昭君」詩考—特に白居易の詩について—」(『橘茂先生古稀記念論文集』橘茂先生古希記念論文集編集委員会編、昭和五十五年)詳しく考察されている。

(17) 小島憲之氏『文華秀麗集』(岩波日本古典文学大系、昭和三十九年)。

(18) 注(8)の小島憲之氏の御著書。

(19) この解釈に関しては新間一美先生の御教示を頂きました。

六　「王質爛柯」と「劉阮天台」

――中世漢故事変容の諸相――

はじめに

『新古今集』に式子内親王の次の和歌がある。(1)

後白河院かくれさせ給てのち、百首歌に　　式子内親王

斧の柄の朽ちし昔は遠けれどありしにもあらぬ世をも経る哉　（新古今集・雑中・1672）

父後白河院の御代を「斧の柄の朽ちし昔」と恋しがる。「斧の柄の朽ちし」とは「王質爛柯」の故事に基づいている。『新古今注』はこの歌を次のように注釈している。

「斧の柄の朽し昔は」とは、王質といふもの、木をこりに、商山といふ山へ入けるに、二人童子の碁を打つを見て、わづかに半日と思へば手に持ちたる斧の柄朽たり。驚きて、我方へ帰れば七世の孫に会ひたり。其あひだ六百年を経たりと言へり。―略―　（新古今注）(2)

樵の王質が山に入ると、二人の童が碁を打っているのに出くわす。半日ばかり見ているうちに、気がつくと手に持っていた斧の柄が朽ちていた。驚いて帰ってみると七世代先の孫と対面した。この注には、大きな問題がある。原拠である「王質爛柯」には、王質が「七世の孫」に会う記事はないのである。

晋書曰、王質入山斫木見二童囲碁坐観之。及起斧柯已爛矣。　（太平御覧・753・工芸部・囲碁）(3)

「七世の孫」が出てくるのは「王質爛柯」ではなく、『続斉諧記』や『幽明録』所引の「劉阮天台」（『蒙求』標題名）と呼ばれる別な漢故事なのである。(4)

後漢の時代、劉晨と阮肇が天台山で迷い、常春の村で美女と半年を過ごす。ところが望郷の念にかられ、帰ってみるとあたりの風景が変り見知った者もいない。やっと見覚えのある顔に出会うと、なんとそれは自分の「七世の孫」であった、という漢故事が「劉阮天台」である。

『新古今注』の「王質が七世の孫に会う」説話は、「王質爛柯」に「劉阮天台」という異なる二つの仙境説話が結び付き生れた説話である。異なる二つの仙境説話が、いつ、どのようにして結び付いたのか。それが受け入れられたのは、なぜであろうか。

一

『新古今注』の成立は、おおよそ室町頃とはっきりしていない。(5) 式子内親王の「斧の柄の朽ちし」歌の本歌である紀友則の「斧の柄の朽ちし」歌に対する古注を見て行く。

筑紫に侍りける時に、まかりかよひつつ碁打ちける人のもとに、京に帰りまうできてつかはしける

故郷は見しごともあらず斧の柄の朽ちし所ぞ恋しかりける　紀　友則

（古今集・雑下・991）

「王質が七世の孫に会う」説話は『古今集』の古注『栄雅抄』にもある。

―略―斧の柄の朽ちし所とは、晋の王質と云もの薪をこりに山に行たれば、仙宮に入て、仙人の碁を打つを見て、半日と思ひてたちぬれば七世の孫にあひたり。此心を碁を打ちたるによりて思ひよそへり。

（栄雅抄）

『栄雅抄』成立は十五世紀末頃である。十三世紀後半頃成立の宮内庁書陵部本『古今集抄』もほぼ同じ内容である。(6)

南仲記云、晋王質といひし木切の博明山といふに迷て、仙人の囲碁をうつを一番見るほどに、つがへたる斧の柄朽ちにけり。古里へかへりたりければ、七世の孫にあへり。其心をよめり。詩の心也。

（宮内庁書陵部本『古今集抄』）

この『古今集』の注で「王質が七世の孫に会う」説話を用いた最も早い例は、建久年間（一一九〇～一一九八）成立の『和歌色葉』である。『和歌色葉』の友則の「故郷は見しごともあらず」歌の注に「王質が七世の孫に会う」説話がある。

是は晋の王質と云ふ人の博胡山と云ふ山にまどひてありきけるほどに、仙人の囲碁うつ所にいたりにけり。しばらくゐて一番をみける程に、つかへたる斧の柄は朽ちて折れにけり。斧とはよきまさかりとて木をきるもの也。それに驚きて家にかへらむとするに、頭のかみかうべを七めぐり老ひたりけり。さわぎ帰りて見ればありし姿も失せて、見し人もなくなりて、いづくか我家ともおぼえざりけるを古人に問ひければ、四五百歳が先にぞ我七代の祖は山にまよひてうせにけると言ひ伝へたる。かへりて七世の孫にぞあへりける。朗詠抄云、謬入仙家雖為半日之客、恐帰旧里纔逢七世之孫、云々。

（和歌色葉・難歌会釈／古今集・48）[7]

先行歌学書も友則歌を注しているが、「王質が七世の孫に会う」説話を注文に用いるのは『和歌色葉』からである。『和歌色葉』の注文の末尾「朗詠抄云、謬入仙家雖為半日之客、恐帰旧里纔逢七世之孫、云々」に注目したい。「朗詠抄云」とは、十一世紀初頭の藤原公任撰の『和漢朗詠集』を指す[8]。「謬入仙家雖為半日之客、恐帰旧里纔逢七世之孫」の詩句は『和漢朗詠集』の「仙家」（545）に採られていた[9]。

『和歌色葉』がこの詩句を引用したということは、この詩句を「王質が七世の孫に会う」と解釈したことを意味する。では、この詩句の典拠である『和漢朗詠集』の古注では「謬入仙家雖為半日之客、恐帰旧里纔逢七世之孫」はどのように解釈されてきたかを見て行きたい。

『和漢朗詠集』の最初の本格的な注は、応保元（一一六一）年頃成立の信阿の『和漢朗詠集私注』（以後、『私注』と略す）である。『私注』では、この詩句の本説を「王質爛柯」とはしていない。

亭子院宴会序。後江相公。以院喩仙会意歟。俗斉諧記曰、漢明帝永平十五年、剡県有劉晨、阮肇二人。共入天台山採薬。忽迷失路。糧食尽乏。望山頭有一樹桃。二人共取食。—略—見二女子。顔容要妙絶世。—略—遂住半年、天気和適、如二三月中。百鳥哀鳴能不悲思。求去甚切。喚諸女作琴歌。共劉阮去。—略—都无相識。郷里怪異。乃験七世子孫、伝聞上世祖翁入山去。—略—私云、劉阮住山半年也。今作半日也。何為証拠引此文乎。答曰、文章之意云々。　（私注・387）[10]

『私注』は『続斉諧記』の「劉阮天台」故事を書承している。つまり、『私注』では、「七世の孫」が「劉阮天台」の表現であることを明示している。

『和漢朗詠集』古注諸本で「王質が七世の孫に会う」説話が現われるのは、鎌倉初中期成立と考えられる『和漢朗詠集永済注』（以後、『永済注』と略す）からである。[11]

—略—半日客とい《ママ》は本文也。晋の元帝の時、王質と云者、斧を、腰にはさみて、山に入りぬ。山の中に、二人の童、囲碁を打ちて居たりければ、王質、斧を庿の下にしきて、しばらく見居たるほどに、日暮方になりぬれば驚きて帰らむとするに、この斧の柄朽ちたりければ、あやしみ驚きて、薪を伐らずして家に帰りぬ。見れば、所は、それながら有様みな変れり。人に問へども知れる者無し。人有りて告げて云く、我伝へて聞く、わが先祖に山に入て、帰らざりける人ありけり。君、もし其人歟。よく尋ぬれば、七代のむ孫になんありける。晋書に見えたり。此本文、或は、武陵桃源の事也とも言へり。可尋也。　（永済注・384）[12]

「劉晨・阮肇が七世の孫に会う」『私注』は、応保元（一一六一）年頃の成立だった。建久年間（一一九〇～一一九八）成立の『和歌色葉』で初めて「王質が七世の孫に会う」記事が現われる。そして『永済注』がほぼ同じ内容なのである。しかし『私注』から『和歌色葉』に至る間に「王質が七世の孫に会う」説話が生れたとは言い切れない。『和漢朗詠集』の古注である『私注』と『永済注』の注釈態度を見比べたい。『私注』は『続斉諧記』を書承し、引用しているのに対し、『永済注』は、漢故事を翻案し、和習化した注文である。つまり、『私注』には、詩句の原拠を明らかにしようとする学究的態度が見られる。『私注』の末尾の「私云、劉阮住山半年也。今作半日也。何為証拠引此文乎。答曰、文章之意云々。」というただし書きに注目したい。「劉阮天台」では「半年」であったのが、この詩句では「半日」となっている点を、漢故事を文飾として受容する際の常套的手法だと述べている。ここに、この詩句があくまでも「劉阮天台」説話に基づくものだというこだわりを持っている『私注』の姿勢が読み取れる。

『和漢朗詠集』は歌学書の注文や歌の本説として用いられていた他、軍記・説話にも文飾として頻繁に用いられた[13]。そのためにも、できるだけわかりやすい解説が望まれたと想像される。その現われが『永済注』の「王質が七世の孫に会う」という解釈であると思われる。原拠を求めるより、当時の人々の常識に基づいた説明をすることで、『和漢朗詠集』の理解を助けようとするところに永済の目的があったと思われる。

もう少し踏み込んで見ると『私注』には、「王質が七世の孫に会う」説話は原拠と異なるのだ、と正したい思いがあるのではないか[14]。とすれば、「王質が七世の孫に会った」という解釈が、当時の常識となりつつあったということになる。

その説の裏付けとなるのが、『私注』成立以前の久安六（一一五〇）年、既に「王質が七世の孫に会う」説話に基づいて詠まれた次の和歌である。

わが恋は斧の柄朽ちし人なれや会はで七世も過ぎぬべきかな　崇徳院（久安百首・恋・78）

「斧の柄朽ちし人なれや」と「七世も過ぎぬべきかな」という表現から崇徳院が「王質爛柯」と「劉阮天台」の二つの故事を結び付け、「王質が七世の孫に会う」と解釈していたことがわかる。十二世紀半ばに、既に「王質が七世の孫に会う」説話が受容されていたと考えられるのである。

二

では、なぜ「王質が七世の孫に会う」という和製説話が生れたのであろうか。それは「斧の柄朽たす」「王質爛柯」と「七世の孫に会う」「劉阮天台」、さらに桃源郷の「武陵桃源」(『蒙求』標題名)等の仙境説話が同じ次元のものとして同じ文脈で受容され用いられたからである。その例が、『源氏物語』胡蝶巻(15)の六条院の冒頭場面である。

弥生の二十日あまりのころほひ、春の御前のありさま、常よりことに尽くしてにほふ花の色、鳥の声、ほかの里には、まだ古りぬにやと、めづらしう見え聞こゆ。―略―唐めいたる船造らせたまひける―略―龍頭鷁首を、唐のよそひに、ことことしうしつらひて、梶取の棹さす童べ、皆みづら結ひて、唐土だたせて、さる大きなる池のなかにさし出でたれば、まことの知らぬ国に来たらむここちして、―略―ほかには盛り過ぎたる桜も、今盛りにほほゑみ、廊をめぐれる藤の色も、こまやかに開けゆきにけり。

―略―ものの絵やうにも描き取らまほしき、まことに斧の柄も朽いつべう思ひつつ、日を暮らす。―略―

亀の上の山もたづねじ船のうちに老いせぬ名をばここに残さむ

春の日のうららにさしてゆく船は棹のしづくも花ぞ散りける

などやうの、はかなごとどもを、心々に言ひかはしつつ、行く方も、帰らむ里も忘れぬべう、若き人々の心をうつすに、ことわりなる水の面になむ。(源氏物語・胡蝶)

紫の上が主催者となって、中宮の女房を招き、殿上人・皇子も招いて舟楽を催す場面で「王質爛柯」「劉阮天台」等、様々な仙境説話に基づいた表現が駆使され、きらびやかな宴を描いていた。

十四世紀半、貞治元（一三六二）年成立の『河海抄』では、「斧の柄も朽いつべう思ひつつ、日を暮らす」「亀の上の山もたづねじ船のうちに老いせぬ名をばここに残さむ」「行く方も、帰らむ里も忘れぬべう」に対して、それぞれ『郡国志』所引「王質爛柯」、『白氏文集』所引「海漫漫　戒求也」(128)、『続斉諧記』所引「劉阮天台」を引く。慶長三（一五九八）年成立『岷江入楚』は「行く方も、帰らむ里も忘れぬべう」に対し、桃源郷の故事「武陵桃源」も指摘する。(16)

古注の指摘箇所のみならず、『源氏物語』胡蝶巻の舞台そのものが「弥生の二十日あまりのころ」にもかかわらず「常よりことに尽くしてにほふ花の色、鳥の声、ほかの里には、まだ古りぬにや」「ほかには盛り過ぎたる桜も、今盛りにほほゑみ」と、他では桜も散っているのにもかかわらず、ここでは桜もいつもより美しく色づき、鶯も今を盛りに鳴く、異常に永く続く春の表現がなされていた。これは「劉阮天台」の「遂住半年。天気和適、常如三二月、百鳥哀鳴」（『続斉諧記』）(17)、と劉晨・阮肇がいた半年の間ずっと春で草木が咲き、鳥が鳴いていたという常春の表現と一致する。

「武陵桃源」とも指摘箇所以外、『源氏物語』胡蝶巻の場面設定として数多くの一致がある。『蒙求』の「武陵桃源」所引の陶淵明の『桃花源記』を一部引用する。

陶潜桃花源記云、晋太元中、武陵人捕魚縁渓往。忽逢桃林。夾岸芳華鮮美、落英繽粉。―略―黄髪垂髫、怡然自楽。(18)

（蒙求・武陵桃源）

舟を進めて行くうちいきなり鮮烈な色彩が視界に飛び込み、そこには異国のごとき人がいたという「武陵桃源」の漁師の驚きと、唐風の童が棹さす唐風の船に乗った秋好中宮の女房達の目に、絵に描いた様な花盛りの風景が飛び込み、「知らぬ国に来たらむここち」して驚く趣向が似ている。また「芳華鮮美、落英繽粉」という華やかな印象も、『源氏物語』胡蝶巻の絢爛豪華な場面に通じる。

『古注蒙求』では華やかな色彩の「武陵桃源」(343)と常に春が続く仙境に美女が住む「劉阮天台」(344)の故事が標題として対となっていた。主にこの二つの仙境故事によって平安人は仙境を想像した。『源氏物語』胡蝶巻では「武陵桃源」「劉阮天台」と同じ文脈で「まことにをの柄もくたいつべう思ひつつ、日を暮らす」の「王質爛柯」の故事が用いられていた。

『本朝文粋』巻十所収の上皇等の宴に献上した詩序の表現に基づいて『源氏物語』胡蝶巻が作り上げられており、その際、最も強い影響を与えたのが大江朝綱の「落花乱舞衣」(306)の詩序であることを以前指摘した。[19] その一節が『和漢朗詠集』「仙家」(545)の「謬入仙家雖為半日之客、恐帰旧里纔逢七世之孫」なのである。

三

『本朝文粋』巻十・306の大江朝綱の詩序について考察していく。

暮春同賦落花乱舞衣。各分一字応太上皇製後江相公

紫宮之東、横街之北、不経幾程、有一仙居。―略―於是遠尋姑射之岫、誰伝鶯謌。亦問無何之郷、不奏蝶舞。抜俗之韻雖高、賞物之跡猶闕。是則我皇、仁及動殖。徳邁襄古也。―略―人間勝事、於是尽。―略―臣謬入仙家、雖為半日之客、恐帰旧里、纔逢七世之孫―略―謹序。

(本朝文粋・巻十・306)[20]

これは、天暦三(九四九)年三月十一日に行われた朱雀法皇の暮春の宴に際し、大江朝綱が「落花乱舞衣」の題を賜り、進呈した詩序である。華やかな表現は総て胡蝶巻の描写に似ているが、ここでは特に仙境故事によって、上皇の威徳を讃える表現をしている点と、胡蝶巻の表現が一致する点に注目したい。「姑射の山を尋ねても、鶯の歌を伝

えたものは誰もおらず、仙境の無何の郷を尋ねても蝶の舞を誰も奏上しない。仙境がどんなに高潔であろうとも、賞美する点では劣っている。それに比べ、我が君の偉大な徳は、遍く生きているもの全てに及ぶ」と讃えている。そして「人間勝事、於是而尽」と主催者を讃える。胡蝶巻でも、招かれた女房が「亀の上の山もたづねじ船のうちに老いせぬ名をばここに残さむ」と「蓬莱山を探す必要がない、仙境とは、この宴そのものである」と讃えた歌を詠んでいた。

胡蝶巻の「斧の柄も朽いつべう思ひつつ、日を暮らす」「行く方も、帰らむ里も忘れぬべう」という表現は、『和漢朗詠集』「仙家」所収「謬入仙家雖為半日之客、恐帰旧里纔逢七世之孫」(545)と同じである。この詩句は、朱雀上皇の宴での己れを「間違って仙家に入り込んで、半日過ごし」たようなものであるとし、その結果「きっと七世の孫に会うでしょう」と招かれた感激を表現したものである。『私注』の「以院喩仙会意歟。」という指摘は、卓見というべきであろう。胡蝶巻や朝綱の詩序が、宴を仙境的世界として表現したのは、宴の主催者の徳を讃えるためであった。

和歌にも「斧の柄朽たす」表現で御代を讃えた用例がある。

斧の柄を朽たす山人帰へりきて見るとも君が御代は変らじ　従三位頼政
(風雅和歌集・賀・2160・前参議経盛、賀茂社にて歌合し侍りけるに祝の心を／頼政集・312)

君が代は斧の柄朽ちし山人の千度帰へらむ時も変らじ　俊成
(久安百首・慶賀・884)

仙境ならば斧の柄が朽ちて帰ると世がすっかりと変り七世の孫に会うことになるが、仙境のようにすばらしくとも、これは仙境ではなく君が御代だから決して変らないという意である。さらに時代は下るが、これらと同じ趣向で、明らかに「王質が七世の孫に会う」説話を受容した例をあげたい。

わが君は斧の柄朽ちし年をへて民の七世の末に会ふまで　津守国冬
(嘉元百首・祝・2198)

四

いくつもの仙境故事を同じ文脈の中で受容しているうちに、「王質が七世の孫に会う」という理解が生れてきたと思われる。「王質爛柯」が他の仙境故事と同じ文脈で用いられ、混沌となって変容して行く過程を辿りたい。

「王質爛柯」が、仙境的世界を形どる故事の一つとして用いられる中で、最も多く組み合わされるのが「劉阮天台」と「武陵桃源」の故事であった。その変容の様子が『和漢朗詠集』の古注にも現われている。『私注』直後の成立と思われる『和漢朗詠註抄』の「謬入仙家雖為半日之客、恐帰旧里纔逢七世之孫」に対する注文である。

―略―半日客等、武陵到於桃源見二仙囲碁。其程半日也。日晩帰旧里、逢七世之孫云々。（和漢朗詠註抄・347）[21]

ここでは、客等が桃源郷（武陵桃源）に到り、囲碁を半日程見る（王質爛柯）、その結果「七世の孫」（劉阮天台）に逢うという三つ仙境故事が混じりあって注されている。また先の引用した『永済注』も「王質が七世の孫に会う」説話の注の後、末尾に「此本文、或は、武陵桃源の事也とも言へり」と同じく「王質爛柯」「劉阮天台」の結び付きに「武陵桃源」をも加えて解釈しようとする受容態度であった。これらに影響を与えた漢詩文が存在したと思われる。その一つが、十世紀半ば頃成立の大江維時撰『千載佳句』「仙道部・仙人」所収の皎然の「送顧道士遊洞庭山」の「含桃風起花狼籍　正是仙翁碁散時」であった。[22]

桃の花びらが風に舞う中、碁を打つ仙翁と、「武陵桃源」と「王質爛柯」が同じ文脈で表現されている。このような先例が、詩序や胡蝶巻の描写に「王質爛柯」を用いる背景となったと思われる。

本来、碁一局のために「斧の柄朽たす」故事が、これらの常春の表現（劉阮天台）や花盛りの表現（武陵桃源）とともに用いられると、「斧の柄朽たす」原因が春の美しさのためと変容する。

同じく「斧の柄朽たす」理由が、春の花の美しさとなっているのが、『拾遺集』の道綱母の「薪こることは昨日に尽きにしをいざ斧の柄はここに朽たさん」歌（拾遺集・哀傷・1339）である。この歌は、詞書に「花のおもしろかりければ」とあった。(23)十世紀末から十一世初、「王質爛柯」の故事が、「劉阮天台」「武陵桃源」等の春の仙境故事と重ねて受容されるうち除々に、季のない「王質爛柯」の故事が、春の故事に変容したのである。(24)

また美女が出て来る「劉阮天台」と「王質爛柯」が同じ文脈で扱われた結果、本来存在しなかった美女が「王質爛柯」の故事に加わる場合がある。つまり美女と過ごすのが「斧の柄朽たす」原因と変容するのである。その代表例が、前項であげた「王質が七世の孫に会う」の初出例『久安百首』の「わが恋は斧の柄朽ちし人なれや会はで七世も過ぎぬべきかな」の崇徳院歌であった。

愛しい人と会えない辛さは、戻ってこない王質を七世代後も待っているようなものだと表現している。「わが恋は」の歌は待つ身の辛さを詠んでいる。この歌は、自分にとって愛しい人は、仙女の如き存在であり、共に過ごす時は、仙境にいる如きという思いが前提となっていた。この歌の発想の源になったと思われるのが『源氏物語』「松風」の明石の君を訪れようとした源氏が、紫の上に「建築中の嵯峨の御堂を見てきます。二、三日くらいかかると思います」と見えすいた言い訳をする。紫の上は明石の君が御堂のすぐそばに越してきたことを承知しており、やんわり嫉妬する。

　斧の柄さへあらため給はむほどや、待ち遠に　（源氏物語・松風）

「待つ身の私の辛さは、斧の柄が朽ちる程の気持ちです」という言葉の背景には、「明石の君と過ごすのは、仙境で美女と過ごすのと同じでしょう」との皮肉が込められている。美女のために「斧の柄朽たす」のである。『源氏物語』以前に、紫の上と同じ思いを込め、「王質爛柯」を用いたのが、『後撰集』の「百敷きは」歌（後撰集・恋三・717）であった。この歌には「内に参りて、久しうおとせざりける男に」という詞書が付いていた。

宮中に行ったきりの恋人に対し「あなたにとって宮中は、『斧の柄朽たす』程、時の経つのが気づかないくらい楽しい仙境のようなものなのでしょう」と詠んでいる。楽しいのは、宮中での仕事という意ではなく、そこに仕える才色兼備の女房達のためであろう。女には、恋人がそれらの美女に心奪われるかと待っている時が、斧の柄が朽ちる程長く感じられたに違いない。

この用例と、紫の上が「斧の柄さへあらため給はむほどや、待ち遠に」（源氏物語・松風）となじる気持ち、そして崇徳院の「わが恋は」（久安百首・恋・78）の歌はみな恋人を待つ思いで詠まれている。

「王質爛柯」には美女はいない。碁を見物する楽しさに心を奪われ、尋常ではない時が流れる。「劉阮天台」には美女がいて、やはり尋常ではない時が流れる。二つの説話を同じ文脈で扱ったため、美女によって「斧の柄朽たす」という変容も起きた。

「王質が七世の孫に会う」説話が誕生する前段階には、十世紀半ば頃の詩歌が「王質爛柯」や「劉阮天台」等の仙境故事を同じ文脈で用いていた状況があった。それがあってこそ、本来花も美女もない仙境説話「王質爛柯」が、すばらしい花盛りの風景や美女のために「斧の柄朽たす」と変容したと考えられる。

五

「王質が七世の孫に会う」説話が生まれた院政期に、類似する新たな仙境説話が生まれた。それは「浦島子が七世の孫に会う」説話である。

十一世紀初頭成立の『世俗諺文』に「七世孫」を見出しとして『続斉諧記』所引の「劉阮天台」が引かれている。院政期頃から「劉阮天台」の「七世の孫」が、仙境の異常な時の流れを示す代表的表現として受容されたと思われる。

「七世孫」の項の末尾に「本朝浦島子同事也」という記事がある。これも類似する仙境説話を同じ次元で解釈していることを示している。

浦島子の変遷については、既に先学によって研究がなされており、「劉阮天台」との関わりも指摘されている。[25] 特に注目したいのは平安末成立と考えられる『浦島子伝』、さらに嘉承二（一一〇七）年から永久四（一一一六）年間に成立と思われる藤原仲実の歌学書『綺語抄』の注等、「浦島子が七世の孫に会う」という記事が院政期に集中的に現われることである。これらが、やがて覚一本系『平家物語』「願立」で「浦島が子の七世の孫に会へりしにもすぎ」の用例等に結び付いて行く。

管見では、「王費が七世の孫に会う」最初の用例が『久安百首』なので、資料年代で考えれば、「浦島子が七世の孫に会う」説話の方が早いことになる。しかし仙境説話は重ね合せて受容されて行く状況から「浦島子が七世の孫に会う」説話は、「王質が七世の孫に会う」説話と同じ状況の許、兄弟説話的に発生したと思われる。よって、「七世の孫に会う」として「浦島子」も「王質」と同じ扱いをされたのではないか。

但し「王質が七世の孫に会う」説話の受容には、先に述べてきた『和漢朗詠集』「仙家」の「謬入仙家雖為半日之客、恐帰旧里纔逢七世之孫」(545)が大きな影響を与えていた。この詩句を受容した例として最も顕著なのは、十三世半ば成立の軍記・説話の文飾での使用である。ここでは、栄華を極めた建礼門院が、平家滅亡後、淋しい生活を過している様子を描写している箇所で用いられている。いくつかある中で十三世紀半ば頃成立の『源平盛衰記』を引く。[26]

住馴し宿も煙と上し後は、空き跡のみ残て滋野辺と成、そこはかとも不見けり。適く見馴し人の問来もなし。
誤て仙家に入りし樵夫が里に出て七世の孫に逢たれ共―略―　（源平盛衰記・四四・女院出家）[27]

「樵夫」とは「王質」の事であり、「謬入仙家雖為半日之客、恐帰旧里纔逢七世之孫」の詩句を「王質が七世の孫に会う」と解釈している。黒田彰氏は『永済注』は『源平盛衰記』の一増補資料と位置付けられた。[28] この文脈も『永済注』によって育まれた『和漢朗詠集』詩句への理解から生まれた文飾とも考えられる。
十四世紀半ば頃成立の『太平記』にも「王質が七世の孫に会う」説話が見られる。後醍醐天皇が隠岐国から帰ってきたのを「只、王質が仙より出でて、七世の孫に会ひ」（巻十八・春宮還幸の事）と喩えている。この短い表現に『和漢朗詠集』の詩句を十分咀嚼し、「王質が七世の孫に会う」説話が一般化され、受容が広がっている背景がうかがわれる。こうして『和漢朗詠集永済注』のような『和漢朗詠集』古注を原動力として「王質が七世の孫に会う」説話の受容が広がっていったのである。

六

「王質が七世の孫に会う」説話を受容する場として、唱導が考えられる。それをうかがわせるものとして延慶三（一三一〇）年から応長二（一三一二）年に善導の『観経疏』を注した然阿良忠の『観経疏伝通記』をさらに解釈した『観経疏伝通記見聞』の用例を引用したい。

王質亦入仙家等者。朗詠云。誤入仙家。雖為半日客。恐帰旧里僅値七世孫。[29]（観経疏伝通記見聞玄義分・巻第二）

「王質亦入仙家等者」に「朗詠云」としてこの詩句を引用しているのは、『和漢朗詠集』古注の影響で「王質が七世の孫に会う」と受容したためであろう。
経典をわかりやすく注釈するために、『和漢朗詠集』の詩句を用いた背景には、「半日之客」の「半日」が経典に用いられた表現であることも影響していると思う。『法華経』「妙法蓮華経従地涌出品　第十五」に釈迦は「五十小刧」もの長い間坐して黙し、仏を賛仰したが、仏の神力によって、人々に「半日の如し」と謂わしめたという内容がある。

是時釈迦牟尼仏　黙然而坐　　是の時釈迦牟尼仏は、黙然として坐し給ひ

及諸四衆　亦皆黙然　五十小刧　　及び諸の四衆も、亦、皆、黙然たること五十小刧なり
仏神力故　令諸大衆　謂如半日　　仏の神力の故に、令諸の大衆をして半日の如しと謂《おも》はしむ(30)
（妙法蓮華経従地涌出品・第十五）

この表現は、『和漢朗詠集』「仙家」の「謬入仙家雖為半日之客、恐帰旧里纔逢七世之孫」（545）の趣向と対称的になっている。むしろ朝綱が「涌出品」にある「五十小刧」の長さを「半日」と思わせる仏の神力表現を承知の上、逆に「半日」と思っていたのに実は「七世の孫」程、時がたっていたと表現し、仏の神力に匹敵する朱雀上皇を讃えた可能性も考えられる。時代は下るが、経典の「謂如半日」の箇所を南北朝の歌人、頓阿の子経賢が経題和歌に詠んだ例を引用したい。

涌出品、令諸大衆謂如半日の心をよめる　　法印経賢
斧の柄も朽ちやしぬらむ鷲の山しばしと思ふ法のむしろに
（新続古今集・釈経・853）

「五十小刧」という膨大な時間の永さを「斧の柄も朽ちやしぬらむ」と表現していることに注目したい。「鷲の山」とは、釈迦が『法華経』を初めて説いた場所である。仏法を説く庭はあまりにすばらしく、「斧の柄」も朽ちてしまっているだろうという表現は、遠く遡る典拠を持つ。平安初期の延暦十五（七九六）年から天長七（八三〇）年の間に成立した仏教の法会に読誦される願文・表白・教化・法進講話の草稿と『東大寺諷誦文』用例である。(31)

矧大ニ欣《ネガヒシ》蒙大祚人、豈法庭ニ不朽斧柄。
（東大寺諷誦文稿・訳文・十五行目）

「斧の柄朽たす」と『法華経』の結び付きは、先に引用した道綱母の「薪こることは昨日に尽きにしをいざ斧の柄はここに朽たさん」にも見られる。この和歌は『枕草子』にも引かれていたが、『枕草子』には「王質爛柯」の変容の中心要素である「花のおもしろかりければ」という記事はない。『枕草子』では、和歌の言葉の連想の巧みさが関心の中心であった。

傅《ふ》の殿の御母上とこそは。普門といふ寺にて、八講しける聞きて、またの日、小野殿に人々いと多く集りて、遊びし、文作りてけるに、

薪こることは昨日に尽きにしをいざ斧の柄はここに朽たさん

とよみ給ひたりけんこそ、いとめでたけれ。　　（枕草子・二九二段）(32)

「めでたけれ」の理由は、従来指摘されているように、水を汲み薪を拾って仏に仕えるという『法華経』「提婆多品」に因んだ「薪こる」表現のみにあるのではない。薪から連想した樵の「王質」の「斧の柄朽たす」表現が、仏法を讃えるにふさわしかったためとも考えられる。

このように『和漢朗詠集』「仙家」の「謬入仙家雖為半日之客、恐帰旧里纔逢七世之孫」(545)や「斧の柄朽たす」表現が、『法華経』の経典解釈や受容の中で用いられることが多く、そのことによって「王質が七世の孫に会う」説話の受容がさらに広がっていったと思われる。

注

（1）当歌は現存『式子内親王集』には見えない。

（2）新古今集古注集成の会・片山享氏代表編『新古今集古注集成　中世古注編1』（笠間書院、平成九年）。

（3）この他『述異記』、『太平御覧』所引『郡国志』、『水経注』所引『東陽記』にも「王質爛柯」の記事が載っている。そのすべてに「七世の孫に会う」記事はない。但し、「王質」が見ていた対象が「碁」と「琴や歌」の大きく二系統に分けられる。友則歌に代表される「碁」の系統だけでなく、『綺語抄』等には「琴」の音に聴き惚れ「斧の柄朽ちた」と注され、二系統の「王質爛柯」の故事がともに日本で受容されていたことがわかる。この問題については、上原作和氏「〈爛柯〉の物語史―「斧の柄朽つ」る物語の主題生成―」（『講座平安文学論究　第十二輯』風間書房、平成九年）が平安文学を網羅的に調べ考察されている。

（4）「劉阮天台」故事の原典である『続斉諧記』と『幽明録』の本文の比較、及び『菅家文草』『和漢朗詠私注』の引用等から

日本文学が用いた本文を考察する点については既に項青氏によって詳しい比較がなされている。項青氏「平安時代における劉阮天台説話の受容と風土記系『浦島子』伝」（『国語国文学研究』第32号、平成九年二月）。
（5）『新古今注』は文永六（一二六九）年成立『仙覚抄』との関わりが指摘される。
（6）片桐洋一氏『中世古今集注釈書解題　五』（赤尾照文堂、昭和六十一年）。
（7）『日本歌学大系』第三巻所収『和歌色葉』（風間書房、昭和三十一年）。
（8）『和歌色葉』の先行歌学書では注文に「古詩云」として引用する詩句は、『和漢朗詠集』を典拠とするにもかかわらず書名をあげなかった。注文に『和漢朗詠集』の書名をあげるのが、『和歌色葉』からであるが、『和歌色葉』でも「古詩云」と用いている例もある。拙論「院政期歌学書の『和漢朗詠集』利用について─『和歌童蒙抄』を中心に─」（『和歌文学研究』62号、平成三年四月。拙著『和漢朗詠集とその受容』和泉書院、平成十八年に所収）。
（9）訓みは、大曾根章介氏注『和漢朗詠集』（新潮社、昭和五十八年）に従った。
（10）伊藤正義・黒田彰両氏注『和漢朗詠集古注釈集成　巻一』（大学堂書店、平成九年）。
（11）永済については牧野和夫氏によってその活動が明らかにされた。牧野和夫氏『中世の説話と学問』（和泉書院、平成三年）。
（12）伊藤正義・黒田彰両氏編『和漢朗詠集古注釈集成　巻三』（大学堂書店、平成元年）。本文は片仮名混り文だが、私に平仮名混り文に改めた。また『永済注』と同じ頃の成立と思われる同書巻二上（平成六年一月）所収『和漢朗詠注　五』（四二五─五四五）の注にも「王質と云、博胡山に木を切に入たりしに、仙人囲碁を打しを見るとて、斧の柄をつきて見しほどに、半日を経ると思□に、斧柄くちたりしかば、響き山へは不入して、本の住かへ帰りて七代の孫に相たり。─略─」とある。
（13）黒田彰氏『中世説話の文学史的環境』（和泉書院、昭和六十二年）。
（14）この考案は、三木雅博先生に御指導頂きました。御礼申しあげます。
（15）清水好子・石田穣二両氏校注『源氏物語　巻四』（新潮社、昭和五十四年）。
（16）玉上琢弥氏編『紫明抄・河海抄』（角川書店、平成三年）。中野幸一氏編『源氏物語古注釈叢刊　第七巻　岷江入楚』（武蔵野書院、昭和六十一年）。
（17）『幽明録』では「遂住半年、気候草木、是春時、百鳥鳴啼」に該当する。
（18）池田利夫氏編『蒙求古注集成　上巻』「応安頃刊五山版」（汲古書院、昭和六十三年）。
（19）朝綱の詩序を中心とする『本朝文粋』巻十所収の上皇・天皇に捧げられた詩序を基にして紫式部が『源氏物語』胡蝶巻を作りあげたことは以前、拙論において指摘した。第二章『和漢朗詠集』所収詩歌の『源氏物語』における受容三「『源氏物語』胡蝶巻の仙境表現―『本朝文粋』巻十詩序との関わり―」（拙著『和漢朗詠集』とその受容』和泉書院、平成十八年所収）。
その後、田中隆昭氏が上皇の仙洞御所での描写に仙境表現が用いられることを指摘されている。田中隆昭氏「仙境としての六条院」（『国語と国文学』源氏物語研究、平成十年十一月）。
(20) 柿村重松氏注『本朝文粋注釈　下巻』（冨山房、大正十一年）。
(21) 注（10）に所収。
(22) 金子彦二郎氏著『平安時代文学と白氏文集―句題和歌・千載佳句研究篇―』（培風館、昭和十八年）。
(23) 『道綱母集』でも「故為雅の朝臣の千部の経供養するにおはして帰り給ふに、小野殿の花いとをかしかりければ、車引き入れて、帰り給ふに、薪こることは昨日につきにしをいざ斧の柄はここに朽たさむ」（36）とあり、「小野殿の花いとをかしかりければ」を歌を詠んだ理由としているが、『拾遺集』の詞書の方が、よりはっきりと「花」によって「斧の柄朽たす」と因果関係がわかる表記となっている。
(24) この他、春の花のすばらしさによって「斧の柄朽たす」和歌の例は院政期に多い。『金葉集二度本』（春・48）所収「山花留人といへることをよめる」大中臣公長朝臣の「斧の柄は木の下にてや朽ちなまし春を限らぬ桜なりせば」（『和歌一字抄』「留」所収）や顕季の『六条修理大夫集』の「中院にて初和歌、見花延齢題」（103）「眺むれば斧の柄さへぞ朽ちぬべき花こそ千代のためしなりけれ」（『和歌一字抄』「延」「見」）等の例がある。
(25) 浦島子説話の受容と変遷の研究は、項青氏の御論文注（4）他、林晃平氏『浦島伝説の研究』（桜楓社、平成十四年）渡辺秀夫氏「『続浦島子伝記』の論」（『平安朝文学と漢文世界』勉誠社、平成三年）、「〈付説〉群書類従本『浦島子伝』の検討」等で子細に論じられている。
(26) この他の覚一本系『平家物語』灌頂の巻「女院出家」「仙家より帰て七世の孫に逢ひけんも、かくやと覚えて哀れ也」、や『海道記』一七段「鎌倉遊覧」「誤ちて半日の客たり。疑ふらくは、七世の孫に会ん事を」等に例がある。
(27) 塚本哲三氏注『源平盛衰記　下』（有朋堂文庫、大正十一年）。
(28) 注（13）。
(29) 『大日本仏教全書　第十二巻　経疏部十二』（講談社、昭和四十五年）。
(30) 坂本幸男・岩本裕両氏訳注『法華経　全三巻』（岩波文庫、昭和四十二年）。
(31) 中田祝夫氏解説『東大寺諷誦文稿』（勉誠社文庫12、勉誠社、昭和五十一年）。

（32）　増田繁夫氏注『枕草子』（和泉書院、昭和六十二年）。この他『枕草子』には女房達の許からなかなか帰ろうとしない主人を待つ従者が「斧の柄も朽ちぬべきなめり」とあくびまじりにぼやく話が載っている（七〇段）。

索引

凡例

・『歌ことば歌枕大辞典』等の辞典類や本文引用として使用させて頂いた著者、編者の方々については、研究者名としてあげることを割愛させて頂いた。

・『和漢朗詠集』詩歌に関しては、第一句をあげ、（　）内にその詩歌が収められている項目名をあげた。

・『和漢朗詠集』の漢詩句は音読みで配列した。

【書名・作品名・研究者名】

ア行

カ行

【和漢朗詠集詩歌】

漢詩句（初句）

和歌（初句）

【新撰朗詠集詩歌】

漢詩句（初句）

和　歌（初句）

初出一覧

第一章　素材からの考察

一　「霞」について
「日本漢詩における「霞」の解釈について―『新撰万葉集』『和漢朗詠集』『新撰朗詠集』を中心に―」（『和漢比較文学』14号、平成七年一月）

付『千載佳句』眺望「碧煙」及び『和漢朗詠集』春興「碧羅」の影響
「浅緑の霞について―和漢朗詠集「碧羅」と千載佳句「碧煙」―」（『史料と研究』24号、平成七年三月）

二　「春の夜の闇はあやなし梅の花」歌の「暗香」について
「春の夜の香りについて―古今集躬恒歌を中心に―」（『中古文学』57号、平成八年五月）

三　「夕されば野辺の秋風身にしみて」歌の「鶉」について
『和漢朗詠集』『後拾遺集』における秋の夕暮れ―「夕されば野辺の秋風身にしみて」―」（『就実語文』20号、平成十一年十二月）

四　「冥きより冥き道にぞ入りぬべし」歌の「月」について
「和泉式部「冥きより」歌の「月」について」（三村晃功氏他編『仏教文学とその周辺』和泉書院、平成十年六月）

第二章　説話からの考察

一　『和漢朗詠集』所収詩句の説話的背景

「『和漢朗詠集』所収詩句の説話的背景」（『比較文学論叢』18号、平成十八年九月）

二　「老馬之智」説話

「『韓非子』所収「老馬之智」説話の日本における受容の変遷」（『伝承文学研究』38号、平成二年七月）

三　「子猷尋戴」説話

「子猷尋戴」説話の日本における受容の変遷」（『和漢比較文学』7号、平成三年六月）

四　「鵲」をめぐる説話

「鵲について―平安詩歌を中心に―」（『札幌大学女子短期大学部紀要』27号、平成八年三月）

五　「王昭君」説話―「みるからに鏡の影のつらきかな」歌―

「漢詩朗詠の伝承と王昭君説話―「みるからに鏡の影のつらきかな」歌の背景と変遷―」（真下厚氏他編『講座日本の伝承文学　韻文学〈歌〉の世界』三弥井書店、平成七年）

六　「王質爛柯」と「劉阮天台」―中世漢故事変容の諸相―

「「斧の柄朽ちし王質」が「七世の孫に会う」こと―漢故事変容の諸相―」（『就実語文』19号、平成十年十二月）

あとがき

拙書『『和漢朗詠集』とその受容』を刊行してから二年がたつ。

その後、私の身辺には大きな変化があった。二〇〇六年四月に、母校である札幌大学に赴任したのである。それまでの十六年間、関西で非常勤講師として教壇に立ってきたが、専任教員として学生と関わりたいと切望してきた。夫の応援もあり、神戸から幼い娘とともに赴任する覚悟で応募した。面接では、「私には札大生の気持ちがわかります。札大で受けた恩をお返ししたい」と訴えた。

幸いにして採用が決まり、恩師であった遠田悟良先生の後任として、母校の教壇に立っている。卒業してから四半世紀が経つが、多くの先生方、職員の方々が私を覚えてくださっていた。母校とはありがたいものである。

私は高校在学中に落ちこぼれ、引きこもりのような生活を送っていた。とりあえずの居場所をもとめて、自宅に近い札幌大学短期大学部国文科に入学した。そこで、故高橋伸幸先生に拾っていただいたのである。先生は「君は研究者になりなさい」とおっしゃり、親身にご指導くださった。学問の手ほどきに始まり、研究会や大学院進学へと導いてくださったばかりでなく、当時、偏食で薬に依存していた日常生活の改善から、障害者の弟の相手まで、公私にわたって面倒を見てくださった。先生が私に望まれたことは、とにかく研究者になることだった。ご専門にしておられた仏教説話や国語学、軍記の研究と、私の資質が合わないと見抜くと、ご自身の学問の跡を継ぐことさえ望まれなかった。

その後、藤女子大学を経て、甲南女子大学大学院に進学、片山享先生の温かくも鋭いお導きの許、研究者として育てていただいた。専門の研究については、京都女子大学の新間一美先生にご指導いただいた。「新撰万葉集研究会」

の諸先生方をはじめ、諸学会においても、多くの先生方から、ご助言、ご指導をいただいた。感謝は尽きない。

今、私の研究室には多くの学生が集っている。一年から四年まで、全学年にゼミがある。新入生研修、オープンキャンパスなどの広報活動、国語教員志望の学生を対象にした私塾も開いている。学問上の知識はあっても、実際の活動では学生に助けてもらうことばかりである。たくさんの息子たち、娘たちに恵まれたかのような幸せを味わっている。

また、数年に一度、帰省していた際、私の講演を聴いて下さった方々が、私の札大赴任を娘が戻ったように喜んで迎えてくれた。今は、地域の方々と一緒に古典文学を読む機会も恵まれている。

本書は、拙書『『和漢朗詠集』とその受容』の姉妹編であり、体裁も前書にならっている。『和漢朗詠集』『新撰朗詠集』に収められた詩歌を、「歌語」や「本説」という素材としての観点から研究したものである。すでに学会で発表したものが基になっており、今回まとめるにあたって多少の手を加えたに過ぎない。新しい研究成果を発表できないのは、恥ずかしい限りである。しかし、学生の前で披露する機会を与えられ、改めて読みが深まるような経験をしている。いつかは、自分の研究の芯にあるものを、より平易な表現で、授業のテキストとして上梓したいと願っている。

和泉書院の廣橋和美さんには、前書の時と同様に多大なご尽力をいただいた。また、本書の索引は江渡貴弘君の協力によるものである。記して感謝申し上げる。

本書を出版するにあたって札幌大学学術図書出版助成の支援を頂いた。

■著者紹介

田中幹子（たなか　みきこ）
札幌大学女子短期大学部国文科卒業。
藤女子大学文学部国文学科卒業。
甲南女子大学大学院文学研究科博士取得。
札幌大学文化学部准教授。
『和漢朗詠集』とその受容」（和泉書院、平成十八年）
共著「歌合・定数歌全釈叢書八　文集百首全釈」
（風間書房、平成十九年、文集百首研究会）

研究叢書 374

和漢・新撰朗詠集の素材研究

二〇〇八年二月二五日初版第一刷発行

（検印省略）

著　者　田中幹子
発行者　廣橋研三
印刷所　亜細亜印刷
製本所　渋谷文泉閣
発行所　有限会社 和泉書院

大阪市天王寺区上汐五－三－八
〒五四三－〇〇〇二
電話　〇六－六七七一－一四六七
振替　〇〇九七〇－八－一五〇四三

ISBN978-4-7576-0453-7　C3395

研究叢書

天皇と文壇 平安前期の公的文学	滝川幸司著	361	八九二五円
岡家本江戸初期能型付	藤岡道子編	362	一二六〇〇円
屏風歌の研究 論考篇 資料篇	田島智子著	363	二六二五〇円
方言の論理 方言にひもとく日本語史	神部宏泰著	364	八九二五円
万葉集の表現と受容	浅見徹著	365	一〇五〇〇円
近世略縁起論考	石橋義秀 菊池政和編	366	八四〇〇円
輪講 平安二十歌仙	京都俳文学研究会編	367	一二六〇〇円
二条院讃岐全歌注釈	小田剛著	368	一五七五〇円
歌語り・歌物語隆盛の頃 伊尹・本院侍従・道綱母達の人生と文学	堤和博著	369	一二六〇〇円
武将誹諧師徳元新攷	安藤武彦著	370	一〇五〇〇円

（価格は５％税込）